Heribert Weishaupt

Wenn das Leben bitter schmeckt

Ein Troisdorf-Krimi

ratio books

Heribert Weishaupt
Wenn das Leben bitter schmeckt
Ein Troisdorf-Krimi

Cover: Heribert Weishaupt

Impressum
ratio-books • 53797 Lohmar • Danziger Str. 30
info@ratio-books.de (bevorzugt)
Tel.: (0 22 46) 94 92 61
Fax: (0 22 46) 94 92 24
www.ratio-books.de

ISBN 978-3-96136-177-9
E-Book 978-3-96136-178-6

published by

ratio books

Über den Autor:

Heribert Weishaupt wurde 1949 in Stolberg im Kreis Aachen geboren. Über vierzig Jahre arbeitete er bei der deutschen Sozialversicherung im Bereich Krankenversicherung. Mit Beginn des Ruhestandes erfüllte er sich seinen Wunsch und begann mit dem Schreiben von Kurzgeschichten und Kriminalromanen. Dies ist sein achter Kriminalroman.

Heribert Weishaupt ist verheiratet und lebt seit mehr als vierzig Jahren in Troisdorf im Rhein-Sieg-Kreis.

Wir müssen immer lernen, zuletzt auch noch sterben lernen.

Marie von Ebner-Eschenbach

Als der Regenbogen verblasste, da kam der Albatros.
Er trug mich mit sanften Schwingen über die sieben Weltmeere.
Behutsam setzte er mich an den Rand des Lichtes.
Ich trat hinein und ich fühlte mich geborgen.
Ich habe euch nicht verlassen, ich bin euch nur ein Stück voraus.

unbekannter Verfasser

1

Vom Bürgersteig bog er auf den gepflasterten Weg zum Haus ein. Am Beginn des Weges blieb er stehen und reckte langsam den rechten Arm mit gespreizten Fingern in die Höhe. Dann streifte er einen weißen Baumwollhandschuh über die Hand. Das gleiche Ritual vollzog er mit der linken Hand. Als Abschluss hob er beide Arme in den nächtlichen Himmel und bestaunte mit dem in den Nacken gelegten Kopf sein „Werk". Tief von unten aus dem Bauch machte sich ein leises, glucksendes Lachen breit. Wie es schien, ein Ausdruck des Wohlgefühls, der Zufriedenheit mit sich und seinem Tun. Dabei tanzte und sprang er von einer Gehwegplatte auf die andere.

Erschrocken hielt er inne, als ob er sich bewusst geworden wäre, dass sein Lachen, auch wenn es noch so leise war, in der Nacht total fehl am Platz war. Damit würde er nur die Aufmerksamkeit der schlafenden Menschen auf sich ziehen – und das musste er vermeiden.

Er griff in die Hosentasche und zog einen Schlüssel hervor, den er wie eine Trophäe in den nachtschwarzen, sternenlosen Himmel reckte. Als er daran dachte, wie er den Schlüssel vom Schlüsselbrett genommen hatte, war er wieder so richtig, richtig stolz auf sich.

Es war meine Idee, und nicht die eines anderen Menschen. Und ich hab' sie durchgezogen – allein. Und sie hatte nichts bemerkt, die dumme Kuh, freute er sich.

Da war es wieder, dieses Lachen. Dieses Mal war es ein inneres Lachen, mit dem er seine negativen Gefühle und den Ärger der vergangenen Tage verscheuchte. Das war der Grund, weswegen er die Drogen nahm. Er wusste, sie halfen ihm immer.

Den hochgehobenen Arm führte er langsam in einem Bogen von hinten nach vorne, gezielt in Richtung Türschloss, das er aber mit dieser Technik knapp verfehlte. Auch im zweiten Versuch kratzte er lediglich über das Schloss, ohne dass es ihm gelang, den Schlüssel in das Schloss zu stecken. Erst beim dritten Versuch erreichte er sein Ziel. Von seinem Wohlgefühl war in diesem Augenblick nichts mehr übrig. Frust und Ärger hatten sich stattdessen in seinem Kopf breitgemacht. Seine Stimmung konnte binnen Minuten von einem Extrem ins andere wechseln.

Nachdem er die Tür geöffnet hatte und langsam den Hausflur betrat, war es wieder da, dieses Gefühl der Leichtigkeit und der Stärke.

„Du machst das gut", lobte ihn eine leise, innere Stimme in seinem Kopf.

Er blieb stehen und verharrte einen Augenblick. Zweifel meldeten sich in seinem Verstand, ob das, was er vorhatte, tatsächlich notwendig und richtig war.

„Du willst es doch. Da ist doch nichts dabei. Du hast so viel investiert. Wenn nicht jetzt, wann dann?", sagte die Stimme.

Ein leises Knacken der Treppenstufen, die in die erste Etage des Hauses führten, riss seinen Verstand aus dem Dialog mit der Stimme.

„Was willst du hier? Verschwinde, alter Mann", sagte er, fast ohne die Lippen zu bewegen.

Jedoch viel zu leise, als dass der Mann, der gerade die Treppe verließ und händeringend auf ihn zukam, das hören konnte.

„Tu es. Nimm die Vase“, sagte die Stimme jetzt nicht mehr leise, sondern in einem klaren, lauten Befehlston. Sein Verstand, der anfangs noch Zweifel angemeldet hatte, konnte dem nichts entgegensetzen.

Seine Hand ergriff wie von einer fremden Macht geführt die Vase, die auf dem kleinen Tisch in der Diele stand. Der weitausholende Schlag traf den Kopf des alten Mannes ohne Vorwarnung.

„Das musste sein“, sagte die Stimme jetzt wieder in leisem Ton.

Ein lauter Schrei ließ ihn zusammenfahren. Abrupt fuhr er herum. Am Treppenaufgang stand eine alte Frau, die aus Leibeskräften schrie und die Hände vor das Gesicht schlug.

Die Vase immer noch in der Hand, machte er einen Schritt nach vorne und stolperte über den niedergeschlagenen Mann. Im Fallen holte er aus und schlug zu.

Er fand sich am Boden wieder und war irritiert. Wo war die Stimme, die ihm sagen sollte, dass er das tun musste, dass er keine andere Wahl hatte?

Die Stimme meldete sich jedoch nicht.

Er rappelte sich auf, sprang über die am Boden liegende alte Dame und rannte, ohne sich nochmals umzusehen aus dem Haus.

2

Es war ein typischer Herbsttag. Der frühe Morgen begann mit dickstem Nebel, der es besonders den Autofahrern recht schwer machte und der zudem nicht ungefährlich war. Das bedeutete, dass viele Menschen ihre Ziele nicht in der geplanten Zeit erreichten.

Im Laufe des Vormittags lichtete sich der Nebel und der Herbst zeigte sich von seiner schönsten Seite. Die Sonne stand am Firmament und in wenigen Stunden wurde es ein verhältnismäßig warmer, goldener Herbsttag.

Helga mochte den Herbst mehr als die anderen Jahreszeiten. Es erfüllte sie eine Zufriedenheit, wenn sie die stimmungsvollen Nachmittage auf der Terrasse verbrachte und die bleiche Herbstsonne ihr ins Gesicht schien. Ein letztes Herbstglühen lag über den noch wenigen, bunten Blättern. Sie schaute dem bunten Laub an den Bäumen und Sträuchern zu, wie die Blätter bei jedem müden Luftzug erzitterten, als hätten sie selbst eine Todesahnung.

Eine Amsel, die seit Jahren in ihrem Garten lebte, schaute aus sicherem Abstand immer wieder zu ihr herüber und ließ sie nicht aus den Augen. Es sah so aus, als wenn sie darauf achten wollte, dass die Frau die Terrasse nicht verlassen würde, damit sie eine Zuhörerin für ihre Lieder hatte.

In den nächsten Tagen würde vielleicht der Regen oder ein Herbststurm die letzten Blätter zur Erde fallen lassen. Das wäre dann auch die Zeit, in der die Amsel ihren Gesang einstellen würde.

Helga hatte in einem Buch gelesen und ließ jetzt einfach ihre Gedanken und Phantasien treiben. Sie hatte ein Zitat von Pierre Corneille gefunden: „Die Zeit ist eine große Meisterin, sie ordnet viele Dinge."

Recht hatte dieser Mann. Im Laufe ihrer Ehejahre, insbesondere in den letzten Jahren, in denen ihr Mann sich im Ruhestand befand, hatte sie ihre Gedanken und Meinungen zu ihrem Mann und ihrem Leben geordnet. Viel zu lange hatte sie sich angepasst, ihre eigenen Wünsche und Vorstellungen zurückgestellt. Letztendlich kam sie zu dem Schluss, dass jetzt die Zeit für eine mögliche Änderung verstrichen war.

Inzwischen war es spät geworden. Die tiefroten Sonnenstrahlen schienen waagerecht durch die goldgelben Zweige des Ginkgobaumes am Rand ihres Gartens. Allmählich wurde es ein wenig kalt und die schönste Zeit auf der Terrasse war vorbei. Sie stand auf, packte ihr Buch und ging ins Haus.

Martin und Helga Lindemann wohnten in einem freistehenden Einfamilienhaus in der Nähe des Aggerdamms in Troisdorf. Ein schmaler Vorgarten trennte ihr Haus von Bürgersteig und Straße. Hinter dem Haus befand sich ein, für heutige Verhältnisse, großes Grundstück, auf dem ein kleiner Rasen und ein großer Nutzgarten angelegt waren. Das Haus wurde in den 70er Jahren erbaut und sie hatten es vor fünfunddreißig Jahren über eine Immobilienfirma gekauft. Selbst ein Haus zu bauen, war für Martin nie in Frage gekommen. Nicht einmal als sie eingezogen waren, hatte er sich um Haus und Garten gekümmert. Er war Lehrer an einer Berufsschule für die Fächer Deutsch, Sozialkunde und Sport. Wenn er nach Hause kam, war sein Tagewerk erfüllt. Seine Philosophie war: Für Haus und Garten ist die Frau zuständig. Die Aufgabe des Mannes ist sein Beruf, um damit das Geld für den Unterhalt der Familie nach Hause zu bringen. Dass seine Frau ihr Leben lang mitgearbeitet hatte – zumindest halbtags – war für ihn kein Grund, von seiner Philosophie abzuweichen. Er fand, dass er sich immer großzügig seiner Frau gegenüber verhalten hatte. Insbesondere in der Zeit bis 1977. Das Bürgerliche Gesetzbuch schrieb bis dahin vor, dass eine Frau die Erlaubnis des Ehegatten benötigte, wenn sie arbeiten wollte. Dass das Gesetz damals zu Gunsten der Frauen geändert wurde, war nach seiner Denkweise ein Fehler. Inzwischen war er – seiner Meinung nach – im verdienten Ruhestand und Helga musste sich weiterhin um Haus und Garten kümmern.

Um es auf den Punkt zu bringen. Er war ein eitler, herrischer Pascha, der forderte, von seiner Frau verwöhnt zu werden.

Bevor Helga die Terrassentür zum Wohnzimmer öffnete, wusste sie, dass Martin wie immer in seinem Stressless-Sessel lag und sich eine dieser Vorabendsendung im Fernsehen ansah. Und so war es auch an diesem Tag. Und wie immer war seine erste Frage: „Wann gibt es Abendbrot?"

„Es ist doch noch viel zu früh für Abendbrot", antwortete Helga genervt, blieb stehen und sah ihren Mann kopfschüttelnd an.

„Aber du weißt doch, heute ist Freitag und um 20:15 Uhr beginnt im MDR-Fernsehen die Sendung ‚Schlager des Monats' und davon möchte ich den Anfang nicht verpassen."

Martin war so ärgerlich, als ob es schon feststand, dass seine Frau das Abendbrot zu spät herrichten würde.

„Ja, ja, ich weiß!", antwortete Helga lapidar und setzte den Weg zur Küche fort. Dort wollte sie noch etwas aufräumen und dann das Abendessen zubereiten.

Schlager des Monats – welch ein Quatsch. Als wenn es nichts anderes gäbe, als Schlager, dachte sie. Ihr Mann war bei diesem Thema wie vernagelt. Wenn in einem Fernsehprogramm Jürgen Drews, Andy Borg, Roland Kaiser oder sogar Helene Fischer zu sehen waren, war es für ihn selbstverständlich, dass dieses Programm eingeschaltet wurde.

Es kam selten vor, dass Martin eine Sendung sehen wollte, die auch ihr gefiel. Trotzdem erwartete er, dass sie gemeinsam den Abend vor dem Fernseher verbrachten. Sie beschäftigte sich dann mit irgendwelchen Spielen auf ihrem Tablet. Weder störte das, noch interessierte das Martin. Die Hauptsache war, dass seine Ehefrau anwesend war.

Glücklicherweise folgte nach „Schlager des Monats“ nicht noch eine dieser Musiksendungen und sie konnten im Anschluss früh ins Bett gehen.

Es dauerte nicht einmal fünf Minuten und Martin schnarchte leise an ihrer Seite. Sie lag dagegen noch wach im Bett. Da sie lange auf der Terrasse gesessen hatte, war sie nicht müde. In Gedanken ließ sie den Tag noch einmal Revue passieren.

Na ja, dachte sie. Er kann manchmal ein richtiges Ekel sein, aber im Grunde ist er gar nicht so schlimm. Oder habe ich mich im Laufe der Jahre so sehr daran gewöhnt, dass ich ihn jetzt wieder verteidige und ihn mir schönrede? Wahrscheinlich ist es so.

Wenn sie sich daran erinnerte, wie er war, als die Kinder noch zu Hause waren, musste sie den vorherigen Gedanken revidieren. Nichts ließ er den Kindern durchgehen. Sie mussten gehorchen, gehorchen und nochmals gehorchen. Lob gab es nicht. „Lob ist etwas für Weicheier“, hatte er einmal zu ihr gesagt, als sie ihn darauf hingewiesen hatte, dass er die Kinder auch einmal loben sollte.

Wenn sich seine Tochter oder besonders sein Sohn eine Verfehlung leistete, gab es Strafen. Völlig unangemessene und oft unmenschliche Strafen. Wieso bin ich in diesen Fällen nicht energisch eingeschritten, fragte sie sich jetzt.

Nein, sie musste die Gedanken aus ihrem Kopf vertreiben, sonst würde sie nie einschlafen.

Sie schaute zum wiederholten Mal auf die Uhr neben ihrem Bett. 01:20 Uhr – noch mindestens sechs Stunden. Dann durfte sie endlich aufstehen und Frühstück machen. Wenn sie nicht bald einschlief, würde sie morgen wie gerädert sein. Und es war Samstag und er würde den ganzen Tag zu Hause sein und sie von einer Tätigkeit zu nächsten scheuchen.

Plötzlich meinte sie, ein ihr unbekanntes Geräusch im Haus zu hören. Da, noch einmal!

Sollte sie ihren Mann wecken? Sollte sie ihn bitten, nachzusehen, oder sollte sie selbst nachsehen. Sie entschloss sich, ihren Mann zu wecken, und rüttelte vorsichtig an seiner Schulter. „Hmhh, was ist los?“, brummt er und sie bereute bereits, dass sie ihn geweckt hatte.

Aber es war nun einmal geschehen und nun sollte er auch etwas unternehmen.

„Ich habe da ein seltsames Geräusch im Haus gehört. Willst du nicht mal nachsehen?“, flüsterte sie.

„Spinnst du? Du reißt mich aus dem Schlaf und jetzt soll ich auch noch die Treppen hinunter in den kalten Flur gehen und etwas suchen, was nicht da ist? Mach die Augen zu und schlafe, dann verschwinden deine Hirngespinste.“

Damit drehte er sich auf die Seite und wandte ihr den Rücken zu. Nach wenigen Minuten war er wieder eingeschlafen. Sie blieb weiter wach und lauschte.

Da war das Geräusch wieder. Es hörte sich an, als wenn sich jemand an der Haustür zu schaffen machte.

„Da ist jemand an der Haustür. Geh doch mal hinunter und schau nach“, flüsterte sie erneut, nachdem sie ihn jetzt ziemlich unsanft geweckt hatte.

„Mein Gott, wieso hast du mich mit so einer hysterischen Ehefrau gesegnet?“, fluchte er, allerdings jetzt ebenfalls leise.

Er schien ihr tatsächlich zu glauben, dass da jemand an der Haustür war, denn er erhob sich und setzte sich auf die Bettkante.

„Ich gehe mal hinunter, aber ich sage dir, du hörst Gespenster. Ich höre nichts und da ist auch nichts und niemand.“

Er schlurfte in seine Pantoffeln, die neben dem Bett standen, erhob sich und ging langsam in den Flur der ersten Etage. Die Fensterrollladen waren nur zu einem Spalt hochgezogen, sodass nur wenig Licht der Peitschenlampen der Straßenbeleuchtung in das Schlafzimmer eindrang. Das Licht im Flur einzuschalten, traute er sich nicht. Vor ihm lag das Treppenhaus in völliger Dunkelheit. Soweit er es vermochte, lehnte er sich über das Geländer und schaute nach unten. Er konnte nichts erkennen und schüttelte, zu seiner Frau gewandt, den Kopf. Diese stand aufgeregt im Nachthemd im Türrahmen des Schlafzimmers. Mit Mühe konnte er erkennen, dass sie ihm mit dem Zeigefinger auf dem Mund deutete, leise zu sein. Mit einer wegwerfenden Handbewegung tat er diesen Rat ab.

Er entledigte sich seiner Pantoffeln und stieg geräuschlos und langsam die Treppe hinunter.

Helga blieb zitternd vor Kälte und Anspannung im Türrahmen stehen. Sie hörte weder Martin noch einen sonstigen Laut. Lediglich machte sich ein Rauschen in ihren Ohren breit. Wahrscheinlich spielte ihr Blutdruck wieder verrückt oder es lag am fehlenden Hörgerät. Ihr Mann hatte vor längerer Zeit gemeint, sie brauche so etwas nicht. Damit war die Sache für ihn und somit auch für sie endgültig entschieden.

Mit einem Mal meinte sie, im Wohnzimmer die donnernde Stimme ihres Mannes zu hören. Vergeblich strengte sie ihr Gehör an, um einige Worte zu verstehen. Dann vernahm sie eine Stimme, die sie nicht so schnell einordnen konnte. Daraufhin erkannte sie wieder die sich fast überschlagende Stimme ihres Mannes. Eindeutig vernahm sie das Wort Geld aus seinem Mund.

Den knarrenden Geräuschen nach, schien sich die Wohnzimmertür zu öffnen. Im Flur hörte man schnelle Schritte.

„Ruf die Polizei!", schrie ihr Mann aus der Dunkelheit des Erdgeschosses.

Dem schrillen Ruf ihres Mannes folgte ein Geräusch, das einem dumpfen Schlag glich. Gefolgt von einem ebenso dumpfen Poltern – dann war Stille. Beunruhigende Stille.

Wo ist mein Smartphone?, schoss es Helga durch den Kopf. Hektisch stürzte sie ins Schlafzimmer. Den Vorsatz leise oder vorsichtig zu sein, hatte sie aufgegeben. Nein, auf ihrem Nachttisch lag es nicht. Auch nicht auf Martins Nachttisch. Wahrscheinlich hatte sie es auf dem Küchentisch oder im Wohnzimmer liegen gelassen.

Um diese Möglichkeit zu prüfen, musste sie ins Erdgeschoss. Sie dachte nicht eine Sekunde daran, dass sich der Einbrecher ebenfalls im Erdgeschoss aufhielt und eine Konfrontation mit ihm so gut wie unausweichlich war.

Aus Angst vermied sie es, das Licht einzuschalten. So schnell es die Dunkelheit zuließ, hastete sie barfuß die Treppe hinunter.

Zu spät erkannte sie, dass das ein Fehler war.

3

Frank Eisenstein

Zwölf Tage später

Kriminalhauptkommissar a.D. Frank Eisenstein hatte das Tierheim in Troisdorf verlassen und ging mit Struppi, einem Golden Retriever, in Richtung Agger. Mindestens einmal in der Woche holte er sich den Hund als Begleitung für ausgedehnte Spaziergänge an Sieg oder Agger. Auch die beiden Troisdorfer Seen Rotter- und Sieglarer See waren hin und wieder Ziel seiner Wanderungen. So hatte er auch an diesem Montagmorgen recht früh das Tierheim aufgesucht. Das gesamte Wochenende freute er sich bereits auf den Spaziergang mit dem Hund. Seitdem er pensioniert war, waren diese Spaziergänge die einzige regelmäßige Freizeitbeschäftigung, der er nachging.

„So mein Freund Struppi, dann wollen wir mal wieder eine kleine Wanderung unternehmen. Heute werden wir zur Agger gehen und du kannst nach Herzenslust ins Wasser springen“, sagte er zu „seinem“ Hund, der ihn neugierig und erwartungsvoll anschaute.

Wie jedes Mal, wenn er Struppi abholte, dachte er, wie es möglich war, dass man einem so tollen Hund den fürchterlichen Namen Struppi geben konnte. Aber so war es nun mal und Struppi hörte sofort auf seinen Namen, wenn Eisenstein mit ihm sprach oder ihn rief.

Der Golden Retriever wurde ursprünglich für die Jagd gezüchtet, um geschossene Vögel – auch aus dem Wasser – zu apportieren. Daher haben die meisten Hunde dieser Rasse eine Vorliebe für Gewässer. In der Regel sind sie auch gute Schwimmer.

Da sowohl Eisenstein, als auch sein vierbeiniger Begleiter die frische Luft und die Bewegung brauchten, ging die Zweisamkeit dieser beiden immer über das normale „Gassi gehen" hinaus. Sieg, Agger und die beiden Seen boten beiden ideale Voraussetzungen, sich auszutoben.

Eisenstein freute sich, wenn der Hund einer von ihm weit weggeworfenen Apportierhilfe hinterherjagte. Er hatte sich für dieses Spiel einen Snack Dummy und ein Frisbee gekauft, die aus Gummi bestanden, bissfest und schwimmfähig waren.

Auf dem Weg zur Agger gingen sie zuerst durch einige Wohnstraßen. Freistehende Einfamilienhäuser mit schmalen, aber gepflegten Vorgärten säumten rechts und links die Straße. Eisenstein beneidete die Anwohner wegen der schönen Wohnlage in der Nähe von Wald und Wasser. Einige Male hatte er überlegt, wenn sich die Möglichkeit ergeben würde, seinen Wohnsitz nach hier zu verlegen. Wenn er dieses Thema mit Susanne, seiner Lebenspartnerin, besprach, legte sie jedes Mal ihr Veto ein. Sie wollte nicht aus Bonn wegziehen. Sie liebte die Stadt, ihr kulturelles Angebot, die vielen Freizeitmöglichkeiten und das geschäftige Treiben in der City.

Struppi trottete neben Eisenstein her. Den Blick aufmerksam nach vorne gerichtet. Manchmal schaute er seinen Begleiter an, als wenn er ihn auffordern wollte, einen Schritt zügiger zu gehen, damit er möglichst schnell an das versprochene Wasser gelangte.

Plötzlich blieb Struppi stehen. Er schnüffelte und schaute zu dem Haus hinüber, vor dem sie standen. Ohne Zweifel hatte er von irgendetwas Witterung aufgenommen.

Eisenstein schaute ebenfalls zu dem Haus hin, konnte aber nichts Außergewöhnliches feststellen.

„Komm, lass uns weitergehen. Hier ist nichts“, sagte er zu Struppi und versuchte durch Ziehen an der Leine, ihn zum Weiterlaufen zu animieren.

Doch der Hund ließ sich nicht umstimmen. Im Gegenteil. Er zog seinerseits an der Leine in Richtung Haus.

Dieses Verhalten kannte Eisenstein von seinem Begleiter nicht. Gewöhnlich gehorchte er aufs Wort und ein aufwändiges Überreden war nie erforderlich gewesen. Er musste anscheinend etwas Ungewöhnliches gewittert haben, das ihn zum Ungehorsam veranlasste.

„Nun komm schon. Hier gibt es nichts, was uns interessieren könnte“, versuchte es Eisenstein noch einmal.

Aber ohne Erfolg. Struppi zog es noch immer in Richtung Haus. Eisenstein wollte nicht auf Biegen und Brechen seinen Willen durchsetzen und gab nach. Letztendlich war er nicht das „Herrchen“ dieses Hundes und demnach auch nicht verantwortlich für seinen Ungehorsam.

Er gab widerwillig die Leine frei und folgte langsam dem Hund. Struppi zog es unaufhaltsam und direkt zur Haustür des Einfamilienhauses hin. Vor dem Eingangspodest ging Eisenstein das Verhalten von Struppi zu weit.

„Halt und sitz!“, befahl er bestimmt und zog zur Unterstützung seines Befehls kräftig an der Leine.

Der Hund schaute Eisenstein überrascht an. Diesen Ton kannte er noch nicht. Gehorsam setzte er sich vor das Podest und schaute Eisenstein erwartungsvoll an. Was wird mein Herrchen jetzt wohl machen, dachte er wahrscheinlich.

Eisenstein trat auf das Podest und schaute zuerst einmal auf das Klingelschild. „Lindemann" murmelte er den Namen leise vor sich hin. Der Name sagte ihm nichts. Darunter war der Hinweis *Bitte keine Werbung und Zeitungen einwerfen* angebracht. Sollte er klingeln? Aber was sollte er Frau oder Herrn Lindemann sagen, weswegen er geklingelt hatte? Er konnte doch unmöglich sagen, dass sein Hund etwas gewittert hatte und er gerne wüsste, was es sein könnte. Das wäre pure Neugierde und diese Blöße wollte er sich nicht geben. Vielleicht hatte Frau Lindemann lediglich einen Braten in der Röhre, dessen Geruch Struppi wahrgenommen hatte, obschon es fürs Mittagessen eigentlich noch etwas zu früh schien.

Er schaute die Haustür ratlos an. Es handelte sich um ein klassisches Modell aus Holz, wahrscheinlich aus den 70er oder 80er Jahren. Das Holz wirkte ausgeblichen und abgegriffen. Eine Renovierung war mehr als überfällig.

Im Kriminalhauptkommissar a.D. steckte noch immer die berufsbedingte Neugierde. Vorsichtig stieß er mit dem Fuß gegen die Tür, die überraschend langsam ein Stück weit aufschwang. Vermutlich war das alte Schloss nicht vollständig eingerastet. Hatte ein Hausbewohner die Tür aus Versehen oder in Eile nicht richtig zugezogen? Oder hatte jemand das Haus verlassen, der wusste, dass er in wenigen Minuten wieder zurückkommen würde und hatte daher vorsorglich die Tür nur angelehnt?

Struppi wurde unruhig und zog an der Leine. Er wollte unbedingt in den Flur. Ein erneuter scharfer Befehl war erforderlich, um den Wunsch des Hundes zu unterbinden.

Die lediglich halb geöffnete Tür erlaubte Eisenstein einen Blick in den Hausflur. In der Mitte des Flurs führte eine Treppe in die obere Etage. Nichts Besonderes.

Doch dann roch er ihn, diesen süßlich beißenden Geruch. Den Verwesungsgeruch eines verstorbenen Lebewesens. Der

Verwesungsgeruch gehört zu den Gerüchen, vor denen die meisten Menschen einen natürlichen Ekel empfinden. Wer einmal diesen Geruch gerochen hat, vergisst ihn nie mehr. In den vielen Jahren seines Berufslebens wurde Eisenstein mehrmals mit diesem Geruch konfrontiert. Er wusste sofort, was das bedeutete.

Er verknotete Struppis Leine um einen Busch neben dem Eingangspodest und wies ihn an, sitzen zu bleiben und sich ruhig zu verhalten. Er schaute sich nach rechts und links um. Die Straße wirkte verlassen. Kein Auto, kein Fußgänger war unterwegs. Dann drückte er mit der Fußspitze die Haustür vollständig auf.

Im Hausflur lagen zwei Leichen. Ein Mann und eine Frau. Die Frau lag ein oder zwei Schritte direkt hinter der Eingangstür auf dem Rücken. Ein Bein angewinkelt und die nackten Arme ausgestreckt über den Kopf. Der Mann lag mit der Vorderseite seines Körpers auf dem Boden in der Mitte des Flurs. Beide Personen waren mit Nachtwäsche bekleidet. Eine unübersehbare große Wunde sowohl bei der Frau, als auch bei dem Mann ließen vermuten, dass sie eines gewaltsamen Todes gestorben waren.

Eisenstein presste sich ein Taschentuch vor Mund und Nase und machte ein paar Schritte in den Flur hinein, um sich die Toten genauer anzusehen. An den Unterarmen der Frau waren die grünlich gefärbten Adern gut sichtbar. Ein Zeichen, dass der rote Farbstoff Hämoglobin sich bereits abgebaut hatte. Die Lippen waren geschwollen und auf der Haut begannen sich Blasen zu bilden.

Er hatte genug gesehen. In den Jahren, seit er mit Susanne zusammenlebte, hatte er von ihr viel über Tod und Leichen gelernt. Susanne war Rechtsmedizinerin und wollte ihren Beruf im nächsten Jahr aufgeben, damit sie mehr gemeinsame Zeit verbringen konnten. Er wusste, dass die Anzeichen, die er bei der toten Frau gesehen hatte, darauf schließen ließen, dass der Tod bereits vor acht bis zwölf Tagen eingetreten war.

Eilig verließ er den Flur und zog die Haustür nur so viel zu, dass das Schloss nicht einrastete. Den Hund nahm er bei der Leine, ging zur Straße und entfernte sich ein Stück vom Haus, damit der Hund den Geruch nicht mehr so extrem wahrnahm. Struppi sah sein Herrchen fragend an und folgte nur widerwillig. Er wusste wahrscheinlich, dass hier etwas Ungewöhnliches geschehen war.

Eisenstein überlegte einen Augenblick, ob er seine ehemaligen Kolleginnen und Kollegen vom Kriminalkommissariat 11 für Tötungsdelikte in Bonn-Beuel anrufen sollte. Oder sollte er zuerst seinen langjährigen Freund und Kollegen Kommissar Ronni Kern informieren? Er nahm sein Smartphone und entschied sich für Ronni.

4

Ronni

Ronni hatte sich an diesem Montag einen Tag Urlaub genommen. Seine Freundin Susie war schwanger und es stand neben den regulären Ultraschalluntersuchungen ein zusätzlicher Ultraschall in der 25. Schwangerschaftswoche an. Sie hatten sich für diese außerplanmäßige Untersuchung entschieden, auch wenn die Kosten dafür nicht von der Krankenkasse getragen wurden. Aber Geld spielte in diesem Fall keine Rolle. Manchmal möchte man einfach mehr Untersuchungen wahrnehmen, um sich ganz genau über die Gesundheit des Babys und der Mutter zu informieren. Schließlich zählte Susie mit ihren achtunddreißig Jahren bereits zu den spätgebärenden Frauen und er war ein knappes Jahr älter und auch nicht mehr taufrisch.

Lange hatten sie sich dagegen entschieden zu erfahren, welches Geschlecht das Baby hatte. Im Laufe der Schwangerschaft wuchs ihre Neugierde immer mehr und heute sollten sie Klarheit erhalten. Außerdem würden sie 3D-Bilder des Ungeborenen erhalten. Ronni wollte natürlich seine Freundin begleiten, genauso wie er sie zu den Terminen des Geburtsvorbereitungskurses begleitete. Er war der überzeugten Meinung, dass die Begleitung während der Schwangerschaft und die Vorbereitung auf die Geburt nicht ausschließlich Frauensache war.

Bisher war die Schwangerschaft gut verlaufen, Susie trug ihren runden Bauch mit Stolz und Würde und Ronni hatte seine Vaterschaft nach einer anfänglichen Überraschungsphase mit Begeisterung aufgenommen.

Lediglich über ein Thema wurde beiderseits Stillschweigen gewahrt – eine mögliche Hochzeit.

Ihre Scheidung vor über zwei Jahren hatte Susie sehr zugesetzt. Sogar eine Rehabilitationsmaßnahme von fünf Wochen war erforderlich gewesen, um die schlimme Zeit ihrer Ehe und Scheidung zu verkraften. Glücklicherweise hatte sie ihren früheren Schulkameraden Ronni wieder getroffen, in den sie damals sehr verliebt gewesen war und der sie auch zum Abiball geführt hatte. Damals ging die Beziehung in die Brüche. Sie waren beide einfach zu jung und für eine dauerhafte Beziehung noch nicht reif genug. Doch als sie ihn nach vielen Jahren in der Pizzeria in Siegburg erblickt hatte, flackerte bei ihr mit einem Schlag die damalige Verliebtheit wieder auf. Bei Ronni war es genauso gewesen.

Trotzdem konnte sie sich nicht vorstellen, noch einmal den Weg zum Standesamt zu gehen – zumindest nicht in absehbarer Zeit.

Auch bei Ronni schien sich der Gedanke an eine Hochzeit nicht zu verfestigen. Unausgesprochen waren sie sich einig, dieses Thema vorerst nicht aufzugreifen.

*

Es war noch nicht einmal zehn Uhr, als Ronnis Smartphone läutete.

„Lass es einfach klingeln oder drücke den Anruf weg. Wir haben einen Termin bei der Gynäkologin und ich möchte nicht, dass wir uns verspäten", rief Susie Ronni zu, der im Wohnzimmer wartete.

Sie hatte sich gerade angekleidet und kam aus dem Schlafzimmer. Sie wollte noch einmal ins Bad, um in den Spiegel zu schauen, und dann wollten sie auch sofort losgehen.

„Das ist Frank. Ich gehe mal kurz ran und sage ihm, dass wir keine Zeit haben und dass er am Nachmittag nochmal anrufen soll", antwortete Ronni.

„Okay, aber labert nicht zu lange", antwortete Susie.

Sie wusste, dass Ronni und Frank manchmal stundenlang miteinander telefonieren konnten.

Seitdem Frank pensioniert war, wollte er immer genau erfahren, was im Präsidium ablief. Insbesondere wenn Ronni in einem neuen Fall ermittelte, mochte er am liebsten bis ins kleinste Detail informiert werden.

Gerne hätte Ronni auf seine Einschätzungen und Ratschläge verzichtet, aber das konnte er seinem Freund wegen langjähriger Wertschätzung und Verbundenheit nicht so direkt sagen. Folglich hörte er in den meistens Fällen zu und ließ die Belehrungen über sich ergehen.

„Hallo Ronni. Ich brauche dich. Ich habe hier zwei Leichen gefunden", meldete sich Frank und fiel direkt mit der Tür ins Haus.

„Habe ich richtig gehört? Zwei Leichen? Wo hast du zwei Leichen gefunden?"

„In einem Haus hinter dem Aggerdamm in Troisdorf. Wahrscheinlich ein älteres Ehepaar", antwortete Eisenstein und nannte Ronni die genaue Adresse.

„Nun mal langsam. Was wolltest du in dem Haus? Hast du Bekannte oder Freunde dort besucht?", fragte Ronni, dem Franks Aufgeregtheit nicht entgangen war.

„Ich kenne die Leute nicht. Ich habe diesen beißenden Geruch sofort wahrgenommen. Nein, Struppi hat ihn als Erster gerochen, als wir am Haus vorbeigingen. Er zog mich kompromisslos zur Haustür hin. Sie war nur angelehnt und ich bin reingegangen. Der süße, beißende Geruch verschlug mir fast den Atem. Da lagen sie dann. Ein Mann und eine Frau. Bestimmt mehr als zehn Tage tot."

Ronni wusste, wer Struppi war. Eisenstein hatte ihn einmal ins Präsidium mitgebracht. Ronni sollte unbedingt seinen neuen Freund kennenlernen.

„Woher weiß du, dass diese Frau und der Mann so lange tot sind? Hast du bereits einen Arzt gerufen?"

„Nein, natürlich nicht. Das ist kein Fall für einen Arzt. Hier muss die Spurensicherung ran. Beide Toten haben Kopfwunden. Sie wurden ermordet. Und wenn ich sage, mehr als zehn Tage, kannst du davon ausgehen, dass diese Aussage stimmt. Vielleicht mit einer Ungenauigkeit von zwei Tagen früher oder später. So etwas lernt man, wenn man wie ich so lange dabei ist und eine Rechtsmedizinerin als Lebenspartnerin hat."

Eisenstein hatte seine alte Sicherheit und Souveränität wieder gewonnen.

„Ich kann nicht kommen. Ich habe keine Zeit und außerdem habe ich heute Urlaub", antwortete Ronni.

„Du kannst nicht kommen? Du hast keine Zeit? Du hast Urlaub? Was ist los mit dir? So kenne ich dich doch gar nicht."

Eisenstein war vollkommen aufgebracht. Hatte er richtig gehört? Sein Freund und ehemaliger Partner und Kollege hatte keine Zeit, nur weil er einen Tag Urlaub hatte? Sein Blutdruck schnellte in die Höhe und sein Herz raste.

„Susie und ich müssen zur Gynäkologin. Du weißt schon. Ultraschall", versuchte es Ronni mit einer Kurzerklärung.

„Ja, ja ich weiß schon. Und du musst mit dahin? Zu meiner Zeit war das alles noch anders."

Eisenstein schüttelte den Kopf und kratzte sich seine wenigen grauen Haare. Ein sicheres Zeichen dafür, dass er etwas nicht verstand oder ernsthaft nachdachte.

„Aber okay. Wann kannst du hier sein?", fragte er nach ein paar Atemzügen zur Beruhigung.

„Vielleicht so gegen zwölf Uhr. Mal sehen."

„Mal sehen? Okay, ich regele das hier. Ich werde zwei Streifenwagen anfordern, die alles absperren. Dann bestelle ich die Spurensicherung und sage unserem Chef Bescheid, dass er mir jemanden aus dem KK 11 zur Unterstützung vorbeischickt."

Frank war jetzt in seinem Element. Er konnte in einem neuen Kriminalfall ermitteln. Wenn Ronni wollte, könnte er ihm gerne dabei behilflich sein, aber er, Frank Eisenstein, würde diesen Fall lösen, dachte er.

„Ja, Frank, mach das so. Aber denk daran, du bist pensioniert und Dirk Schmitz ist nicht mehr dein Chef. Er ist nur noch mein Chef. Er wird jemanden beauftragen, den Fall zu übernehmen. Du bist dann raus aus dem Fall."

Ronni hatte den Eindruck, dass er seinem Freund diese klaren Worte sagen musste. Gleichzeitig wusste er aber auch, dass dieser das nicht akzeptieren würde.

„Du glaubst doch nicht im Ernst, dass ich jetzt nach Hause gehe und mich nicht mehr um meinen Fall kümmern werde?", entgegnete Eisenstein entrüstet und wahrscheinlich auch ein wenig beleidigt.

„Doch, das glaube ich. Wenn du das anders möchtest, sprich mit Schmitz. So, ich muss jetzt auflegen. Wir müssen zur Ärztin", antwortete Ronni und beendete das Gespräch.

Susie stand schon in der geöffneten Wohnungstür und wartete auf Ronni.

„Was wollte Frank denn? Hat er wieder einen Fall an Land gezogen, bei dem du ihm helfen sollst? So wie damals, als er den toten Kanufahrer am Rhein gefunden hat", fragte sie auf dem Weg zum Aufzug.

„Ja, ja, so ähnlich. Er war richtig aufgeregt. Aber das interessiert mich jetzt nicht. Ich möchte vielmehr bald wissen, ob wir einen Sohn oder eine Tochter bekommen. Beides ist mir recht", lachte Ronni.

Er umarmte seine Freundin und gab ihr zärtlich einen Kuss auf den Mund.

5

Frank Eisenstein

Ohne Vorwarnung, beispielsweise durch Anklopfen, und ohne ein höfliches „Guten Morgen" stürmte Frank Eisenstein am frühen Dienstagmorgen in das Büro von Ronni Kern. Früher, als er noch im Dienst war, war das auch sein Büro gewesen. Früher oder jetzt, das interessierte ihn nicht. Das waren nur Belanglosigkeiten. Für ihn bestand darin kein Unterschied.

„Wie weit seid ihr mit den Ermittlungen? Habt ihr schon einen Tatverdächtigen?"

Mit diesen Fragen ließ er sich auf den Besucherstuhl vor Ronnis Schreibtisch fallen. Ronni stand auf und schloss das Fenster, durch das bisher kalte, klare Luft in den Raum geströmt war.

„Guten Morgen Frank. Schön dich zu sehen", ertönte die freundliche Stimme von Sybille Baum aus dem hinteren Teil des Raums.

Das Büro war für Ronni und seine Sekretärin viel zu groß. Eisensteins ehemaliger Schreibtisch stand noch immer verwaist gegenüber von Ronnis Schreibtisch. Ob und wann die Stelle des pensionieren Kommissars neu besetzt werden würde, war völlig unklar.

Eisenstein ignorierte den liebenswürdigen Gruß seiner ehemaligen Kollegin. Stattdessen trommelte er nervös mit den Fingern auf Ronnis Schreibtisch.

„Morgen Frank. Nun komm mal etwas runter und entspann dich“, sagte Ronni fast übertrieben ruhig zu ihm und setzte sich wieder hin.

„Ja, ja. Ist schon gut.“

Frank nahm die Hand von Ronnis Schreibtisch, lehnte sich zurück und schaute Ronni erwartungsvoll an.

„Nun sag schon. Wie weit seid ihr? Habt ihr schon die Nachbarn, die Kinder, die Verwandten befragt?“

„Frank, das ist nicht dein Fall. Du kannst da nicht mehr mitmischen. Oder hast du diesbezüglich mit dem Chef gesprochen?“

„Ja, habe ich. Gestern, nachdem du am Tatort nicht gegen 12:00 Uhr, wie du gesagt hattest, sondern erst nach 13:00 Uhr erschienen bist und mich nach Hause geschickt hast.“

„Ich habe dir doch erklärt, weswegen ich dich gebeten habe, nach Hause zu fahren. Du hattest doch den Hund dabei ...“

Eisenstein hörte gar nicht weiter zu. Er hatte gar nicht daran gedacht, dass der Hund womöglich Spuren hätte verwischen können und wegen des Verwesungsgeruchs unruhig werden würde.

„Okay, natürlich Struppi. Der brauchte sein Futter und musste zurück ins Tierheim. Ich verstehe.“

„Wie bist du mit Dirk Schmitz verblieben? Ist er damit einverstanden, dass du uns hilfst?“

„Ja, ist er. Er sagte aber, letztendlich wäre das deine Entscheidung. Für gestern hat er mich genau wie du nach Hause geschickt. Er sagte, ich sähe krank aus und sollte mich ausruhen. Jetzt frage ich dich: Wovon soll ich mich ausruhen? Ich mache doch nichts mehr, außer hin und wieder ein wenig mit dem Hund herumtollen. Was meinst du? Sehe ich krank aus?"

Ronni schaute seinen Freund ernst an und überlegte.

„Na ja, krank? Ich weiß nicht. Aber du hast schon besser ausgesehen. Wie fühlst du dich denn?"

„Gut", kam es aus Franks Mund wie aus einer Pistole geschossen.

„Ich bin natürlich keine Dreißig mehr. Es ziept mal hier und mal dort. Wenn ich mit Struppi spiele, habe ich hin und wieder einen Druck auf der Brust und bin manchmal etwas kurzatmig. Aber das ist das Alter. Morgen ist das bestimmt wieder besser. Das habe ich auch meinem Hausarzt gesagt, als ich vor ein paar Tagen zum Check-up bei ihm war."

„Was sagte der Arzt dazu?", fragte Ronni besorgt, der sofort anderer Meinung war als sein Freund.

„Was soll der schon sagen. Du kennst doch die Ärzte und deren Maschinerie: immer vorsichtig und den Patienten zum nächsten Facharzt schicken. Er hat sofort einen Termin bei einem Kardiologen für mich gemacht. Übermorgen muss ich hin."

„Dann solltest du auch dorthin gehen und das nicht auf die leichte Schulter nehmen. Bis dahin wirst du dich schonen und die Füße ruhig halten. Ich komme auch allein klar. Ganz bestimmt."

Ronni hatte dies derart ernst und bestimmt gesagt, dass Frank ihn überrascht anschaute. So deutlich und entschlossen hatte sein junger Kollege noch nie zu ihm gesprochen.

„Du hast recht", sagte Frank mit beinahe kleinlauter Stimme.

„Aber du kannst mir doch zumindest sagen, was ihr ermittelt habt."

„Okay, das kann ich. Dann höre zu."

Ronni nahm die Akte vom Rand seines Schreibtischs, die nur wenige Blätter enthielt. Notizen von ihm selbst und Ermittlungsberichte seiner Kolleginnen und Kollegen. Eisenstein beugte sich über Ronnis Schreibtisch, als wolle er mitlesen oder sogar die Berichte an sich nehmen. Ronni legte die gespreizte Hand auf die Papiere und sagte: „Setz dich zurück und höre einfach zu.“

Mein Gott, dachte Eisenstein. Der gibt aber kein bisschen nach. Stur und eigensinnig. Das hat er sich mit Sicherheit von mir abgeschaut, schließlich ist der Grünschnabel durch meine Schule gegangen. Er lehnte sich locker zurück und ein Lächeln umspielte seine Mundwinkel.

„Außer den Fingerabdrücken von Helga und Martin Lindemann haben wir keine anderen Abdrücke gefunden. Der Täter hat wahrscheinlich Handschuhe getragen“, begann Ronni.

„Keinen einzigen fremden Fingerabdruck weder im Flur noch im Wohnzimmer?“, fragte Eisenstein ungläubig.

„Richtig. Kein einziger fremder Fingerabdruck. Das ist zumindest sehr ungewöhnlich und bedeutet, dass im Haus der Lindemanns in der letzten Zeit keine andere Person war“, bestätigte Ronni und fuhr fort:

„Was genauso ungewöhnlich ist, dass kein Nachbar etwas zu den Lindemanns sagen konnte. Niemand hatte Kontakt zu ihnen. Allgemein heißt es, sie seien eigenbrötlerisch und kauzig gewesen. Man sagt, sie haben zwei Kinder. Eine Tochter und einen Sohn, der ungefähr drei Jahre älter als die Tochter ist. Niemand hat in den letzten Jahren einen von ihnen gesehen. Beide sind wohl mit der Volljährigkeit ausgezogen. Zuerst der Sohn, dann die Tochter. Die Tochter wohnt in Müllekoven. Der Sohn ist noch bei den Eltern gemeldet, obschon wir im Haus keinen Hinweis gefunden haben, dass er noch dort wohnt. Eine neue Anschrift konnten wir bisher nicht ermitteln. Der direkte Nachbar meinte, dass Herr Lindemann sehr streng zu seinen Kindern war. Besonders zu dem Sohn. Er hatte die Vermutung, dass er seine Kinder schlug. Außer, dass der Sohn oft in der Schule fehlte, konnte oder wollte er nichts Konkretes sagen."

„Ohren zuhalten und Augen verschließen – das kennen wir doch. Wenn dann etwas passiert, wäscht jeder seine Hände in Unschuld", meinte Eisenstein verbittert.

„Dazu passte auch der Hinweis auf dem Briefkasten: *Bitte keine Werbung und Zeitungen einwerfen*. Die Familie wollte mit niemandem etwas zu tun haben. Noch nicht einmal mit den Austrägern der Werbeblätter und Wochenzeitungen", fügte er noch hinzu.

Langsam drehte er sich zu Sybille Baum um. Man merkte, dass ihn etwas beschäftigte.

„Tut mir leid, dass ich hier so hereingeplatzt bin und dich nicht begrüßt habe. Ich bin anscheinend zurzeit nicht so gut aufgelegt."

„Ist schon okay, Frank. Jeder hat mal einen schlechten Tag. Was haltet ihr von einer Tasse Kaffee?", fragte Sybille und stand auf, da sie die Antwort bereits kannte.

„Das ist eine tolle Idee. Da sagen wir nicht nein", beeilte sich Ronni zu sagen, bevor sie das Büro verließ.

„Übrigens – der Briefkasten war tatsächlich leer. Keine Werbung und auch kein Brief. Also ist der Postbote schon Tage nicht mehr vor dem Haus und an der Haustür gewesen", fuhr Ronni mit seinen Informationen fort.

„Habt ihr die Tatwaffe gefunden?", wollte Eisenstein jetzt wissen.

„Ja, sie lag direkt bei den Leichen im Hausflur."

Ronni blätterte in der Akte und zog mehrere Fotos heraus.

„Hier, damit wurden Frau und Herr Lindemann erschlagen. Das beweisen die Blutspuren eindeutig."

Ronni zeigte seinem früheren Kollegen die Fotos, auf denen eine bauchige Vase abgebildet war.

„Man sieht ganz deutlich die Blutspuren", stellte Eisenstein fest.

„Was ist das für eine hässliche Vase? Ist sie aus irgendeinem Metall?"

„Das ist eine bronzene Kayser-Vase aus der Jugendstilzeit. Könnte ein Erbstück sein, denn so alt waren die Lindemanns nicht, dass sie die Vase in dieser Zeit erstanden haben könnten."

„Jugendstil – wann war das denn? Und was bedeutet Kayser-Vase? Du scheinst ja ein richtiger Kunstkenner zu sein", grinste Eisenstein über das ganze Gesicht.

„Nein, bin ich nicht. Die Infos habe ich von einem Kollegen der Spurensicherung erhalten. Jugendstil ist die Zeit um 1890 bis 1920. Eine Familie Kayser aus Düsseldorf hatte die Idee, künstlerisch gestaltete, zeitgemäße Gegenstände wie Aschenbecher, Kerzenständer, Lampen und eben solche Vasen in Massenproduktion herzustellen und einem breiten Publikum anzubieten. Die Entwürfe stammten von einem gewissen Engelbert Kayser. Mit dessen Tod endete auch die künstlerische Bedeutung der Firma."

Ronni setzte sich im Polster des Drehsessels zurück und schien selbst sein dargebotenes Wissen zu genießen und auf das Lob seines Freundes zu warten.

„Was du alles weißt", bemerkte dieser spöttisch und ohne die kleinste Spur von Anerkennung.

„Vielleicht hat Familie Lindemann die Vase auch im Internet für 15,70 € gekauft. Hat deine Weisheit etwas mit unserem Fall zu tun?", fragte Eisenstein stattdessen provozierend.

„Nein, natürlich nicht. Außer, dass die Vase 27 cm hoch und 1360 Gramm schwer ist. Also damit kann man schon einen Menschen erschlagen."

„Was ja auch offensichtlich geschehen ist."

Inzwischen hatte Sybille den Kaffee gebracht.

„Übrigens, gestohlen wurde anscheinend nichts. Keine Schublade wurde durchwühlt. In den Schränken und im gesamten Haus herrschte eine, für meinen Geschmack, sterile Ordnung und Sauberkeit", schloss Ronni seine Ausführungen und klappte die Akte zu.

„Hm", machte Eisenstein und kratzte sich seinen Kopf.

„Wie geht es jetzt weiter mit euren Ermittlungen?"

„Das weißt du doch selbst. Jetzt beginnt jede Menge Kleinarbeit. Nochmal mit den Nachbarn und deren Kindern sprechen. Auch mit denen, die bereits ausgezogen sind. Ehemalige Arbeitskollegen befragen. Papiere, Dokumente, Rechnungen und so weiter sichten. Das kennst du doch alles selbst. Am wichtigsten wird sein, die Kinder der Lindemanns ausfindig zu machen."

„Dann macht das mal", sagte Eisenstein und erhob sich von seinem Stuhl.

Dabei fasste er sich unbewusst an die Brust und verzog das Gesicht. Ronni bemerkte das natürlich sofort.

„Geht es dir nicht gut? Setz dich nochmal hin."

Dabei schaute er Frank besorgt an und fasste ihn stützend am Arm.

„Nein, nein. Es ist alles in Ordnung. Ich war nur etwas schwindelig. Wahrscheinlich bin ich zu schnell aufgestanden", wiegelte Frank ab und versuchte ein Lächeln, das aber nicht so recht gelang.

„Macht es gut. Wir hören voneinander. Vielen Dank für den Kaffee“, sagte er, hob zum Abschied grüßend die Hand und verließ das Büro.

„Denk an deinen Arzttermin“, rief Ronni ihm noch hinterher.

Aber sein Freund schien das nicht mehr gehört zu haben. Er hatte die Tür bereits hinter sich geschlossen.

Ronni blieb noch einige Sekunden stehen und schaute versunken die geschlossene Bürotür an.

„Irgendetwas stimmt mit Frank nicht. Hoffentlich nichts Ernsthaftes“, sagte er zu Sybille.

„Finde ich auch. Viele Männer haben nach der Pensionierung plötzlich gesundheitliche Probleme. Das kann bis zum Herzinfarkt gehen“, bestätigte Sybille Ronnis Bedenken.

„Mal nicht den Teufel an die Wand“, sagte Ronni leise zu sich selbst und setzte sich wieder hinter seinen Schreibtisch.

6

Carla

Carla hatte sich am Abend in der Mediathek eine Episode von „Der Bergdoktor“ angesehen. Wieder einmal war sie kurz vor Ende des Films eingeschlafen. Sie hatte ein anstrengendes Wochenende hinter sich und in der Nacht zum Montag wenig Schlaf bekommen. Der heutige Tag war irgendwie stressig gewesen. Sie konnte das zwar nicht an etwas Besonderem festmachen, wahrscheinlich lag es einfach am fehlenden Schlaf.

Sebastian, ihr Mann, war Regionaldirektor einer großen Bank. Sonntagabend war er zu einem Empfang eingeladen. Es gehörte zum guten Ton, dass er in Begleitung seiner Ehefrau teilnahm. Sie wurde vielen Gästen vorgestellt, von denen sie aber bis dahin niemanden persönlich kannte. Frauen und Männer aus Politik, Wirtschaft und Kunst, halt Menschen des öffentlichen Lebens. Sogar ein evangelischer Pfarrer begrüßte sie freundlich, obschon sie der katholischen Kirche angehörte. Aber das konnte dieser ihr nun wirklich nicht ansehen. Die Konversation mit immer neuen Gesprächspartnern und das fortwährende freundliche Lächeln, verbunden mit perfekt vorgetäuschter Interessenbekundung, strengte sie enorm an. Ihr Mann hingegen war das gewohnt und er fühlte sich in diesem Kreis wohl.

Todmüde war sie erst spät in der Nacht ins Bett gefallen.

Nach seinem Studium und seiner Ausbildung hatte Sebastian schnell Karriere bei der Bank gemacht.

„Du musst nicht mehr arbeiten gehen. Ich verdiene eine Menge Geld – genug für uns und unsere Tochter. Gib deinen Beruf auf, zumindest für die Zeit, in der Emma klein ist und dich braucht. Du hast dann keinen Stress mehr und kannst dich ganz um sie und um Haus und Garten kümmern", sagte er, nachdem Emma geboren war.

Seinerzeit sah sie sein Angebot als sehr verlockend an und gab ihre Stelle bei der Versicherung auf. Im Rahmen dieser Euphorie schafften sie sich dann auch noch einen Hund an.

Heute wusste sie, dass sie sich falsch entschieden hatte.

Das Kind betreuen, das Haus in Ordnung halten, den Garten pflegen und dann noch die übrigen häuslichen Arbeiten, wie Kochen, Putzen, Wäsche waschen, Bügeln und Einkaufen verlangten ihr mehr ab, als sie ursprünglich geahnt hatte. Und Oscar, ihr Hund, den Emma über alles liebte, war noch eine zusätzliche Belastung. Doch dies alles schien sie zu verkraften. Womit sie nur schwer zurechtkam, war das Alleinsein, insbesondere ab dem Zeitpunkt, als Emma in den Kindergarten gekommen war. Mittlerweile besuchte sie bereits die weiterführende Schule. Wenn sie dieses Thema bei Sebastian anbrachte, machte er immer nur eine abfällige Handbewegung und gab einen kurzen, manchmal spöttischen Kommentar ab, der zeigte, dass er keine Ahnung von dem hatte, was außerhalb „seiner" Bank geschah.

Frustration machte sich immer mehr bei ihr breit. Der schöne Garten, das wunderschöne, großräumige Haus, das aufgeweckte Kind und sogar der liebenswerte Hund konnten dies nicht aufwiegen.

Es hatte sich herausgestellt, dass ihre Tochter sehr krank war – Diabetes mellitus Typ 1. Als sie die Diagnose erhielten, war das wie ein Erdbeben für Carla gewesen. Lediglich Sebastian blieb ruhig und meinte, dass es in der heutigen Zeit nicht mehr so schwierig sei, damit zu leben. „Wir müssen lediglich Emma beibringen, diszipliniert mit ihrem Körper umzugehen", meinte er. Und mit dem „wir" meinte er ausschließlich Carla. Es war eine weitere Belastung für sie, die sie aber für das Wohlergehen ihrer Tochter gerne übernahm. Zu Beginn spritzte sie Emma täglich Insulin, damit ihr Körper die aufgenommene Nahrung verwerten konnte. Als ihre Tochter älter wurde und zur weiterführenden Schule wechselte, lernte Emma in einer Schulung, sich selbst die Spritze zu setzen. Sie hatte am eigenen Körper erfahren und gelernt, wenn sie sich kein Insulin spritzte, dass dann Probleme wie Durstgefühl, Müdigkeit und Übelkeit auftreten konnten. Zum Glück war sie bisher von stärkeren Beschwerden, wie Schwindel oder gar Bewusstseinsstörungen bis hin zur Bewusstlosigkeit verschont geblieben.

Inzwischen hatte sie eine Insulinpumpe, ein kleines, dauerhaft am Körper getragenes Gerät, erhalten, das regelmäßig Insulin in das Blut abgab. Über den Tag hinweg war damit der Grundbedarf an Insulin abgedeckt. Zur Sicherheit war ihr ein Sensor am Oberarm implantiert worden. Dadurch war ein einfaches Ablesen der Blutzuckerwerte per Smartphone möglich.

Emma ging sehr diszipliniert mit ihrer Erkrankung um und es schien im Alltag keine außergewöhnliche Belastung für sie zu sein. Für Carla, ihre Mutter, war das hingegen ein Ballast, den sie an keinem Tag ablegen konnte. In ihrem Mann hatte sie keine große Hilfe, mit der Situation zu leben.

So war es nicht verwunderlich, dass sie und Sebastian nur noch wenige Gemeinsamkeiten hatten. Er lebte nur noch für seinen Beruf und für seine Karriere. Sogar die Wochenenden waren sehr oft mit beruflichen Verpflichtungen belegt. Es schien, als wäre in seinem Leben für sie und ihre Tochter kein Platz mehr.

Wo war die gegenseitige Liebe aus längst vergangenen Zeiten geblieben? Sie hatte keine Antwort auf diese Frage. In ihr reifte immer mehr der Gedanke, dass sich etwas in ihrem Leben verändern sollte. Nur was? Sie wusste es nicht – oder traute sie sich nur nicht?

Zum Glück hatte sie ihre Freundin Anna. Mit ihr konnte sie über ihre Gedanken und Probleme reden. Sie hatte immer ein offenes Ohr und hin und wieder auch einen Rat. Aber Anna war zurzeit in Urlaub. Sie hatte einen Wanderurlaub auf Mallorca gebucht. Carla wäre gerne mitgereist, aber Emma musste zur Schule und sie hatte niemanden gefunden, der sich um Emma und den Hund gekümmert hätte.

Jetzt hatte Carla es sich im Wohnzimmer auf dem Sofa gemütlich gemacht. Obschon sie müde war, ärgerte es sie, dass sie das Ende des Fernsehfilms nicht mitbekommen hatte. „Der Bergdoktor" war eine ihrer Lieblingsserien und sie würde sich die Folge demnächst noch einmal in der Mediathek anschauen.

Carla entschied sich, ins Bett zu gehen. Auf dem Weg zum Schlafzimmer schaute sie noch einmal ins Zimmer ihrer Tochter Emma. Die schlief bereits friedlich. Das Smartphone lag vor ihr auf der Bettdecke. Sie war früh in ihr Zimmer gegangen, da sie noch mit ihren Freundinnen telefonieren wollte. Oft telefonierte sie stundenlang mit einigen von ihnen. In ihrem Alter mit dreizehn Jahren waren es noch Freundinnen. Carla war klar, dass über kurz oder lang auch Freunde hinzukommen würden.

Wieder einmal musste sie allein ins Bett gehen. Ihr Mann hatte angeblich noch eine Besprechung, die länger dauern würde, hatte er gesagt. Sie glaubte nicht, dass das mit den häufigen Besprechungen und dem langen Arbeiten, manchmal bis spät abends, stimmte. Das Verhältnis zwischen den Ehepartnern war sehr angespannt. Gleichgültigkeit schien inzwischen von beiden Seiten zu dominieren. Sie versuchte immer wieder, diese Disharmonie vor ihrer Tochter zu verbergen. Emma war in der Pubertät und brauchte Halt und Verständnis in einer intakten Familie.

Auf ihren Mann zu warten, schien ihr nicht sinnvoll. Wenn er nach Hause kam, würde er wahrscheinlich kaum mit ihr reden und sofort zu Bett gehen.

Sie zog die Decke bis über die Ohren und es dauerte nur wenige Minuten, bis sie eingeschlafen war.

7

Er saß im Auto und schaute durch die Windschutzscheibe auf das Haus, in dem sie wohnten. Sie haben keine Ahnung, wie ich sie vorführe, freute er sich bereits vorab und kicherte fast unhörbar.

Er fühlte sich wie betrunken, als wäre Watte in seinem Kopf. Aber so war es nicht. Drogen ja, aber Alkohol trank er nie. Vielleicht bin ich berauscht vom nahen Erfolg, dachte er.

Noch war es nicht so weit. Bis dahin hatte er noch einiges an Arbeit zu leisten.

Er wusste, wenn alles vorbei war, würde sich für ihn so manches im Leben ändern. Bei diesem Gedanken war ihm nicht ganz wohl aber er wusste, dass es sein musste.

Er war nicht allein. Das beruhigte und ärgerte ihn zugleich. Hätte er nur die Idee gehabt, er hätte das auch allein durchgezogen. Es war nun einmal so, wie es war und er musste damit fertig werden.

Durch das Seitenfenster auf der Beifahrerseite sah er ein junges Mädchen auf dem Bürgersteig vorübergehen. Sie war vielleicht sechzehn oder siebzehn Jahre alt. Wahrscheinlich begann der Unterricht heute später und sie war auf dem Weg zur Schule. Ihre blonden Haare hatte sie zu einem Dutt gedreht. Über der linken Schulter hing lässig ein prall gefüllter Rucksack. Den Kragen ihrer Jacke hatte sie hochgeschlagen.

In der rechten Hand hielt sie eine Zigarette. Fast unsichtbar kräuselten sich kleine Rauchwolken von ihrer Hand hoch und lösten sich in den nächsten Sekunden in der kalten Herbstluft auf. Sie hob den Arm, zog lange an der Zigarette und inhalierte den Rauch tief in ihre Lunge.

Du hättest es auch sein können. Bestimmt hätten deine Eltern alles für dich getan, damit es dir gut geht. Aber „Er" wollte es anders, dachte der Mann im Auto.

Auf einmal hob die junge Frau den Arm mit der Zigarette und winkte. Ein junger Mann, wahrscheinlich im gleichen Alter wie sie, kam auf sie zu. Eine kurze Umarmung, die eine längere Vertrautheit erahnen ließ, folgte ein Kuss auf den Mund.

Dieses Glück hatte der Beobachter bisher nicht erfahren. Mit einem Mal verflog seine bisherige gute Stimmung. War das Eifersucht oder Neid?

Egal. Er saß nicht hier, um ein junges Paar zu beobachten. Er hatte einen Plan, den er ohne Wenn und Aber verfolgen musste. Gefühle waren dabei unangebracht.

Er wollte die Frau, auf die er wartete, kennenlernen. Sie verängstigen, damit sie aus Angst künftige Entscheidungen zu seinen Gunsten treffen würde.

8

Carla

Sie verfluchte ihren Wecker, der sie heute Morgen um 7:00 Uhr aus tiefem Schlaf riss. Sie musste ihre Tochter wecken. Während diese sich im Bad für die Schule fertig machte, bereitete Carla das Frühstück für sich und ihre Tochter. Ihr Mann hatte angedeutet, dass er später ins Büro fahren würde. Wann er am Abend oder vielleicht sogar in der Nacht nach Hause gekommen war, wusste sie nicht. Sie hatte in dieser Nacht ausnahmsweise fest wie ein Stein geschlafen. Nachdem Emma zur Schule gegangen war, räumte sie den Frühstückstisch ab. Für ihren Mann stellte sie Teller und Tasse sowie Brot, Butter und einige Scheiben Käse hin. Seine drei Tassen Kaffee würde er sich selbst am Kaffeeautomat zubereiten. Dann zog sie eine Jacke über und ging wie üblich mit dem Hund Gassi. Heute war ihr das noch nicht einmal so unangenehm. Die frische Morgenluft tat ihren Kopfschmerzen gut. Sie haderte mit sich selbst, dass sie gestern Abend entgegen all ihrer Vorsätze doch zu viel Alkohol getrunken hatte.

Sie wohnten in einer ruhigen Wohnstraße, nur wenige Minuten Fußweg vom Spicher Wald entfernt. Wie üblich zog Oscar bis zum Wald kräftig an der Leine. Sie interpretierte das als Vorfreude auf den Wald, vielleicht war es aber auch der Druck auf seiner Blase. Beim Erreichen der ersten Bäume löste sie die Leine und er konnte an einem Busch abseits des Weges sein Geschäft verrichten.

Eine Frau, in ungefähr gleichem Alter wie Carla, ging ebenfalls mit ihrem Hund den Weg entlang. Bei diesem Hund handelte es sich um einen schwarzen Labrador. Als sie Carla erreichte, liefen die Hunde aufeinander zu und beschnüffelten sich.

„Sie scheinen sich zu mögen", sagte die Frau mit dem Labrador.

„Ja, das glaube ich auch. Oscar und ich gehen jeden Tag um diese Zeit hier im Wald spazieren. Ich habe Sie noch gar nicht hier gesehen", sagte Carla ein wenig neugierig.

„Wir sind zum ersten Mal um diese Zeit unterwegs, werden das aber künftig öfter machen, denn das passt mir vom Tagesablauf recht gut."

„Darf ich Sie ein Stück begleiten? Wir gehen dort hinten noch den Berg hoch", fragte Carla und zeigte mit dem Arm nach rechts.

„Gerne, leider muss ich weiter geradeaus. Wir wohnen seit ein paar Wochen in der Nähe vom Bürgerhaus. Aber vielleicht treffen wir uns einmal morgens und gehen zusammen mit den Hunden."

„Das wäre schön. Oscar und ich würden uns freuen. Übrigens, ich heiße Carla. Ich denke, das mit dem „Sie" können wir lassen", schlug Carla vor.

„Nein, das kann doch nicht wahr sein. Hey, ich heiße ebenfalls Carla. Ich finde den Namen an sich sehr schön. Er ist aber nicht mehr so sehr verbreitet. Welch ein Zufall, dass wir uns begegnet sind. Es ist nur nervig, dass die meisten Menschen Clara zu mir sagen."

„Geht mir genauso. Ich finde den Namen ebenfalls sehr schön. Die Bedeutung klingt doch gut: Die Freie, die Helle. Oder?"

Inzwischen hatten beide Frauen die Stelle erreicht, wo sich ihre Wege trennten.

„Dann vielleicht bis morgen. Tschüss Carla."

„Ja, bis morgen, Tschüss Carla."

Beide Frauen mussten über die eigenartige Verabschiedung lachen. Sie fanden sich auf Anhieb sympathisch. Eine zweite Freundin neben Anna, die noch dazu im gleichen Ort wohnte und die sie öfter sehen konnte, würde Carla toll finden. Mal abwarten, wie sich das entwickelt, dachte sie.

Carla drehte eine Runde den Berg hoch und wieder hinunter.

Nachdem Oscar sein Geschäft verrichtet hatte, merkte sie, wie erleichtert er war, denn er lief ohne Leine ruhig neben ihr. Daher verzichtete Carla darauf, ihn beim Erreichen der Straße anzuleinen.

Von Weitem erkannte sie einen roten PKW, der vor dem Nachbarhaus parkte. Beim Verlassen des Hauses hatte dieser Wagen noch nicht dort geparkt. Als sie auf der gegenüberliegenden Straßenseite ihres Hauses ankamen, lief ihr Hund ausgelassen einige Meter vor und überquerte die Straße.

Weder der Hund noch Carla hatte auf den plötzlich mit hohem Tempo anfahrenden roten PKW geachtet. Mit quietschenden Reifen brachte der Fahrer seinen Wagen zum Stehen, bevor er mit dem Hund kollidierte. Die Fahrertür des Autos wurde aufgestoßen und ein Mann sprang wutentbrannt auf die Straße.

„Können Sie Ihren Hund nicht an der Leine halten?," schrie er Carla an und lief auf sie zu.

Kurz vor ihr hielt er inne. Nur wenige Zentimeter war sein Gesicht von ihrem entfernt. Sie roch seinen schlechten Atem und ging zwei Schritte zurück.

„Ihr Hund hat Glück, dass ich so schnell reagiert habe. Sie sollten einmal überlegen, ob sie überhaupt in der Lage sind, einen Hund zu halten", fauchte er.

„Entschuldigung", stammelte Carla schuldbewusst.

„Heute ist wohl nicht mein Tag", fügte sie kleinlaut als Versuch einer Rechtfertigung hinzu.

„Das glaube ich auch", sagte der Mann, drehte sich mit einem Ruck um, ging zu seinem Wagen und fuhr mit viel zu hohem Tempo davon.

Carla schaute dem Wagen hinterher, bis er bei der nächsten Straßenbiegung verschwand. Es handelte sich um einen überaus dreckigen, alten Opel mit dem Kennzeichen BO für Bochum. Weder den Mann, noch den PKW hatte sie jemals vorher in der Straße gesehen. In den vielen Jahren, die sie hier wohnten, kannte sie alle Fahrzeuge der Nachbarn. Sogar zum großen Teil die Fahrzeuge deren regelmäßigen Besucher. Solch einen roten, alten Opel mit Bochumer Kennzeichen hatte sie noch nie hier gesehen.

Ihr Hund stand auf dem Bürgersteig vor ihrem Haus und wartete auf sie. Ihn schien der Vorfall nicht sonderlich berührt zu haben. Auf dem Weg zur Haustür und auch, als sie sich wieder in der Wohnung befand, überlegte sie, wer das wohl gewesen sein könnte. Wieso hatte er vor dem Nachbarhaus gestanden und war dann so plötzlich mit Karacho losgefahren? Sie hatte den Eindruck, dass der Mann losfuhr, als er sie gesehen hatte. Hatte er auf sie gewartet? Aber wieso? Sie kannte den Mann nicht.

Sie hatte im Augenblick keine Antwort auf ihre Fragen und ihr Hund verlangte sein Futter. Außerdem wollte sie unbedingt ins Bad. Bald hatte sie den Vorfall vergessen und ihr Alltag nahm seinen gewohnten Verlauf.

An diesem Tag kam ihr Mann außergewöhnlich früh nach Hause. Allerdings zog er sich bald in sein Arbeitszimmer in der ersten Etage zurück. Ein Gespräch über ihr Erlebnis mit dem seltsamen Autofahrer kam nicht zustande. Sie hörte, wie er mehrmals telefonierte. Sie konnte aber nicht ausmachen, mit wem. Im Grunde interessierte sie das auch nicht – oder besser gesagt nicht mehr.

Am Abend schaute sie Fernsehen. Ihr Mann kam irgendwann aus seinem Arbeitszimmer herunter, setzte sich wortlos in den Sessel und schaute einige Minuten uninteressiert das Fernsehprogramm mit, ehe er sich verabschiedete und zu Bett ging.

Sie war müde und wäre auch gerne zu Bett gegangen, wartete aber noch einige Zeit, bis sie annehmen konnte, dass Sebastian eingeschlafen war. Dann ging auch sie zu Bett. Sebastian hatte seine Arme um das Kissen geschlungen und schlief anscheinend tief und fest. Zufrieden rutschte sie in ihr Bett und war auch bald eingeschlafen.

Erschrocken riss sie die Augen auf. Das Klingeln des Festnetztelefons im Flur vor dem Schlafzimmer hatte sie aus dem Schlaf gerissen. Die blassgrünen LED-Ziffern ihres Weckers auf dem Nachttisch zeigten 3:15 Uhr an. Wer rief denn zu dieser Zeit an? Das konnte nichts Gutes bedeuten. Das zweite Klingeln klang in der Dunkelheit und Stille der Nacht viel lauter als am Tag. Sie sprang auf und eilte, ohne das Licht einzuschalten, in den Flur, wo das Gerät auf der Ladestation stand. Ihr kam es vor, als leuchtete das Display des Mobilteils gespenstig in der Dunkelheit. Es zeigte an, dass es sich um einen unbekannten Anrufer handelte. Ihre negative Ahnung schien sich zu bestätigen. Bevor der Klingelton zum dritten Mal durch das Haus schallte und auch ihren Mann womöglich weckte, nahm sie das Gespräch an.

„Hallo“, presste sie leise heraus, denn ihr Herz schlug ihr bis zum Hals.

Niemand meldete sich.

„Hallo, wer ist da?“, flüsterte sie.

Keine Antwort. Sie meinte Atemgeräusche zu vernehmen und drückte das Gerät fester an ihr Ohr. Ohne Zweifel, das waren schnell aufeinanderfolgende Atemgeräusche. Das war wahrscheinlich der Grund, weswegen sie das Telefonat nicht beendete.

„Hallo, wer ist da? Melden Sie sich doch."

Keine Antwort. Stattdessen weitere Atemgeräusche. Sie fand, dass das Atmen lauter geworden war.

„Benötigen Sie Hilfe? Dann versuchen Sie mir zu sagen, wer Sie sind und wohin ich Hilfe schicken kann."

Plötzlich war die Verbindung abgebrochen. Das einzige Geräusch, dass sie vernahm, war das wie wild klopfende eigene Herz. Sollte sie ihren Mann wecken? Aber was würde das bringen? Trotzdem versuchte sie es.

„Sebastian", sagte sie leise und berührte vorsichtig die Schulter ihres Mannes.

Dieser grunzte lediglich und drehte sich um.

„Sebastian", versuchte sie es nochmals und rüttelte jetzt fester an seiner Schulter.

„Was ist denn los?", brummte er, ohne sich zu ihr umzudrehen.

„Da hat gerade jemand auf unserem Festnetz angerufen, ohne sich zu melden. Ich habe nur lautes Atmen vernommen. Es war ein unbekannter Anruf. Ich kann also nicht zurückrufen, falls der Anrufer Hilfe benötigt. Was soll ich machen?"

„Nichts! Wahrscheinlich war das so ein Fake-Anruf. Wenn er dich angerufen hat, hätte er auch selbst den Notdienst anrufen können, falls er Hilfe benötigt. Vielleicht war es auch so ein Verrückter, der sich einen Spaß daraus macht, nachts Frauen anzurufen. Solche Leute soll es geben."

Damit war für ihren Mann das Thema erledigt. Es dauerte noch nicht einmal eine Minute und sie hörte sein ruhiges Atmen.

Sie lag dagegen noch Stunden wach und wälzte sich im Bett von einer Seite auf die andere. Unterschiedliche Gedanken kamen und gingen. Zuerst war es nur der seltsame Anruf, doch später gesellte sich der Vorfall am Morgen mit dem Autofahrer noch hinzu.

Am nächsten Morgen war sie noch unausgeschlafener als am Tag zuvor. Als sie beim Frühstück mit ihrem Mann über den nächtlichen Anruf und ihr Unbehagen sprechen wollte, schaute dieser noch nicht einmal von der Zeitung auf.

„Verschone mich bitte mit deinen Ängsten. Vergiss den verrückten Anrufer. Wahrscheinlich hatte sich nur jemand verwählt und du gerätst sofort in Panik."

„Mama, was war los? Wer hat angerufen?", wollte Emma besorgt wissen, die die Unsicherheit ihrer Mutter bemerkt hatte.

„Nichts, mein Schatz. Nur ein Verrückter, wie Papa gesagt hat. Mach dir keine Sorgen. Schau zu, dass du mit dem Frühstück fertig wirst. Es ist bereits spät und du musst los", wechselte sie das Thema.

Sie hatte beschlossen, sowohl den Autofahrer als auch das Telefonat endgültig zu vergessen.

9

Ronni

Seit geraumer Zeit saß Ronni Kern am Mittwochnachmittag an seinem Schreibtisch im Kriminalkommissariat 11 und überlegte. Inzwischen waren mehr als zwei Tage vergangen, nachdem Frank Eisenstein die Leichen des Ehepaares Lindemann in Troisdorf entdeckt hatte. Ronni suchte einen Weg, wie er in diesem Mordfall weiter vorgehen sollte. Die Lösung des Falles schien in weiter Ferne zu liegen, wenn es denn überhaupt eine Lösung gab.

Die Spurensicherung hatte im gesamten Haus keinerlei fremde Fingerabdrücke gefunden. Nur zahlreiche Fingerabdrücke von Herrn und Frau Lindemann. Alle Zimmer waren penibel aufgeräumt und sauber. Nichts war durchwühlt, wodurch man auf einen Einbruch hätte schließen können. Die Haustür war nicht aufgebrochen worden und es befanden sich auch keine Kratzspuren am Schloss. Hatte der Täter einen Schlüssel gehabt oder war er von Herrn oder Frau Lindemann hereingelassen worden? Nach Aussage des Gerichtsmediziners musste die Tat am Wochenende vor Eisensteins Fund der Leichen erfolgt sein. Einen genauen Tag, oder sogar die Tageszeit konnte er noch nicht bestimmen. Eisensteins Lebenspartnerin, die ebenfalls Gerichtsmedizinerin war, hatte die Übernahme des Falles abgelehnt. Befangenheit, wegen Eisenstein, argumentierte sie. Ronni kannte die Fähigkeiten von Susanne aus der Zusammenarbeit in mehreren Fällen. Gerne hätte er auch in diesem Fall mit ihr zusammengearbeitet. Aber er musste ihre Entscheidung akzeptieren.

Er trauerte den Zeiten nach, in denen er sich mit Frank Eisenstein das Büro geteilt hatte und sie gemeinsam eine Strategie für das weitere Vorgehen diskutierten. Diese Zeiten waren für immer vorbei.

Sybille Baum war zwar keine Kommissarin, aber auch als Sekretärin hatte sie hin und wieder gute Ideen und Ronni schätzte ihre Meinung sehr.

„Sybille, hast du vielleicht einen Vorschlag, was uns in dem Mordfall Lindemann weiterhelfen könnte?"

Sybille saß an ihrem PC und schrieb Berichte der Kollegen aus den Nachbarbüros. Ronni hatte keinerlei Schreibarbeit und auch keine Recherchen vorgesehen, die sie erledigen konnte.

„Leider nein. Ich bin genauso ratlos wie du. Aus den Protokollen habe ich entnommen, dass wir von den Nachbarn so gut wie nichts erfahren haben, was uns weiterhelfen könnte. Ich habe den Eindruck, die mauern alle. Die müssen doch etwas wissen, sagen aber nichts. Die Lindemanns sind tot. Die Nachbarn haben doch nichts zu befürchten, wie eventuell üble Nachrede. Was waren die Lindemanns für eine Familie? Wie lebten sie? Was sind das für Kinder, die Tochter und der Sohn? Hatten Lindemanns Freunde, Bekannte oder Verwandte, die ab und zu oder regelmäßig zu Besuch kamen? Ich verstehe nicht, dass wir darüber keine handfeste Auskunft erhalten. Oder waren die Lindemanns solche Einzelgänger, die keinen Kontakt mit den Nachbarn hatten und mit niemandem befreundet waren? Das kann ich mir kaum vorstellen."

„Kann ich mir auch nicht vorstellen, aber solche Menschen gibt es bestimmt. Würden wir zumindest die Kinder erreichen, hätten wir einen Anhaltspunkt. Aber die Tochter ist zu einem Wanderurlaub nach Mallorca, wie uns die Nachbarin mitteilte und wo sich der Sohn aufhält, kann uns niemand sagen. Im Elternhaus wohnt er jedenfalls nicht und eine Festnetz- oder Mobilnummer haben wir nicht gefunden."

„Kann es sein, dass er zusammen mit seiner Schwester nach Mallorca gereist ist?", fragte Sybille.

„Möglich, obschon die Nachbarin meinte, dass sie allein gereist ist. Einen Freund hat sie anscheinend nicht. Ich habe den Eindruck, dass die Frau genau Bescheid weiß und sich gut mit der Tochter der Lindemanns versteht."

„Dann bleibt nichts anderes übrig, als zu warten, bis die Tochter aus dem Urlaub zurück ist oder bis der Sohn auftaucht", resümierte Sybille.

„Ja, ja, vielleicht ..."

Ronni war offensichtlich nicht mit der Zusammenfassung von Sybille zufrieden. Er schlug mit beiden flachen Händen auf die Schreibtischplatte und nahm den Haustürschlüssel vom Haus der Lindemanns aus der Schreibtischschublade, den er am Tatort vom Schlüsselbrett mitgenommen hatte. Mit einem Ruck erhob er sich.

„Ich fahre noch einmal zum Haus der Lindemanns. Vielleicht haben wir etwas übersehen. Anschließend fahre ich nach Hause, denn ich glaube, schwangere Frauen haben ihren Mann gerne bei sich an ihrer Seite."

Ronni grinste vielsagend über das ganze Gesicht. Er freute sich auf seine Freundin und darauf, sie in den Arm zu nehmen und ihren dicken Bauch zu streicheln.

„Mach das. Ich kann mir vorstellen, worauf du dich freust. Ich halte hier die Stellung. Ach ja, und nimm einen Schirm mit, es regnet bereits seit längerer Zeit", antwortete Sybille, ebenfalls mit einem breiten Grinsen im Gesicht.

*

Der gewaltsam herbeigeführte Tod sucht nicht nur die Unterklasse der Gesellschaft oder Menschen eines bestimmten Alters oder Geschlechtes auf. Das Gegenteil ist der Fall. Der gewaltsame Tod, der Mord, mag die Gegensätze, den Kontrast in den Gesellschaftsschichten. Leid, Grausamkeit und Qualen können überall und jederzeit zuschlagen und der daraus in vielen Fällen resultierende Tod ist unbarmherzig und schonungslos. Unserer Vorstellungskraft scheinen hierbei Grenzen gesetzt zu sein.

Diese Gedanken beschäftigten Ronni, als er durch die ruhigen Wohnstraßen fuhr und rechts und links die gepflegten Vorgärten und makellosen Einfamilienhäuser betrachtete. Er hatte das Gefühl, dass auch hier hinter den Fassaden in manchen Familien menschliches Leid und Elend herrschten und der Tod das Glück und den Wohlstand abrupt beenden könnte. Ronni hatte mit der Ermordung des Ehepaares Lindemann die Bestätigung dieser Theorie erhalten.

Er stoppte den Wagen vor dem Haus, stellte den Motor ab, blieb aber noch einen Augenblick im Wagen sitzen. Der Regen klatschte gegen die Frontscheibe. Durch das Seitenfenster betrachtete er das Haus. Ein kleiner gepflegter Vorgarten. Die Fassade und die Haustür wirkten renovierungsbedürftig und stachen optisch von den Häusern in der Nachbarschaft ab. Das Küchenfenster zierte eine kurze Gardine und einige blühende Pflanzen, die inzwischen die Köpfe hängen ließen, da ihnen niemand einen Tropfen Wasser geschenkt hatte. An den Fenstern im Obergeschoss befanden sich lange Gardinen, die ein Hineinschauen verhinderten. Insgesamt gesehen handelte es sich um ein altes Haus, hinter dessen Mauern der schmutzige Tod eingekehrt war.

Wie war es zu der Gewalttat an Frau und Herrn Lindemann gekommen? Ein Zufall? Oder wurde der Mord geplant? Wahrscheinlich hatte der Täter einen Schlüssel benutzt oder Herr oder Frau Lindemann hatten den Täter hineingelassen. Ein Raubmord schien ausgeschlossen zu sein. Nichts im Haus deutete darauf hin.

Ronni stieg aus und schlug den Kragen seiner Jacke hoch. Jetzt bedauerte er es, dass er den Rat von Sybille nicht befolgt und einen Regenschirm mitgenommen hatte. Er zog den Haustürschlüssel aus seiner Hosentasche und ging schnell auf den Hauseingang zu.

Er war froh, als er die Haustür erreichte und Schutz vor dem Regen fand. Mit der Hand wischte er sich den Regen aus dem Gesicht – sofort sah er es: Das Türsiegel der Polizei war aufgebrochen und die Tür nur angelehnt. Offensichtlich war jemand unbefugt ins Haus eingedrungen.

Ronni überlegte kurz, ob er das Haus betreten sollte. Das würde für ihn eine unkalkulierbare Gefahr bedeuten. Immerhin könnte sich ein möglicher Einbrecher noch im Haus befinden.

Vorsichtig und möglichst geräuschlos entfernte er sich von der Haustür. Er durchquerte den Vorgarten und erreichte die Giebelseite des Hauses. Hier begann eine Rasenfläche, die bereits vor längerer Zeit einen Schnitt benötigt hätte. Den Blick zum Nachbarhaus verwehrte eine meterhohe Hecke. Langsam schlich er über den sumpfigen Rasen. Das Regenwasser lief ihm inzwischen den Rücken hinunter und seine nassen Hosenbeine scheuerten an seinen Waden. Bei jedem Schritt befürchtete er, dass er einen Schuh verlieren würde, wenn er in den Rasen einsank.

Bevor er um die Ecke des Giebels spähte, wischte er sich mit dem Ärmel den Regen aus den Augen. Vor ihm lag die gepflasterte Terrasse. Tisch, Stühle und eine Liege hatte er bereits gesehen, als er zum ersten Mal am Tatort gewesen war. Nach seinen Erinnerungen hatte sich nichts verändert. Die Terrassentür war geschlossen.

Schnell huschte er neben das Wohnzimmerfenster und überlegte, ob er einen Blick durch das Fenster riskieren könnte. Er ging in die Hocke und schob den Kopf in die Höhe. Auf der einen Seite erschwerten die Zimmerpflanzen vor dem Fenster seine Sicht, andererseits boten sie ihm Sichtschutz, falls sich jemand im Zimmer befand. Im Wohnzimmer schien sich niemand aufzuhalten. Trotzdem zog er schnell den Kopf zurück und überlegte. Wie sollte er weiter vorgehen?

Noch einmal wagte er einen Blick in die Wohnung – dieses Mal etwas länger. Die Schubladen des Wohnzimmerschranks waren herausgezogen und davor auf dem Boden lag deren Inhalt verstreut. Er erkannte Papiere, Kerzen, ein Tablet und sonstiges Utensil, das man halt in Schubladen aufbewahrte.

Neben dem Schrank in der Ecke befand sich auf einem Glastisch der Fernsehbildschirm, darunter verschiedene Geräte. An der Wand neben der Tür, die zum Hausflur führte, stand ein hohes Regal. Ronni erinnerte sich, dass sich darin eine Menge CDs befunden hatten. Jetzt war das Regal leer. Alle CD-Hüllen lagen geöffnet auf dem Boden. Die CDs waren auf dem Boden im gesamten Zimmer verstreut. Ohne Zweifel hatte der Einbrecher etwas gesucht und dazu sogar alle CD-Hüllen geöffnet. Da er nicht das gefunden hatte, was er gesucht hatte, hatte er die CDs wahrscheinlich aus Ärger ins Zimmer geworfen.

Sollte er ins Haus hineingehen oder die Kollegen anrufen und solange warten, bis diese eingetroffen waren? Geh nicht hinein, sagte sein Verstand. Ich schaue mich nur kurz um, sagte eine andere Stimme in ihm. Ich werde zur Haustür zurückgehen und hineingehen, entschied er sich spontan.

Bevor er die Terrasse verließ, strengte er sein Gehör an. Auf der Straße fuhr gerade ein Auto vorbei. Ansonsten überlagerte nur das Rauschen des Regens die Lautlosigkeit – und natürlich seinen schnell gehenden Atem.

Als er um die Ecke zur Vorderseite des Hauses biegen wollte, flog eine Elster von der Hecke zum Nachbargrundstück mit lautem Geschrei auf. Ronni erschrak und hielt kurz inne. Den Blick noch immer auf den davonfliegenden Vogel gerichtet, schritt er um die Ecke.

Das Unheil kam von hinten. Er hatte es nicht kommen gesehen und nicht damit gerechnet, da er einen Augenblick unaufmerksam war. Der Schlag gegen seinen Kopf traf ihn daher völlig unerwartet und er sank zu Boden. Blitze zuckten vor seinem inneren Auge. Wegen der intensiven Helligkeit schloss er für einen Moment die Augen. Doch das half nicht im Geringsten. Ein weiterer Schlag, oder war es ein Tritt, traf seinen Solarplexus. Er keuchte. Er bekam keine Luft mehr. Reflexartig riss er den Mund auf, um Luft in seine Lunge zu saugen. Er schmeckte die nasse Erde. Mit den Armen wedelte er unkontrolliert durch die Luft und versuchte, sich an etwas festzuhalten und hochzuziehen. Er zwang sich, die Augen zu öffnen. Die Helligkeit ließ nach und er erkannte direkt vor seinen Augen einen Schuh, ein Bein. Mit letzter Kraft griff er zu und bekam den Stoff eines Hosenbeines zu packen. Wahrscheinlich gehörte das Bein zu der Person, der er diese missliche Lage zu verdanken hatte. Aber er hatte keine Chance. Scheinbar mühelos schüttelte die Person seine Hand ab und der Schuh und das Bein entfernten sich aus seinem Gesichtsfeld.

Wie ein angeschlagener Boxer rappelte er sich auf die Knie. Ihm war übel und der Kopf dröhnte. Wie durch eine Nebelwand sah er gerade noch, wie eine Person, vermutlich ein Mann, in Richtung Straße lief.

Er griff sich an seinen lädierten Kopf und torkelte ebenfalls zur Straße. An eine Verfolgung des Flüchtenden war nicht zu denken. Ronni vernahm, wie eine Autotür zugeschlagen wurde. Wie durch einen unscharfen Film sah er ein Stück entfernt am Straßenrand ein Auto stehen. Durch seinen inzwischen langjährigen Dienst als Ermittler meinte er, einen Opel älteren Baujahrs zu erkennen. Er versuchte, das Kennzeichen zu entziffern – vergeblich. Der Wagen fuhr mit quietschenden Reifen los.

Das Gefühl der Übelkeit wurde stärker und überlagerte inzwischen das Dröhnen in seinem Schädel. Er wankte mehr, als er ging, zu der Hecke, die das Grundstück einfasste und übergab sich.

Sein Stolz und das Eingestehen seiner Niederlage vor fremden Sanitätern oder sogar vor Kollegen verbot es ihm, einen Krankenwagen oder eine Polizeistreife anzufordern.

Er blieb eine geraume Zeit in seinem Wagen sitzen und versorgte die blutende Kopfwunde mit einem Verband aus dem Verbandskasten seines Autos. Als sein Blick sich wieder normalisiert hatte, stieg er aus und ging noch einmal zum Haus der Familie Lindemann hinüber.

Das Haus war systematisch durchsucht worden. Alle Schrankfächer, Schubladen und Kartons und sonstige Gefäße oder Behälter, sowohl im Wohnzimmer als auch in der Küche, im Obergeschoss und sogar im Keller waren durchwühlt worden. Wie er bereits vorhin durch das Wohnzimmerfenster gesehen hatte, waren alle CDs aus dem Regal gerissen und alle Hüllen geöffnet worden.

Hier hatte jemand ganze Arbeit geleistet. Die Frage war: Was hatte der Einbrecher gesucht? Hatte er das gefunden, was er gesucht hatte?

Wäre das der Fall gewesen, wäre eine Durchsuchung des verbleibenden Teils des Hauses unnötig gewesen. Ronni ging daher davon aus, dass der Täter nicht das gefunden hatte, wonach er gesucht hatte.

Er rief Sybille an und berichtete ihr in kurzen Zügen, was geschehen war. Er bat sie, die Kolleginnen und Kollegen der Spurensicherung zu informieren und einen Kollegen oder eine Kollegin zu bitten, ihn zu vertreten.

Er wollte warten, bis die Mannschaft der Spusi und seine Vertretung eingetroffen waren. Danach beabsichtigte er, nach Hause zu fahren, wo er sich endlich hinlegen konnte.

Er dachte an seine hochschwangere Frau. Welchen Schock würde sie erleiden, wenn sie ihn verletzt und schmutzig sehen würde. Er hatte irgendwie ein schlechtes Gewissen. Immerhin war es das erste Mal seit Beginn ihrer Beziehung, dass er so lädiert nach Hause kam.

10

Carla

Carla stand in der Küche und bereitete das Mittagessen für Emma und sich zu. Dabei schaute sie gedankenverloren aus dem Fenster. Die Vorstellung, dass sie in ihrem Leben etwas ändern musste, reifte immer mehr. Und diese Änderung betraf ausschließlich sie und Sebastian. So wie sich das Zusammenleben seit längerer Zeit bei ihnen gestaltete, konnte es nicht weitergehen. Das war nicht die Ehe, die sie sich vorstellte und letztendlich würde sie irgendwann daran zerbrechen. Da Sebastian wahrscheinlich überhaupt nicht solche Gedanken hatte, musste sie die Initiative ergreifen. Wenn sie ihn unter Druck setzen würde, könnte ihn das veranlassen, über sein Verhalten und über ihrer beider Leben nachzudenken. Doch wie sollte das gehen? Sie hatte noch keine Idee.

Auf dem Bürgersteig vor dem Haus hielt der Postbote sein Fahrrad an, kam auf ihr Haus zu und warf eine Sendung in den Briefkasten. Wahrscheinlich wieder irgendwelche Werbung, dachte sie. Trotzdem ging sie zum Briefkasten und schaute nach. Überrascht nahm sie eine bunte Karte heraus, die eine wunderschöne Berglandschaft vor einem azurblauen Himmel, und vor den Bergen einen ebenso blauen See zeigte. Am unteren Rand stand „Mallorca“.

Beim Hineingehen ins Haus drehte sie die Karte um und erkannte sofort an der Schrift, dass es ein Urlaubsgruß von Anna war. Sie setzte sich erwartungsvoll an den Küchentisch und las:

Hallo Carla, ist es nicht herrlich? Sonne, fantastische Berge, blauer Himmel und am Strand feiner, warmer Sand und ein türkisblaues Meer. Ich habe das Gefühl, ich bin allem Ärger zu Hause entflohen und möchte am liebsten hierbleiben. Kurz vor Reiseantritt hatte ich noch ein unschönes Erlebnis und ich war froh, am nächsten Tag abzufliegen. Wir sprechen darüber, wenn ich wieder zu Hause bin. Werde Mittwoch gegen Mittag in Köln landen. Was hältst du davon, wenn wir uns Donnerstagmorgen treffen? Bis dahin liebe Grüße – Anna.

Carla musste sich anstrengen, den Text zu lesen, so klein und eng hatte Anna geschrieben, um den ganzen Text auf die Karte zu bekommen.

„Himmel“, dachte Carla. Mittwochmorgen ist ja bereits heute. Dann ist Anna bestimmt schon gelandet. Sie schaute auf die Uhr – 12:30 Uhr. Wahrscheinlich wird sie noch auf ihren Koffer warten oder sie ist gerade auf dem Weg nach Hause. Dann will sie sicherlich noch auspacken und sich um die Wohnung kümmern. Ich werde ihr eine WhatsApp schreiben, dass wir uns morgen Vormittag in der Stadt in „unserem“ Café treffen können, überlegte sie, nahm ihr Smartphone und schrieb die WhatsApp.

Carla schaute sich noch einmal das Bild auf der Karte an. Es kam schon etwas Wehmut bei ihr auf, dass sie nicht hatte mitreisen können. Sie drehte die Karte um und las zum zweiten Mal Annas Text.

Was mag sie wohl für ein unschönes Erlebnis kurz vor der Abreise gehabt haben?, dachte sie, ohne einen blassen Schimmer zu haben.

Sie hatten sich zwei Wochen lang vor Annas Abreise nicht mehr gesehen und auch nur selten gesprochen. Anna war beruflich wie immer vor dem Urlaub sehr eingespannt. Carla hatte in derselben Firma wie Anna gearbeitet. Damals waren sie nur Kolleginnen gewesen, ohne privaten Kontakt. Erst vor ungefähr zwei Jahren hatten sie sich zufällig in einem Café in der Troisdorfer Fußgängerzone getroffen. Da kein anderer Platz frei war, fragte Carla, ob sie sich zu ihr setzen dürfe. Danach hatten sie sich öfter getroffen und es entwickelte sich eine enge Freundschaft.

Carlas Neugierde war geweckt. Anna schrieb nicht von Problemen, sondern von einem unschönen Erlebnis. Sie, Carla, hatte zwar auch unschöne Erlebnisse, aber vor allem hatte sie Probleme in ihrer Ehe, die sie lösen musste. Natürlich würde sie gerne mit Anna über ihre Schwierigkeiten mit Sebastian sprechen.

Vielleicht bleibt morgen Zeit, mit ihr über meine Probleme zu reden, hoffte sie.

Emma kam wie immer frohgelaunt aus der Schule. Die Fahrt mit dem Fahrrad vom Heinrich-Böll-Gymnasium machte ihr nichts aus. Wahrscheinlich war die Fahrzeit eine willkommene Abwechslung, um von der Anspannung des Unterrichts herunterzukommen. Das kurze, steile Stück vom Hohlstein bis zur Rodderstraße ging sie, ohne sich zu beklagen, zu Fuß. Sie war eine fleißige und gute Schülerin und bei ihren Mitschülerinnen, und immer mehr auch bei den Mitschülern, beliebt.

„Hallo, mein Schatz, war es schön in der Schule?“, fragte Carla wie jeden Tag ihre Tochter.

Und wie jeden Tag antwortete ihre Tochter: „Na klar, Mama. Was gibt es zu essen?“

Sie stellte ihren Schulrucksack in den Flur und setzte sich an den gedeckten Tisch. Wie fast jeden Tag, war sie hungrig, wenn sie nach Hause kam. Auf ihre Figur brauchte sie noch nicht zu achten. Durch den Sport, sie war im Leichtathletikverein, baute sie genug von den Kalorien ab, die sie mittags zu sich nahm.

Während des Mittagessens berichtete sie ihrer Mutter, wie es in der Schule gewesen war und was sie mit ihren Freundinnen erlebt und heute noch vorhatte. Anschließend ging sie wie immer umgehend auf ihr Zimmer und machte ihre Schulaufgaben.

„Verdammt“, sagte Carla leise zu sich.

„Mit meiner Tochter rede ich nur während der Mahlzeit und mein Mann ist selten zu Hause und wenn er da ist, sprechen wir nur das Notwendigste miteinander. Der Einzige, der immer Zeit für mich hat und mit dem ich immer reden kann, ist Oscar“, dachte sie verärgert.

Sie freute sich, dass sie am nächsten Tag Anna treffen würde. Von ihr würde sie aus dem langweiligen, täglichen Einerlei gerissen werden. Doch dann stand bald das unendlich lange Wochenende mit Sebastian bevor – falls er denn zu Hause sein würde.

Mit einem Ruck stand sie auf und ging zielstrebig in die erste Etage ins Schlafzimmer.

Jetzt, an diesem Mittwochnachmittag hatte sie sich entschieden, aus dem gemeinsamen Schlafzimmer auszuziehen. Früher hätte sie das nie für möglich gehalten. Heute wusste sie es: Liebe verändert sich mit der Zeit – und manchmal wird aus Liebe Hass.

Inzwischen war die Situation für sie unerträglich geworden. Gerade an dem vergangenen Wochenende und den Tagen danach, an denen ihr die Eiseskälte extrem entgegenschlug, die Sebastian ihr zeigte.

Zu diesem widerlichen Empfang hatte er sie nur mitgenommen, weil er sie dort brauchte und vorführen musste. Reizendes Ehepaar, intaktes Verhältnis, wollte er darbieten, um ihr danach seine eisige Kälte zu zeigen, indem er bis in die Nacht wegblieb und wenn er zu Hause war, keinerlei Interesse an ihren Problemen hatte und kaum mit ihr sprach.

Ihr fiel wieder die Begegnung mit dem fremden Mann vor ihrem Haus und der nächtliche, mysteriöse Anruf ein. Ihr Mann hatte sich dazu nur abfällig und uninteressiert geäußert. Von einem Versuch, ihr die Angst zu nehmen, konnte sie nur träumen.

Entschlossen raffte sie die Bettwäsche und das Kopfkissen zusammen und trug es in das Dachgeschoss. Dort bestand eine Schlafmöglichkeit, die in der Regel für Besucher genutzt wurde, die über Nacht blieben. Danach holte sie noch einige Kleidungsstücke aus dem Kleiderschrank, die sie ebenfalls dort oben deponierte.

Als sie damit fertig war, stand sie im Türrahmen und schaute sich ihr neues Schlafzimmer an. Sie war zufrieden – zufrieden mit sich, weil sie endlich etwas unternommen hatte.

Was würde Sebastian zu dieser spontanen Aktion sagen? Sie bemerkte, dass sie jetzt, wo sie die Entscheidung getroffen hatte, noch nicht einmal gespannt darauf war. Es war ihr einfach im Augenblick egal.

Mit diesem Gefühl verließ sie das Dachgeschoss und schaute in das Zimmer ihrer Tochter. Sie war noch mit ihren Hausaufgaben beschäftigt. Morgen stand eine Klassenarbeit an und sie wusste, dass Emma sich darauf immer akribisch vorbereitete.

„Ich gehe mit Oscar eine Runde spazieren. Ich denke, du wirst noch hier sein, wenn ich zurückkomme. Solltest du aus dem Haus gehen, nimm einen Schlüssel mit."

Emma schaute kurz auf, und Tochter und Mutter lächelten sich liebevoll an.

Dann ging sie ins Erdgeschoss, zog ihre Jacke an und ging in den Flur, wo Oscar auf seiner Decke lag und döste. Sie legte ihm die Leine an und machte sich auf zu einem Spaziergang durch den Spicher Wald.

11

Frank Eisenstein

Es war ein Donnerstag im Herbst. Oberflächlich betrachtet war es ein Donnerstag wie jeder andere in den vergangenen Wochen, Monaten und Jahren. Doch sollte dieser Donnerstag anders verlaufen, als alle anderen bisher.

Eisenstein hatte um 9:00 Uhr einen Termin bei einem, ihm gut bekannten Kardiologen in Bonn. In den vergangenen fünfzehn Jahren hatte er diesen einmal jährlich aufgesucht, da er hin und wieder ein Herzstolpern in Form von Doppelschlägen festgestellt hatte. Als Ronni ihn einmal nach dem Grund seiner regelmäßigen Besuche beim Kardiologen fragte, antwortete er lapidar: „Ich möchte schließlich gesund und körperlich fit in Rente gehen."

Bisher war der Arzt immer der Meinung gewesen, dass diese Symptome harmlos seien. Eisenstein selbst führte das Herzstolpern auf seinen beruflichen Stress zurück.

In den letzten Jahren hatte er immer wieder versucht, diesen Stress abzubauen und die Fälle nicht so nah an sich herankommen zu lassen. Meistens war es bei dem Versuch geblieben. Immer öfter hatte er das Gefühl, dass er in seinem Leben nur von Kriminellen, Vergewaltigern und Mördern umgeben war. Daher war er einerseits froh, als er pensioniert wurde. Andererseits vermisste er seinen Beruf doch sehr und freute sich, wenn er ab und zu seinen Kollegen und Freund Ronni im Präsidium besuchen konnte.

Der Leichenfund in Troisdorf spornte wieder seinen kriminalistischen Spürsinn an, machte ihm aber auch deutlich, wie vergänglich das Leben war. Die Tatsache, dass ein Ehepaar tagelang tot in der Wohnung lag und sie niemand gefunden oder vermisst hatte, entsetzte ihn.

Er hatte das Gefühl, dass ab dem Zeitpunkt seiner Pensionierung seine Fitness nicht mehr so war, wie in früheren Zeiten. Bisher nicht gekannte Kurzatmigkeit trat in der letzten Zeit auch bei weniger starken Belastungen auf. Vielleicht ist es doch das Alter, dachte er. Egal, was der Grund war, sein Hausarzt, den er vor vierzehn Tagen darauf angesprochen hatte, hielt eine kurzfristige kardiologische Abklärung für sinnvoll. Dieser Empfehlung folgte er an diesem Donnerstag.

Das alles war aber nicht die alleinige Erklärung dafür, dass sich dieser Donnerstag total von den bisherigen unterschied.

Der Regen vom Vortag hatte sich verzogen. Trotzdem war das Wetter trüb. Die Sonne fand keine Lücke in den dichten Wolken.

Eisenstein hatte sich dazu entschieden, sein Auto stehen zu lassen und zu Fuß zum Arzt zu gehen. Da er auch in Bonn wohnte, würde ihm der halbstündige Fußweg sicherlich gut bekommen.

Bevor er losging, schaute er noch einmal auf die Uhr. Es war seine Gewohnheit, zu jedem Termin sehr früh aufzubrechen. Er hasste es, zu einem Termin zu hetzen oder gar zu spät zu kommen. Auch heute hatte er mehr als genug Zeit eingeplant.

Wie zu erwarten, erreichte er die Arztpraxis weit vor dem Termin. Er war mit sich zufrieden. Untätig im Wartezimmer zu sitzen, würde ihn nur nervös machen. Daher vertrödelte er die verbleibende Zeit damit, alle Nebenstraßen rund um die Praxis abzugehen.

Fünf Minuten vor neun Uhr stellte er sich der Arzthelferin am Empfang vor. Nach einer wirklich kurzen Wartezeit forderte ihn eine Kollegin auf, ihr zum Ergometer zu folgen. Hier war ein Belastungs-EKG vorgesehen.

Der Arzt betrat den Raum und erklärte Eisenstein den Ablauf der bevorstehenden Untersuchung. Die Arzthelferin klebte ihm Elektroden auf die Haut und legte die Manschette des Blutdruckmessgerätes an.

Eisenstein begann, motiviert in die Pedale zu treten. Für die anfänglichen 50 Watt Belastung hatte der Pensionär Eisenstein nur ein mildes Lächeln übrig. Doch im Laufe der Belastungssteigerung stieg seine Atem- und Pulsfrequenz deutlich an und Schweißperlen bildeten sich auf seiner Stirn. Er erinnerte sich, dass er beim letzten Belastungs-EKG vor beinahe zwei Jahren 160 Watt erreicht hatte, ehe der Arzt seinen Ehrgeiz unterband.

Wie wird es heute sein? Wie viel Watt werde ich wohl erreichen?, überlegte er und wischte sich zum wiederholten Mal den Schweiß von der Stirn.

Diese Fragen konnte er nicht mehr beantworten. Das Belastungs-EKG endete auf tragische Art und Weise.

Das war der Zeitpunkt, an dem sich dieser Donnerstag von allen anderen eklatant unterschied.

Es gab einen katastrophalen „Wums“!

Das Leben in Frank Eisenstein, sein Leben, das er doch so sehr liebte, erlosch!

12

Carla

Es war noch nicht einmal neun Uhr, als das Telefon klingelte. Carla war gerade dabei, etwas Ordnung im Haus zu schaffen. Sie war mit den Gedanken weit weg.

Gestern war sie aus dem gemeinsamen Schlafzimmer mit Sebastian ausgezogen. Sie hatte lange wachgelegen und auf ihn gewartet. Als sie sich im Obergeschoss eingerichtet hatte, war ihr Sebastians mögliche Reaktion egal gewesen. Jetzt fragte sie sich, wie er auf ihre Entscheidung reagieren würde. Auf die Antwort zu dieser Frage war sie sehr gespannt und gleichzeitig auch etwas ängstlich. Wahrscheinlich würde er ihr eine Szene machen. Ein handfester Streit war vorprogrammiert. In der Vergangenheit war sie bei einem Streit meistens die Unterlegene gewesen. Sie war einfach verbal den Argumenten von Sebastian nicht gewachsen. In mehreren Rhetorik-Seminaren, die ihm die Bank ermöglichte, hatte er gelernt, die Lautstärke seiner Stimme immer der Gesprächssituation anzupassen. Sogar das Sprechtempo und den Tonfall variierte er gekonnt. Hinzu kamen immer die passenden Argumente und Einwände. Carla stand dabei jedes Mal auf verlorenem Posten.

Trotz ihrer Anspannung war sie eingeschlafen, als er gegen dreiundzwanzig Uhr nach Hause kam. Natürlich suchte er seine Frau, als er sie nicht im Schlafzimmer vorfand. Da er auch keine Nachricht über einen Besuch bei Freunden gefunden hatte, war es nicht verwunderlich, dass er nach wenigen Minuten in der Tür des Dachgeschosses stand.

„Was soll das? Wieso schläfst du hier oben?“, fragte er.

Zum ersten Mal bemerkte Carla ein ungläubiges Erstaunen in seiner Stimme.

Sie hatte sich vorgenommen, nicht mit ihm zu diskutieren, sondern klar und deutlich ihre Entscheidung zu vertreten. Das tat sie dann auch. Er wollte noch einmal mit ihr über ihre Entscheidung reden. Sie unterband das.

„Ich habe jetzt keine Lust, mich mit dir die ganze Nacht auseinanderzusetzen. Wir können uns darüber unterhalten, wenn du einmal früh nach Hause kommst und Emma nicht da ist. An meiner Entscheidung wird sich aber nichts ändern“, sagte sie ihm ruhig und schaute ihm dabei emotionslos in die Augen.

Ohne ein weiteres Wort drehte er sich um und verließ das Obergeschoss.

Wie üblich ging sie am Morgen recht früh mit Oscar spazieren. Es war noch ruhig im Haus. Emma schlief noch und Sebastian hatte sie noch nicht gesehen. Als sie zurückkam, war ihr Mann nicht mehr da.

Ihr Mobiltelefon vibrierte. Jetzt war mit Sicherheit Anna am Telefon. Im Display sah sie, dass ihre Vermutung richtig war.

„Hallo Anna, schön dich zu hören. Hattest du einen tollen Urlaub?“, meldete sie sich.

Anna bestätigte das und schwärmte in den höchsten Tönen von den Tagen auf Mallorca. Auf Annas Frage, ob sie sich sofort wie üblich im Café in Troisdorf treffen könnten, sagte sie spontan und freudig zu.

„Ja, ich ziehe mir nur etwas anderes an und dann bin ich schon unterwegs“, sagte Carla.

Sie legte auf und rannte in ihr neues Schlafzimmer im Obergeschoss. Sie war total aufgeregt – aber freudig aufgeregt. Eilig zog sie eine stilvolle Bluse und ihre neueste Jeans an. Dazu wählte sie leicht hochhackige, feine Lederschuhe. In ihrer alten Jeans, T-Shirt und Turnschuhen, die sie normalerweise trug, wollte sie Anna nicht gegenübertreten.

Sie musste Anna unbedingt sofort von ihrem Auszug aus dem ehelichen Schlafzimmer berichten. Sie war gespannt, was sie dazu sagen würde. Auch Anna wollte ihr noch etwas erzählen, wozu sie vor dem Urlaub nicht mehr gekommen war. Auf der Urlaubskarte stand, dass es ein unschönes Erlebnis gegeben hatte. Was könnte das wohl gewesen sein? Sie zog die Stirn kraus, konnte sich aber nicht vorstellen, was Anna damit gemeint haben könnte.

Auf dem Weg zum Café beschäftigte sie sich unentwegt mit dieser Frage. Ihre eigenen Probleme hatte sie vergessen.

Anna wartete bereits vor dem Eingang. Sie nannten es immer „unser“ Café, weil sie sich hier zum ersten Mal getroffen hatten. Sie begrüßten sich überschwänglich. Auch Anna hatte sich gestylt und die frische Bräune im Gesicht stand ihr gut. Sie gingen hinein und suchten einen Platz. Im hinteren Bereich des Cafés waren noch mehrere Tische frei, was ihnen sehr entgegenkam. Hier hatten sie mehr Abstand zu den anderen Gästen. Carla fand, dass möglichst niemand mitbekommen sollte, über welche Probleme sie sich unterhielten.

Anna winkte der Kellnerin und bestellte einen Kaffee. Carla bevorzugte einen Milchkaffee. Die Getränke wurden schnell serviert. Nun saßen sie sich am Tisch gegenüber, die Kaffeetassen vor sich und lächelten sich an. Beiden war anzumerken, dass sie sich freuten, sich verabredet zu haben.

Anna berichtete ihrer Freundin ausführlich und voller Euphorie von ihrem Urlaub und ihren tollen Wanderungen durch das Tramuntanagebirge. Carla hörte interessiert, aber auch ein wenig wehmütig zu. Gerne wäre sie dabei gewesen, wogegen Anna sie anscheinend nicht vermisst hatte, denn kein Wort in diese Richtung ließ sie verlauten.

„Gab es etwas Neues bei dir?", fragte Anna, nachdem sich das Thema Urlaub erschöpft hatte.

Nun konnte Carla endlich von ihrer gestrigen Entscheidung bezüglich ihres Mannes berichten. Sie hatte schon ungeduldig darauf gewartet und war vor allem auf die Reaktion von Anna gespannt.

„Das hast du richtig gemacht. Ich habe schon lange darauf gewartet, dass du endlich einmal auf den Tisch haust und etwas unternimmst. So wie er dich behandelt, kann es doch nicht weitergehen. Ich finde, du solltest dich von ihm trennen."

Carla war froh, bei ihrer Freundin Unterstützung zu finden. Sie hatte aber auch nichts anderes erwartet, da sie bereits mehrmals über Carlas Beziehung zu Sebastian gesprochen hatten. Auch bei ihrem letzten Gespräch hatte Anna ihr eindeutig empfohlen, mit Sebastian Schluss zu machen. Sie konnte sich zu diesem endgültigen Schritt jedoch bisher nicht durchringen. Sie dachte dabei immer an ihre Tochter. Auch jetzt.

„Und wie geht es nun weiter?", stellte Anna die logische Frage.

Damit riss sie Carla aus ihren Gedanken.

„Das weiß ich noch nicht. Gestern Abend habe ich eine Diskussion verweigert. Wir werden vielleicht demnächst darüber reden. Ich möchte auch auf Emma Rücksicht nehmen. Sie ist in einem schwierigen Alter und dann ist da noch ihre Erkrankung."

Carlas Gesicht verdüsterte sich. Anna sah, wie ihre Freundin litt und wollte das Thema nicht weiter vertiefen.

Sie setzte die Tasse ab: „Kann ich verstehen. Aber nimm nicht sofort beim ersten Gespräch alles zurück. Du musst auch einmal zeigen, dass er mit dir nicht machen kann, was er möchte."

„Du hast ja recht. Wir werden sehen. Ich muss noch darüber nachdenken. Doch jetzt zu dir. Was hattest du vor dem Urlaub für ein unschönes Erlebnis?"

Anna hatte Verständnis dafür, dass Carla das Thema wechselte. Die Ereignisse und ihre Entscheidung waren noch zu frisch und sie wollte Carla nicht zu etwas drängen, wozu sie jetzt noch nicht bereit war.

Carla trank den letzten Schluck ihres inzwischen lauwarmen Milchkaffees und bestellte sich ein Wasser. Anna nahm noch einen Kaffee.

Während Anna beim Thema Urlaub noch fröhlich und unbefangen gewesen war, wirkte sie bei dem Gespräch über Carlas Eheprobleme ernst. Als Carla sie übergangslos auf das unschöne Erlebnis vor ihrem Urlaub ansprach, schlug sie die Arme übereinander und lehnte sich zurück. Mit einem Mal war sie frostig und unnahbar.

Nach einigen Sekunden Pause sagte sie lapidar, als ob sie eine belanglose, unwichtige Frage beantworten müsste.

„Na ja, mein Bruder hat sich nach Jahren bei mir gemeldet."

„Du hast einen Bruder? Das wusste ich gar nicht", sagte Carla überrascht.

„Ja, hab ich. Wir haben aber seit Jahren keinen Kontakt mehr. Als er achtzehn wurde, ist er kurz danach von zu Hause ausgezogen. Er hielt es einfach mit meinem Vater nicht mehr aus. Er wurde von ihm regelrecht unterdrückt und dann die ewigen Streitereien jeden Tag. Er konnte das nicht mehr ertragen. Seitdem haben wir keinen Kontakt mehr. Ich wusste noch nicht einmal, wo er sich aufhält."

„Wie war dein Vater denn zu dir?", fragte Carla.

„Ich war seine Prinzessin. Auch zu mir war er streng und wir hatten auch hin und wieder unseren Streit, aber ich konnte es aushalten. Ich bin vor ungefähr vier Jahren ausgezogen, nachdem ich die gute Anstellung bei der Versicherung hatte und etwas Geld für eine eigene Wohnung gespart hatte."

„Und du hattest keine Telefonnummer von deinem Bruder?"

„Wo denkst du hin? Auch meine Eltern hatten keine Ahnung, was aus ihrem Sohn geworden war. Meine Mutter hat sich manchmal deshalb gegrämt. Meinem Vater war es völlig egal, wo mein Bruder wohnte oder was aus ihm geworden war."

Anna wirkte jetzt, als hätte sie sich damit abgefunden, die Geschichte ihrer Familie zu erzählen.

„Schrecklich. Und was wollte er jetzt so plötzlich nach Jahren von dir?", fragte Carla besorgt, als hätte sie eine böse Ahnung.

„Na, was wohl? Geld natürlich! Eine Menge Geld. Genau gesagt, fünfzigtausend Euro. Damit wäre ihm vorerst einmal geholfen."

„Oje. Das heißt doch, dass er später wahrscheinlich nochmals Geld benötigt. Die hast du ihm doch hoffentlich nicht so ohne Weiteres gegeben?"

„Natürlich nicht. So viel Geld besitze ich gar nicht. Ich habe eine hohe Miete zu zahlen, kann mir einen Urlaub leisten und vielleicht ein paar Euro zur Seite legen. Aber fünfzigtausend Euro – das ist eine Illusion."

„Und weiter? Was hast du ihm gesagt?", hakte Carla nach.

„Ist doch klar! Ich habe ihm gesagt, dass ich das Geld nicht habe. Er soll sich an unsere Eltern wenden. Die würden sich vielleicht freuen, ihn zu sehen oder von ihm zu hören“, antwortete Anna nach einer kurzen Pause.

„Und wie hat er reagiert?“

Carla wollte weitere Details erfahren, wohingegen Anna keine Lust mehr hatte, das Thema bis in alle Einzelheiten zu erörtern. Sollte sie ihr die volle Wahrheit sagen? Nein – auf keinen Fall. Sie hatte sich dagegen entschieden.

„So überraschend wie er gekommen war, so plötzlich war er auch wieder weg“, sagte sie stattdessen.

„Seltsam. Das ist doch sehr ungewöhnlich, finde ich“, meinte Carla, stützte ihr Kinn mit der Hand und dachte nach.

„So, ich muss jetzt gehen. Ich habe noch einen Termin“, hörte sie Anna sagen und schaute auf, denn Anna hatte sich bereits erhoben.

„Ich zahle beim Hinausgehen an der Theke. Mach‘s gut. Wir telefonieren.“

Mit diesen kurzen Worten ließ sie ihre Freundin allein und ging in Richtung Theke und Ausgang. Carla schaute ihr entgeistert nach. Was war das denn für ein Abgang? War das tatsächlich ihre Freundin Anna? So kannte sie sie noch nicht.

Carla blieb noch einige Augenblicke sitzen, bevor sie ihre Zeche zahlte und sich auf den Heimweg machte. Sie musste das Erlebte zuerst einmal verarbeiten.

13

Anna

Anna war auf dem Weg nach Hause. Sie hatte ein altes Haus in Troisdorf-Müllekoven in der Nähe der Schule gemietet. Das Haus hatte noch Flair, im Gegensatz zu den kalten, unpersönlichen Neubauwohnungen, wie sie in der näheren Umgebung in den letzten Jahren entstanden waren. Es war ihre erste Wohnung, nachdem sie zu Hause ausgezogen war und sie hatte viel Glück gehabt, diese Wohnung überhaupt zu bekommen.

Gewohnheitsmäßig hatte sie sich für den Heimweg für die kürzere Route über Sieglar und Eschmar entschieden, die allerdings nicht die Schnellste war.

In Gedanken versunken fuhr sie wesentlich zügiger als üblich. Besonders in den Ortschaften überschritt sie das vorgeschriebene Tempolimit erheblich. Die vorgeschriebene Höchstgeschwindigkeit von 30 km/h am Ortsende von Eschmar beachtete sie überhaupt nicht. Das kurze Stück von Eschmar über die freie Fläche nach Müllekoven beschleunigte sie sogar auf über 100 km/h. Sie hatte Glück, dass sie nicht in eine Geschwindigkeitsmessung der Polizei geriet.

Immer wieder kamen ihr die Gedanken an das Gespräch mit Carla in den Kopf. Als sie auf ihren Bruder zu sprechen kamen, hatte sie Carla nicht belogen. Sie hatte ihr nur nicht alles über ihr Treffen mit ihm gesagt. Nichts von seiner Spielsucht und den enormen Spielschulden. Auch hatte sie mit keiner Silbe erwähnt, dass die Leute, bei denen er die Schulden hatte, ihn „fertig machen“ würden, wenn er nicht das Geld zurückzahlte. Als Warnung, wie er sagte, hatten sie ihn verprügelt und zusammengeschlagen. Wesentlich schlimmer sollte es ihm ergehen, wenn er nicht binnen vierzehn Tagen seine Schulden begleichen würde. Daher sei er aus Bochum abgehauen und wäre jetzt in Troisdorf, und sie wäre seine letzte Rettung.

Sie konnte und wollte ihm nicht helfen. Sie hätte ihm einen kleinen Teil der geforderten Summe vorstrecken können. Hätte ihm das geholfen? Ihr war klar, dass sie dieses Geld nie mehr sehen würde. Sie kannte ihren Bruder. Er dachte nur an den Augenblick und nur an sich und sein Vergnügen. Seine Mitmenschen waren ihm egal, auch seine Schwester. Das war schon so gewesen, als beide noch bei den Eltern gewohnt hatten. Und das war lange her. Hatte er sich vielleicht zum Positiven verändert? Bestimmt nicht, dachte sie. Wahrscheinlich wird er noch schlimmer geworden sein.

Sollte er doch sehen, wie er mit seinem Leben zurechtkam. Sie musste das schließlich ebenfalls.

Ich habe genug mit meinen Problemen zu tun, dachte sie mürrisch, als sie in die freie Parklücke vor ihrem Haus einparkte. Das Gespräch mit Carla und die Erinnerung an den Besuch ihres Bruders hatten ihr die Laune verdorben.

Sie gestand sich ein, dass sie irgendwann Carla die Wahrheit sagen musste. Nichts Weiteres über den Besuch von Tim, ihrem Bruder, nein, das war für ihre Freundin belanglos. Aber da war noch die Sache mit Sebastian, Carlas Mann.

Wenn sie das Carla beichtete, war es bestimmt mit ihrer Freundschaft zu Ende. Heute war jedenfalls der falsche Tag dafür, war sie sich sicher. Mal sehen, vielleicht löst sich das Problem von selbst, war ihr letzter Gedanke.

Sie wischte die Probleme beiseite, stellte den Motor ab und stieg aus. Jedes Mal, wenn sie zu Hause ankam und das Haus sah, war sie glücklich, diesen Schritt getan zu haben. Auch wenn die Miete hoch war, war sie sich dieser Entscheidung sicher. Jede Annehmlichkeit hat ihren Preis, sagte sie sich immer wieder.

Der Briefträger musste um diese Zeit seine Runde beendet haben. Daher schaute sie zuerst nach, ob er etwas für sie in den Briefkasten geworfen hatte. Tatsächlich war da ein Brief vom Polizeikommissariat.

Was um alles in der Welt habe ich denn mit der Polizei zu tun? Wenn ich zu schnell gefahren bin, kommt doch kein Brief vom Polizeikommissariat. Wahrscheinlich hat Tim etwas angestellt oder es geht um seine Schulden und die Polizei will eine Auskunft von mir, überlegte sie. Ich werde dazu nichts sagen können. Gut, dass Tim bei mir war, das könnte ich zugeben. Das ist dann aber auch alles, entschied sie. Sie warf den Schlüsselbund auf die Ablage der Garderobe und riss den Brief auf.

Der Brief war kurz, aber bestimmt und enthielt nur wenige Sätze. Das Kommissariat hatte erfahren, dass sie sich in Urlaub befand und sie sollte, sobald sie wieder daheim war, umgehend bei einem Kriminalhauptkommissar Ronni Kern, im Kriminalkommissariat 11, wegen einer polizeilichen Ermittlung vorsprechen. Der Grund für die Vorladung war nicht näher angegeben.

Seltsam, dachte sie. Was für eine polizeiliche Ermittlung kann das sein? Sie hatte ein ungutes Gefühl. Gleichzeitig machte sich aber auch eine gewisse Neugierde breit.

Sie beschloss, sofort am nächsten Tag das Kommissariat aufzusuchen.

14

Frank Eisenstein

Als der Kriminalhauptkommissar a.D. Frank Eisenstein vom Ergometer fiel, hatte er dies bereits nicht mehr realisiert. Er war aus medizinischer Sicht gesehen tot. Die Atmung hatte ausgesetzt. Das Herz hatte aufgehört zu schlagen.

Was geschieht, wenn wir sterben? Niemand weiß das genau. Was nach dem Tod passiert, ist eines der größten Rätsel der Menschheit.

Wissenschaftler haben Menschen nach ihren Nahtoderfahrungen befragt. Was haben sie gefühlt, „gesehen", bevor sie reanimiert wurden?

Manche Menschen berichteten von einem Gefühl der Liebe. Andere vom Wiedersehen mit geliebten Menschen, die schon früher verstorben waren. Wieder andere von einem Ort voller glücklicher Menschen.

Auch von einem Gefühl, über ihrem Körper zu schweben, konnten manche Befragten berichten. Wieder andere sahen Ereignisse aus dem eigenen Leben als Film vor dem inneren Auge ablaufen.

Der Glaube, eine Warnung erhalten zu haben, dass sie nicht eine Grenze, eine Mauer überschreiten dürften, wenn sie nicht endgültig sterben wollten, war wiederum bei einigen anderen vorhanden.

Der überwiegende Teil der Befragten allerdings beschrieb den Übergang zum Tod als einen Durchgang durch einen Tunnel, an dessen Ende ein helles, weißes Licht zu sehen war.

Was könnte Frank Eisenstein über seine Nahtoderfahrung berichten?

Nichts!

Weder hatte er ein besonderes Gefühl der Liebe empfunden, noch hatte er ein Licht, einen Film oder liebe Menschen aus seinem Leben gesehen. Auch an eine Warnung hätte er sich nicht erinnern können.

Da mit einem Knall das Licht seines Lebens erloschen war, stellte sich die Frage: War die Zeit seines Sterbens vielleicht zu kurz, um Nahtoderfahrungen zu registrieren?

Eine Antwort auf diese Frage wird es nicht geben.

Die Arzthelferin hatte sich alle erdenkliche Mühe gegeben, Frank beim Sturz vom Ergometer aufzufangen, damit er nicht ungebremst auf den Fußboden fiel.

Aber wie will eine zierliche Arzthelferin einen über 80 kg schweren Patienten auffangen? Einfach unmöglich.

Folglich knallte er ungebremst hin und schlug mit dem Kopf vorweg auf dem Fußboden auf. Eine Platzwunde war das Resultat. Das interessierte in diesem Augenblick niemanden.

„Schnell, den Defibrillator und rufen Sie meinen Kollegen“, wies der Arzt seine Helferin bestimmt und laut an, während er mit der manuellen Reanimation begann.

Die Helferin verschwand in Windeseile aus dem Raum und kam wenige Augenblicke später mit dem Defibrillator und dem Kollegen im Schlepptau zurück.

„Kammerflattern ... jetzt Kammerflimmern!“, rief der Arzt seinem Kollegen zu.

Diese Information reichte dem Kollegen um zu wissen, was er zu tun hatte.

Beim Kammerflattern schlagen die Kammern des Herzens nicht mehr im normalen Rhythmus, sondern 250 bis 350 mal pro Minute. Die Gefahr, dass das Kammerflattern in ein Kammerflimmern übergeht, ist hoch. Die Herzfrequenz erhöht sich dann noch einmal sehr deutlich. Das Herz zieht sich zwar extrem häufig, allerdings nur sehr schwach, zusammen. Dadurch haben die Kammern keine Zeit, sich mit Blut zu füllen und es können nur geringe Mengen Blut in den restlichen Körper befördert werde. Eine ausreichende Sauerstoffversorgung des Gehirns ist dann nicht mehr sichergestellt. Diese Unterversorgung zieht eine Bewusstlosigkeit, gepaart mit einem Kreislaufstillstand und Schock nach sich. Letztendlich tritt der Tod ein.

Dieser Zustand war bei Frank eingetreten und seine Chancen waren nicht sehr hoch – sie waren gleich Null.

Die ärztliche Behandlung war jetzt optimal. Ein Arzt kümmerte sich um den Defibrillator, sein Kollege übernahm währenddessen die Herzdruckmassage.

In Windeseile wurden die Elektroden auf seine Brust geklebt.

„Defi ist geladen. Zurücktreten!“

Der Arzt unterbrach die Herzdruckmassage.

Durch den folgenden Stromstoß bäumte sich Franks Oberkörper ein wenig auf.

Drei Minuten waren bis dahin vergangen.

„Nichts! Erneut laden!", wies der Arzt an und der andere Arzt begann wieder mit der Herzdruckmassage.

Auf seiner Stirn bildeten sich von der Anstrengung Schweißperlen.

„Alle beiseite!"

Und wieder ging ein Stromstoß durch Franks Körper und durch sein Herz.

„Verdammt, noch immer nichts. Noch einmal laden!"

Viereinhalb Minuten waren inzwischen vergangen und Franks Körper und Gehirn benötigten unbedingt Sauerstoff.

Der Arzt wirkte mit Blick auf den Monitor, auf dem sich noch immer kein Herzschlag zeigte, nervös und enttäuscht. Sein Kollege setzte inzwischen die vorher unterbrochene Herzdruckmassage fort.

„Zurücktreten! Wir versuchen es erneut."

Der am Boden liegende Körper zuckte abermals.

„Er ist wieder da, Sinusrhythmus. Er atmet wieder."

Nach sechs Minuten lebte der Kriminalhauptkommissar a. D. Frank Eisenstein zumindest aus medizinischer Sicht wieder. Er selbst bekam davon nichts mit.

„Nochmals Kammerflimmern. Defi laden!"

Sollte jetzt das Ende unwiderruflich eintreten?

Doch nach dieser erneuten Defibrillation präsentierte sich ein stabiler Sinusrhythmus. Die Ärzte hatten ihren Job gemacht. Sogar sehr gut gemacht – zu Eisensteins Glück.

Inzwischen war die Notärztin eingetroffen. Sie nahm die Intubation vor und versorgte den Patienten außerdem mit jeder Menge Medikamente. Hierdurch präsentierte sich ein guter systolischer Blutdruck.

Sediert, intubiert und beatmet transportierte man Eisenstein ins nahe St.-Josef-Hospital in Bonn-Beuel.

Wäre Frank bei Bewusstsein gewesen, hätte er womöglich gedacht, dass er das Schlimmste überstanden hatte und es jetzt nur noch aufwärts ginge.

Er hätte sich gründlich geirrt.

15

Susanne

Nachdem Eisenstein mit dem Rettungswagen abtransportiert worden war, rief einer der beiden Ärzte seine Lebensgefährtin Susanne an und berichtete, was geschehen war.

Sie fiel verständlicherweise aus allen Wolken und geriet in einen schockähnlichen Zustand. Sie wollte sich umgehend auf den Weg zum Krankenhaus machen.

Sie war Rechtsmedizinerin und hatte während ihrer beruflichen Zeit viel gesehen und erlebt. Grausame Bilder von getöteten oder durch Unfälle gestorbenen Menschen. Sie hatte das Leid der Angehörigen erfahren und sehr oft Anteil an ihrem Schmerz genommen.

Doch diese Situation war anders. Ein geliebter Mensch kämpfte um sein Leben. Sie stand dieses Mal nicht außerhalb der Ereignisse, sie befand sich mittendrin.

Nach einer fürchterlichen Fahrt erreichte sie das Krankenhaus. Sie hatte sich nur mit Mühe auf den Verkehr konzentrieren können. Manchmal hatte sie das Gefühl, sich übergeben zu müssen oder dass ihr Kreislauf seinen Dienst verweigerte. Sie musste sich zusammenreißen und ihre gesamte Professionalität aufbringen, um heil am Krankenhaus anzukommen.

Was würde sie dort erwarten? Wie würde es um Frank stehen?

Als Medizinerin wusste sie, dass zu wenig Sauerstoffzufuhr über eine längere Zeit bleibende Schäden am Gehirn hinterlassen konnte.

Wenn Frank überlebte, wie würde sich das Überleben darstellen? Sie wusste aber auch, dass die Ärzte ihr das zum jetzigen Zeitpunkt nicht sagen könnten.

Sie war entsprechend aufgewühlt.

Man ließ sie sofort zu Frank. Er lag allein im Zimmer auf der Intensivstation.

Sie erschrak, als sie ihn sah. Ein bisher stattlicher, gesund aussehender Mann lag vor ihr im Bett. Bewegungslos, blass, die Augen geschlossen und mit Schläuchen und Kabeln an unterschiedlichen Geräten verbunden. Es war still im Zimmer – totenstill. Der Anblick ihres Partners ließ sie frösteln und leicht zittern. Ihre Augen füllten sich mit Tränen. Vergeblich suchte sie in ihrer Tasche nach einem Taschentuch.

„Hier, bitte."

Sie erschrak, als ein Pfleger neben sie trat und ihr eine Packung Papiertaschentücher vorhielt.

„Danke", sagte sie unbeholfen und zog ein Taschentuch heraus.

„Wenn Sie möchten, hole ich einen Arzt, mit dem Sie über Herrn Eisensteins Zustand sprechen können."

„Zustand", was für ein „Zustand"? Frank ist nicht in einem Zustand. Er lebt, dachte sie dankbar. Aber wahrscheinlich hatte der Pfleger das nicht so negativ gemeint, wie sie es im ersten Moment aufgenommen hatte.

„Vielen Dank. Das wäre schön, wenn Sie das machen würden."

Jetzt war sie allein im Zimmer. Sie zog einen Stuhl heran und setzte sich neben das Bett. Vorsichtig legte sie ihre Hand auf Franks Hand. Sie fühlte sich kalt an. Sie erschrak und zwang sich, nicht weiter zu denken und Vergleiche anzustellen.

In diesem Moment ging die Tür auf, und ein Arzt betrat den Raum. Er stellte sich vor und begrüßte sie freundlich.

„Guten Tag, Frau Eisenstein."

Die Anrede „Frau Eisenstein" tat ihr gut und sie ließ sie daher unkommentiert stehen. Sie lebte, sie liebte und sie litt jetzt wie „Frau Eisenstein".

Dann eröffnete er ihr schonungslos:

„Ihr Mann hatte einen Herzstillstand und musste reanimiert werden."

Der Arzt legte eine kleine Pause ein und schaute Susanne ernst an. Er wollte prüfen, wie ihre Reaktion war. Da er sie als genügend gefestigt ansah, fuhr er fort.

„Das Gehirn ist dadurch nicht mehr mit genügend Sauerstoff versorgt worden. Das kann eine Reihe von Reaktionen in Gang setzen. Nervenzellen können geschädigt werden, giftige Stoffwechselprodukte können in das Gewebe fluten, das Blut kann übersäuern und das Gehirn kann anschwellen."

„Das ist ja furchtbar. Aber Sie können doch etwas dagegen tun?", fragte Susanne inständig.

„Ja. Zuerst haben wir überlegt, Ihren Mann in die Uni-Klinik zu verlegen. Aber für eine Verlegung ist er nicht stabil genug."

Susanne unterbrach den Arzt. „Und was haben Sie dann hier gemacht?"

„Wir haben Ihren Mann in ein künstliches Koma versetzt und ‚auf Eis gelegt', wie wir sagen. Das bedeutet, dass wir die Körpertemperatur für vierundzwanzig Stunden auf 32 Grad gesenkt haben."

Als Rechtsmedizinerin beschäftigte sie sich neben einer Reihe von anderen Aufgaben zum Großteil mit der Obduktion und Untersuchung von Verstorbenen und stellte die Todesursache fest.

Aber auch die Untersuchung von Verletzungen zur Rekonstruktion des Tathergangs oder bei Verdacht eines ärztlichen Behandlungsfehlers gehörte zu ihren Aufgaben. Die Behandlung nach einer Reanimation gehörte allerdings nicht dazu.

Trotzdem war ihr der Begriff „auf Eis legen“ nicht fremd. Sie wusste zum Beispiel, dass bei Menschen, die ins Eis einbrachen oder von einer Schneelawine verschüttet wurden, die Kälte deren Stoffwechsel verlangsamte. Die Organe benötigten weniger Sauerstoff, bleibende Gehirnschäden wurden eingedämmt. Nach der Wiederbelebung riegelte die Kühlung fast alle negativen Einflüsse herab und das Gehirn blieb ohne nennenswerte Schäden.

Dieses Wissen machte sie etwas ruhiger und sie atmete hörbar erleichtert aus. Das ist doch ein guter Ansatz, dachte sie.

„Jetzt müssen wir abwarten, ob und wie er die Herzattacke übersteht“, fuhr der Arzt mit seinen Erklärungen fort.

Das kleine Wort „ob“ war für sie wie ein Schlag in die Magengrube. Vor wenigen Augenblicken war sie noch positiv von einem erfolgversprechenden Behandlungsbeginn überzeugt gewesen, und jetzt diese Aussage. Erneut breitete sich Panik in ihr aus.

Die folgenden Informationen nahm sie nur mit halbem Ohr wahr und waren für sie unbedeutend. Sie hatte das Gefühl, an die frische Luft zu müssen.

Gott sei Dank beendete der Arzt dann auch seine Erklärungen.

Erschöpft von der Informationsflut und ihren eigenen Emotionen ließ sie sich auf den Stuhl neben Franks Bett fallen. Sie nahm erneut Franks kalte Hand in ihre. Er lag bewegungslos und ohne jegliche Reaktion vor ihr.

Sie blieb noch einige Zeit sitzen. Ihr Gehirn arbeitete auf Hochtouren und baute ein Schreckensszenario auf. Als ihr klar wurde, dass sie im Augenblick hier nichts mehr ausrichten konnte, verließ sie völlig aufgelöst und mit den schlimmsten Erwartungen das Zimmer.

Sie setzte sich in den Aufenthaltsraum der Station. Eine Schwester brachte ihr einen Tee und langsam beruhigte sie sich.

Das Schlimmste ist bald vorbei. Mit diesem Gedanken machte sie sich ein wenig Mut, Frank wird das überstehen und dann geht es wieder aufwärts, dachte sie.

Sie sollte sich irren!

Ich muss unbedingt Franks Tochter anrufen und ihr Bescheid geben, überlegte sie. Sie wohnte in der Nähe von Heidelberg. Auch wenn Frank nicht das beste Verhältnis zu ihr hatte und sie nur sporadisch höchstens einmal im Jahr sah oder mit ihr telefonierte, hatte sie das Recht zu erfahren, was mit ihrem Vater geschehen war.

Und dann Ronni – sein früherer Kollege und Freund.

Sie entschied sich, Ronni zuerst anzurufen.

16

Ronni

Ronni stand vor dem Haus der Familie Lindemann und erwartete die Kolleginnen und Kollegen. Gott sei Dank hatte der Regen aufgehört. Er war total durchnässt. Wenn das mal keine Erkältung gibt, dachte er. Es dauerte fast eine Stunde, bis die Spurensicherung eintraf.

Er informierte den Leiter der Spusi über das, was geschehen war und die Kolleginnen und Kollegen stoben auseinander und nahmen ihre Arbeit auf.

Für Ronnis Vertretung war Hubert Gössel vom KK 13 vorgesehen. Gössel bearbeitete dort hauptsächlich Einbrüche und Raub. Manchmal auch Diebstahl von Kfz-Fahrzeugen und sogar die immer häufiger auftretenden Sprengungen von Geldautomaten.

Er war noch jung, mit drahtiger, hochaufgeschossener Figur und wie man im KK 13 sagte, sehr ehrgeizig. Vor drei Jahren hatte er dort seinen Dienst angetreten. Gössel erinnerte Ronni an seine eigene Zeit, als er als junger Mann im KK 11 seinen Dienst begonnen hatte. Beide hatten einige Male an komplexen Fällen zusammengearbeitet und Ronni war überzeugt, dass er ein fähiger und gründlich arbeitender Kollege war.

„Du siehst ja fürchterlich aus. Was ist denn geschehen?", begrüßte Gössel Ronni.

„Lass' du dir mal auf den Kopf schlagen und lege dich dann in den Matsch. Du wirst dich wundern, wie du dann aussiehst und vor allem, wie du dich fühlst."

Ronni und Gössel gaben sich lachend die Hand.

Dann berichtete Ronni ihm ausführlich, was geschehen war. Er beließ es dabei nicht nur bei den heutigen Vorfällen, sondern setzte ihn auch über den gesamten Fall des ermordeten Ehepaares in Kenntnis.

„Das ist ja schrecklich. Bin ich doch froh, dass ich nur mit Einbruch, Raub und Diebstahl zu tun habe. Geh du mal nach Hause. Mach dir keine Sorgen. Ich regele das hier."

Die beiden Kommissare verabschiedeten sich voneinander. Als Ronni sich umdrehte und gehen wollte, kam ein junger Kollege der Spusi auf ihn zu.

„Hallo Ronni, ich habe gesehen, dass du verletzt bist. Zeig' mal deinen Kopf her."

„Ja, ja, ist nicht so schlimm", wiegelte Ronni ab, obschon sein Kopf dröhnte.

„In meiner Freizeit bin ich als freiwilliger Rettungssanitäter beim DRK im Einsatz. Ich denke, ich werde die Wunde säubern und dir einen Verband anlegen."

„Das finde ich toll, dass du dich beim Deutschen Roten Kreuz engagierst. Aber ich bekomme das schon selbst hin. Meine Freundin wird sich zu Hause darum kümmern", versuchte Ronni noch einmal, seine Verletzung als Bagatelle herunterzuspielen.

Doch der junge Mann ließ nicht locker und beorderte Ronni in bestimmtem Ton, der keinen Widerspruch duldete, ins Haus.

Auf dem Weg dorthin eilte er zu seinem PKW und kam mit einem Erste-Hilfe-Koffer zurück. Im Haus musste Ronni sich im Flur auf eine Treppenstufe setzen und der freiwillige Rettungssanitäter verarztete ihn fachmännisch.

„So, das wär‘s fürs Erste. Jetzt kannst du nach Hause fahren. Morgen solltest du den Verband von einem Arzt wechseln lassen. Bis dahin hältst du die Füße still und legst dich ins Bett. Du hast wahrscheinlich eine Gehirnerschütterung und dabei ist absolute Ruhe angesagt.“

„Morgen muss ich wieder ins Büro. Ich habe schließlich einen Doppelmord aufzuklären“, wendete Ronni erneut ein.

„Keine Widerrede. Heute ist Ruhe angesagt und morgen entscheidet der Arzt, was du musst.“

Ronni stand auf und bedankte sich bei dem Kollegen. Dann ging er zu seinem Auto und fuhr nach Hause.

Zu Hause angekommen, war es nicht so, wie er es befürchtet hatte. Zu Beginn war seine Freundin sprachlos und mit Sicherheit auch geschockt. Sie hatte sich aber schnell gefasst und umsorgte Ronni liebevoll. Seine Befürchtung, dass bei ihr die Wehen vorzeitig einsetzen könnten, wenn sie ihn sehen würde, bewahrheitete sich Gott sei Dank nicht.

Am nächsten Morgen, es war Donnerstag, rief er seinen Hausarzt an. Seit einigen Jahren hatte er seinen Hausarzt in Troisdorf. Er hatte ihn im Rahmen einer Fallbearbeitung kennengelernt und der Arzt erschien Ronni kompetent und sympathisch. Er rechnete nicht damit, bereits am gleichen oder nächsten Tag einen Termin zu erhalten. Vielleicht war der nächste Termin erst in der folgenden Woche möglich. Ihm war das egal. Er würde selbst den Verband abnehmen und ein Pflaster auf die Wunde kleben. Auf jeden Fall würde er später ins Büro fahren. Er war überrascht, dass er einen Termin kurz vor Mittag erhielt.

Er konnte seine Freundin nicht davon abbringen, ihn zum Arzt zu fahren.

„Mit einer Gehirnerschütterung ist Ruhe angesagt und Autofahren geht gar nicht“, sagte sie genauso bestimmt, wie der Kollege der Spurensicherung mit ihm gesprochen hatte.

Für einen kurzen Moment dachte er, dass dieser Kollege womöglich seine Freundin angerufen hatte und ihr gesagt hatte, dass sie unbedingt auf ihn achten solle.

Von Siegburg-Seligenthal, wo er mit Susie in deren Eigentumswohnung lebte, war es nicht weit bis nach Troisdorf zu seinem Arzt.

Auf dem Weg zum Parkhaus in der Innenstadt klingelte sein Mobiltelefon über die Freisprechanlage. Im Display erschien das Bild von Susanne, Frank Eisensteins Freundin.

Ronni meldete sich und direkt legte Susanne los. Nach den ersten Worten merkte er, dass sie total aufgeregt war. Ihm war sofort klar, dass etwas geschehen sein musste.

„Ronni, du musst schnell kommen. Frank liegt im Krankenhaus. Es sieht nicht gut aus!“

„Ich komme! In welchem Krankenhaus befindet er sich?“

„In Bonn-Beuel. Beeil dich, bitte.“

Ronnis Freundin Susie, die den Anruf mitangehört hatte, war bereits rechts rangefahren und hatte angehalten.

„Mein Gott“, war das Einzige, was sie sagte.

Sie wendete das Auto und machte sich auf den Weg nach Bonn-Beuel.

Ronni war nicht in der Lage, irgendetwas zu sagen. Frank war nicht nur sein Kollege. Er war auch sein Freund – sein bester

Freund. Und jetzt so eine Nachricht. Ronni hatte nach vielen Jahren zum ersten Mal wieder richtig Angst.

*

Der Regen vom Vortag hatte sich verzogen. Es war aber immer noch bedeckt und da auch die Temperaturen nicht viel hergaben, konnte man bei Weitem nicht von einem schönen Herbsttag sprechen.

Susie und Ronni fuhren in Troisdorf auf die A 59. Susie saß am Steuer und mit ihrem dicken Babybauch passte sie gerade mal hinter das Lenkrad. Das schien sie aber nicht im Geringsten zu stören. Ronni hingegen war nicht glücklich, dass seine schwangere Freundin fuhr. Außerdem war er ein schlechter Beifahrer, der viel zu oft seine Meinung zu ihrer Fahrweise kundtat. Trotzdem war er heute froh, dass sie das Fahren übernommen hatte. Sein Kopf schmerzte noch und er war mit den Gedanken im Krankenhaus bei Frank.

Bereits nach wenigen hundert Metern standen sie im Stau. Der Verkehr wälzte sich nur noch im Schritttempo in Richtung Bonn. Zum Glück mussten sie nicht den Rhein überqueren, sondern konnten auf der rechten Rheinseite bleiben.

Direkt nach der Autobahnabfahrt Bonn-Pützchen lichtete sich der Verkehr und sie kamen doch noch schneller in Bonn-Beuel an, als er vermutet hatte.

Auf dem Parkplatz vor dem Krankenhaus gab es keinen freien Parkplatz mehr. Susie fuhr daher am Krankenhaus vorbei, die Hermannstraße entlang. Erst in der Elsa-Brändström-Straße fanden sie auf dem Parkstreifen neben der Straße einen Parkplatz.

Ronni fluchte in Gedanken. Hatten sie doch viel Zeit mit der Parkplatzsuche vertrödelt und jetzt stand ihnen auch noch ein längerer Fußweg bevor.

„Möchtest du im Auto warten?“, fragte Ronni seine Freundin und dachte dabei an ihren schwangeren Zustand.

„Wie kommst du denn auf diese absurde Idee?“, antwortete Susie und schaute ihren Freund verständnislos an.

„Ich dachte nur ... wegen der Schwangerschaft und der Aufregung ...“

„Frank ist auch mein Freund und ich rege mich mehr auf, wenn ich hier warte. Und nun höre einmal gut zu: Ich bin schwanger und nicht krank. Merk´ dir das!“

Susie war richtig sauer.

„Okay, okay“, sagte Ronni lediglich, da er wusste, dass sie recht hatte.

„Ein Krankenhausbesuch, auch wenn er für uns sehr emotional sein wird, löst nicht sofort die Wehen aus oder führt zu einer Spontangeburt. Außerdem wäre ich dort in guten Händen“, fügte sie hinzu und lächelte wieder.

„Du hast ja recht“, pflichtete ihr Ronni bei, obschon er nicht ganz von ihrer Aussage überzeugt war.

„Komm, lass uns Frank besuchen“, sagte er „und hoffentlich ist es nicht gar so schlimm. Obschon ich nach Susannes Anruf erhebliche Bedenken habe“, sagte Ronni und seine Miene verfinsterte sich.

Ronni hatte kurz bevor sie am Krankenhaus ankamen Susanne angerufen und sie hatten sich im Aufenthaltsraum der Station verabredet.

Susanne saß am Tisch im Aufenthaltsraum, den Blick gebannt auf den Eingang gerichtet und wartete auf Ronni und Susie. Als die beiden den Raum betraten, sprang sie auf und fiel zuerst Ronni und dann Susie um den Hals. Dabei liefen ihr dicke Tränen über die Wangen. Susie hielt sie so lange umschlungen, bis sie sich etwas beruhigt hatte.

„Erzähle, was ist geschehen und wie geht es Frank?", wollte Ronni wissen.

„Na ja, wie geht es ihm? Ich weiß es nicht. Er hatte Herzflimmern und ist beim Kardiologen vom Ergometer gefallen. Er wurde reanimiert und liegt im Koma und ist nicht ansprechbar. Ob er überlebt, weiß niemand. Die Ärzte sagen nichts Genaues oder können nichts Genaues sagen. Es heißt immer, wir müssen abwarten."

Auf Ronnis Bitte hin berichtete Susanne ausführlich, was geschehen war und wie die Ärzte ihren Lebensgefährten zurzeit behandelten.

Dann ging Susanne zusammen mit den Freunden zur Intensivstation. Es benötigte ein wenig Überredung, damit der zuständige Pfleger die drei Personen ans Bett ließ.

„Verhalten Sie sich bitte ruhig am Bett. Es ist möglich, dass auch Menschen im Koma ihre Umgebung wahrnehmen. Ein unbedachtes, laut gesprochenes Wort kann vom Gehirn des Patienten falsch gedeutet werden und zum Beispiel seine Herzfrequenz erhöhen", warnte der Pfleger und ließ dann die Besucher allein.

Ronni starrte ungläubig auf seinen Freund und früheren Arbeitskollegen. So hatte er Frank, der immer vital und aktiv war, noch nie gesehen. Unbeweglich, mit geschlossenen Augen und mit mehreren Geräten verbunden, lag er vor ihm. Insbesondere die Blässe seiner Haut, im Gesicht und an den Händen, schockierte ihn. Wenn er tot wäre, könnte er nicht schlimmer aussehen, dachte er.

Auch Susie war von Franks Aussehen erschrocken. Ihre Augen füllten sich mit Tränen und sie ergriff Halt suchend Ronnis Arm.

Nach kurzer Zeit kam der Pfleger zurück und bat die Besucher, das Zimmer zu verlassen.

Ronni war niedergeschlagen, als er die Intensivstation verließ. Er konnte nur schwer ertragen, seinen Freund in dieser Verfassung zu sehen und ihm nicht helfen zu können.

Sie verbrachten noch eine Weile mit Susanne im Aufenthaltsraum der Station. Als sie am Tisch bei einer Tasse Kaffee saßen, sah Susanne Ronni und Susie überrascht an und fragte:

„Ist mit der Schwangerschaft alles in Ordnung? Und was ist mit dir geschehen? Hattest du einen Unfall?"

Dabei deutete sie auf Ronnis Kopfverband.

„Entschuldigt bitte. Ich denke im Augenblick nur an Frank und nehme meine Umwelt gar nicht mehr wahr", fügte sie hinzu.

„Ist doch okay. Wir verstehen das. Mit der Schwangerschaft ist alles im grünen Bereich und mir geht es gut. Ronni geht es hingegen nicht so gut. Es hat noch Kopfschmerzen. Wahrscheinlich eine leichte Gehirnerschütterung", antwortete Susie.

„Ach, das ist nichts Besonderes. Jemand hat mir mit einem Gegenstand auf den Kopf geschlagen. Halt ein Berufsunfall. Wenn ich jetzt anschließend zum Arzt fahre, wird der Verband abgenommen und alles ist wieder gut", spielte er den Vorfall herunter und versuchte dabei ein Lächeln, das aber total misslang.

„Du könntest doch hier einen Arzt oder eine Schwester bitten, den Verband abzunehmen und sich deine Wunde anzusehen. Oder du gehst im Erdgeschoss in die Ambulanz. Hier bist du doch an der richtigen Stelle", schlug Susanne vor.

Ronni fand diese Idee gut und als sie Susanne verließen, stellte er sich in der Ambulanz vor, wo ein Arzt sich die Wunde ansah und diese zur Sicherheit mit einem Pflaster versah.

„Morgen gehe ich wieder ins Büro“, sagte Ronni, als sie auf der Heimfahrt waren.

„Das kannst du vergessen. Morgen ist noch Ruhe angesagt. Es wird sicherlich auch einen Tag ohne dich gehen und der Mörder läuft dir nicht weg. Um den kannst du dich später kümmern“, antwortete Susie so energisch, dass Ronni einen Einwand hinunterschluckte.

17

Anna

Am folgenden Tag, es war gerade zehn Uhr, klopfte Anna vorsichtig an die Tür zu Ronni Kerns Büro im Kriminalkommissariat 11.

Sie meinte, ein leises „Ja, bitte" gehört zu haben und ging hinein. Hinter einem Schreibtisch saß ein junger, blonder Mann, der in eine Akte vertieft war. Als sie auf ihn zuging, hob er den Kopf und zwei blaue Augen sahen sie erwartungsvoll an. Der Mann war ihr auf den ersten Blick nicht unsympathisch – im Gegenteil. Mit dem markanten Gesicht und, soviel sie sehen konnte, mit der schlanke Figur war er ein Typ, der ihr gefiel.

„Guten Tag, mein Name ist Anna Lindemann. Ich habe eine Vorladung und soll mich nach meinem Urlaub hier bei einem Kommissar Kern melden."

Dabei wedelte sie mit dem Brief der Vorladung hin und her.

„Guten Morgen. Schön, dass Sie gekommen sind. Ich bin Kommissar Hubert Gössel. Herr Kern ist leider nicht da. Ich vertrete ihn."

Mit diesen Worten erhob er sich gewandt aus dem Schreibtischsessel und reichte ihr die Hand. Fast gleichzeitig bot er ihr mit der anderen Hand den freien Stuhl vor dem Schreibtisch an. Sicherlich gehörte Anna nicht zu den größten Frauen, aber der Kommissar überragte sie um eine Kopflänge. Anna setzte sich auf den Freischwinger-Besucherstuhl und auch Herr Gössel nahm auf dem wesentlich mehr gepolsterten Drehstuhl hinter seinem Schreibtisch Platz.

„Wir hatten Sie gebeten, bei uns vorbeizukommen. Danke, den Brief benötige ich nicht."

Dabei zeigte er auf den Brief, den Anna noch immer in Händen hielt.

„Zur Identifikation benötige ich allerdings Ihren Personalausweis."

Anna suchte in ihrer Handtasche nach der Geldbörse und entnahm ihr den Personalausweis, den sie dem Kommissar übergab. Dieser warf nur einen kurzen Blick darauf und gab ihn ihr zurück.

„Sie haben mich bestimmt wegen meines Bruders vorgeladen", sagte Anna und steckte Ausweis und Geldbörse wieder in ihre Handtasche.

„Wie kommen Sie darauf?", war sofort die Gegenfrage von Hubert Gössel.

Aus der offensichtlichen Überraschung ihres Gegenübers schloss sie, dass sie zu voreilig gefragt hatte.

„Na ja, mein Bruder und ich haben seit Jahren keinen Kontakt mehr. Vor einigen Wochen tauchte er dann plötzlich bei mir auf. Ich glaube, er hat Probleme."

„Nicht mit der Polizei, falls Sie das denken", fügte sie eilig hinzu.

„Wann genau war er bei Ihnen?"

Anna überlegte einige Sekunden.

„Warten Sie. Ich bin Freitag für fünf Tage zum Wandern nach Mallorca geflogen. Donnerstag, ja genau, Donnerstag war er bei mir."

„Okay", Gössel nickte und machte sich eine kurze Notiz.

„Sie sagten, Sie glauben, er hat Probleme. Mit wem hat er denn Probleme, wenn nicht mit der Polizei?“, hakte der Kommissar nach und schaute Anna forschend an.

Anna konnte seinem Blick nicht standhalten und schaute vor sich hin. Lügen mochte sie nicht. Was hatte sie noch mit ihrem Bruder zu tun? Wieso sollte sie irgendetwas erfinden? Um ihn zu schützen? Wovor? Spielschulden waren doch nicht strafbar, dachte sie.

„Er hat Schulden und ich sollte ihm Geld leihen.“

„Schulden bei der Bank?“, kam sofort wieder die Gegenfrage.

„Nein, nicht bei der Bank. Spielschulden! Bei irgendwelchen Geldverleihern.“

„Und, haben Sie ihm Geld geliehen?“, wollte der Kommissar jetzt wissen.

„Nein, natürlich nicht.“

„Wieso ‚natürlich‘ nicht? Wie meinen Sie das?“

„Na ja, ich habe nicht so viel Geld.“

„Wie viel wollte er denn haben?“

Anna überlegte, ob sie dem Kommissar sagen sollte, wie viel ihr Bruder gefordert hatte. Sie entschloss sich für die Wahrheit.

„Fünfzigtausend“, sagte sie, ohne den Kommissar anzusehen.

„Das ist nicht wenig“, meinte Hubert Gössel und machte sich eine Notiz.

„Wo wohnt eigentlich Ihr Bruder?“, fragte der Kommissar jetzt beiläufig und wechselte damit das Thema.

„Ich sagte Ihnen bereits, dass ich seit Jahren keinen Kontakt mehr zu ihm habe. Als er bei mir war, hat er mir gesagt, dass er in Bochum gewohnt hat und jetzt in Troisdorf wäre. Er hat mir nicht gesagt, wo er wohnt und ich habe nicht danach gefragt.“

„Wie ist sein Verhältnis zu Ihren Eltern? Hat er etwas über sie gesagt?", wollte der Kommissar wissen, wobei seine Gesichtszüge eine Spur ernster wurden.

„Er ist mit achtzehn Jahren ausgezogen. Meine Eltern haben auch keinen Kontakt zu ihm, soviel ich weiß."

„Haben Sie denn Kontakt zu Ihren Eltern?"

„Nein, in den letzten Jahren nicht mehr. Wieso fragen Sie das alles? Ist etwas mit meinem Bruder oder meinen Eltern geschehen?"

Anna schaute den Kommissar mit ängstlichen Augen an. Obwohl ihr Bruder ihr egal war und sie keinen Kontakt mehr zu ihm und ihren Eltern hatte, bekam sie plötzlich Angst, dass etwas passiert war.

„Ja, Frau Lindemann. Ich muss Ihnen leider sagen, Ihre Eltern sind tot."

„Nein!", schrie sie.

„Das kann nicht sein. Sie waren doch gesund und noch nicht so alt."

Anna war sichtlich geschockt. Als Grund für ihre Vorladung hatte sie alles Mögliche erwartet, nur das nicht.

„Wieso tot? Wieso muss ich deshalb zu Ihnen, zur Kriminalpolizei kommen?", fragte sie beinahe ängstlich, als wenn sie ahnte, dass noch schlimmere Nachrichten folgen würden.

„Wir haben sie in ihrem Haus gefunden. Im Hausflur. Sie wurden ermordet."

Gössel sprach langsam mit gedämpfter Stimme und versuchte, die unausweichliche Wahrheit möglichst mitfühlend zu übermitteln. Er hatte keine Übung mit dieser Art von Gesprächen. Was sollte er anderes sagen? Er durfte ihr die Wahrheit nicht vorenthalten, denn sie hatte ein Recht darauf. Auch wenn es wehtat.

Anna konnte ihre Tränen nicht mehr zurückhalten. Sie schluchzte laut und hemmungslos. Gössel wartete geduldig, bis sie sich etwas beruhigt hatte.

„Möchten Sie ein Glas Wasser, vielleicht einen Schluck trinken?“, fragte Hubert Gössel und hielt ihr gleichzeitig ein wenig ungelenk ein Papiertaschentuch hin.

„Nein, danke. Es geht schon.“

Anna wischte sich mit dem Taschentuch die Tränen aus dem Gesicht und putzte sich die Nase.

„Wieso ermordet? Wer macht so etwas? Meine Eltern hatten doch mit niemandem Streit, soviel ich weiß. Zumindest hatten sie nie solch einen Streit, dass jemand sie umbringt.“

„Wir wissen noch nicht, wer das getan hat.“

Der Kommissar berichtete ihr im Groben, was sie bisher ermittelt hatten. In welchem Zustand sie die Lindemanns gefunden hatten, behielt er wohlweislich für sich. Es wäre ihm schwergefallen, ihr das zu erklären und als Tochter der Toten musste sie das nicht unbedingt jetzt wissen.

„Und Ihre Eltern hatten mit niemandem Streit und Sie können sich nicht vorstellen, wer zu solch einer Tat in Frage käme?“

„Nein, absolut nicht“, sagte Anna bestimmt.

„Wie ich Ihnen sagte, wurde das Haus später vollständig durchsucht. Es muss jemanden geben, der im Haus etwas gesucht hat. Wie ist das mit Ihrem Bruder? Sie sagten, er hatte Geldprobleme. Ist es möglich, dass er im Haus Geld vermutet hat?“

„Er benötigt auf alle Fälle Geld, das ist richtig. Aber er würde deshalb nie unsere Eltern umbringen, auch wenn das Verhältnis zu ihnen auf alle Fälle nicht gut war.“

„Wir konnten keine Einbruchspuren finden und vermuten daher, dass der Täter einen Schlüssel hatte oder dass Ihre

Eltern ihn hineingelassen haben. Bei der zweiten Möglichkeit ist davon auszugehen, dass Ihre Eltern den Täter kannten."

„Ja, das mag alles so sein, wie Sie sagen aber ich kann mir nicht vorstellen, wer so etwas tut."

Anna putzte sich erneut die Nase, da sich ihre Augen wieder mit Tränen gefüllt hatten.

„Geht es noch? Ich habe nur noch eine Frage."

Gössel hatte Sorge, dass Anna erneut einen Weinkrampf bekommen würde. Er war froh, wenn das Gespräch nach seiner Frage beendet sein würde.

„Ja, ja. Ist in Ordnung."

„Wissen Sie, wer einen Schlüssel für das Haus hat?"

„Ich hatte immer einen Schlüssel. Als ich auszog, habe ich diesen Schlüssel behalten. Meine Eltern wollten das so – für den Notfall, sagten sie. Der Schlüssel hängt seitdem am Schlüsselbrett in meiner Wohnung. Ob sie noch jemandem einen Schlüssel gegeben haben, kann ich nicht sagen."

Jetzt, wo sie das sagte, war sie sich nicht mehr sicher, ob der Schlüssel noch am Brett hing. Hatte sie ihn in den letzten Tagen noch dort gesehen? Plötzlich kamen Zweifel in ihr auf. Von ihrer Unsicherheit sagte sie dem Kommissar nichts. Sie nahm sich vor, wenn sie wieder zu Hause war, sofort nachzusehen.

Trotz seiner Unerfahrenheit entging Hubert Gössel nicht, dass Annas Gesicht eine Spur nachdenklicher wurde.

„Wie ist das mit Ihrem Bruder? Hat er auch seit damals, als er auszog, einen Schlüssel?"

„Nein, das glaube ich nicht. Meine Eltern und er haben sich im Streit getrennt. Ich kann mich noch genau erinnern. Ich war oben am Fenster meines Zimmers und habe gesehen, wie er den Schlüssel meinen Eltern vor die Füße geworfen hat.

Dabei schrie er, dass er das Haus nie mehr betreten werde. Dann ist er in sein Auto eingestiegen und davongefahren."

„Verstehe. Dann sind Sie wahrscheinlich die Einzige, außer Ihren Eltern natürlich, die einen Schlüssel für das Haus hat."

Anna schien kurz zu überlegen, dann sagte sie mit fester Stimme: „Ja, wahrscheinlich ist das so."

Der Kommissar wartete noch einige Sekunden, um Anna die Möglichkeit zu geben, vielleicht noch etwas hinzuzufügen. Da dies nicht geschah, beendete Hubert Gössel das Gespräch.

„Ich danke Ihnen, dass Sie so umgehend gekommen sind und meine Fragen beantwortet haben. Ich weiß, das ist alles nicht leicht für Sie. Sollten Sie Hilfe benötigen, rufen Sie mich an. Haben Sie jemand, der sie unterstützt?"

„Ja", sagte Anna etwas unsicher.

„Wir besorgen Ihnen auch gerne einen Psychologen."

„Nein, danke. Das ist im Augenblick nicht nötig."

„Nochmals vielen Dank. Sollten wir noch Fragen haben, melde ich mich bei Ihnen."

„Ich habe noch eine Frage. Kann ich meine Eltern noch einmal sehen? Ich möchte mich von ihnen verabschieden", fragte Anna mit zaghafter Stimme.

„Tut mir leid. Das geht leider zurzeit noch nicht. Sie befinden sich noch in der Rechtsmedizin. Wenn die Leichen freigegeben werden, geben wir Ihnen Bescheid."

Anna erhob sich von ihrem Stuhl.

„Noch eine Sekunde, bitte. Ich benötige Ihre Handynummer, unter der wir Sie erreichen können. Und ich habe noch eine Bitte. Wo wir Ihren Bruder erreichen können, wissen Sie und wir nicht. Haben sie vielleicht ein Foto von ihm dabei? Frauen führen doch manchmal solche Dinge in ihrer Handtasche mit sich“, bat der Kommissar mit einem unwiderstehlichen Lächeln.

Anna ging nicht auf diese spitze Bemerkung ein, sondern setzte sich noch einmal hin und gab ihm ihre Handy-Nummer. Dann setzte sie ihre Handtasche auf den Schoß und holte eine große Geldbörse heraus. Hinter den Kartenfächern befanden sich mehrere Fotos. Ein altes, abgegriffenes Foto zeigte ein Ehepaar – wahrscheinlich ihre Eltern. Auf einem anderen, neuen Foto war ein Mann mittleren Alters abgebildet. Vielleicht ihr Freund, dachte Hubert Gössel. Das dritte Foto schließlich, ein Passfoto, reichte sie dem Kommissar.

„Das ist mein Bruder vor mehreren Jahren. Aber er hat sich kaum verändert.“

„Darf ich das Foto einige Tage behalten? Wir machen uns eine Kopie davon und ich schicke Ihnen das Foto dann zurück.“

„Ja, können Sie“, antwortete Anna.

Sie steckte ihre Geldbörse wieder ein, stand auf und reichte dem Kommissar zum Abschied die Hand.

18

Susie

Es war Freitagabend. Susie und Ronni hatten es sich im Wohnzimmer gemütlich gemacht. Ronni lag auf dem Sofa und Susie saß im Fernsehsessel. Sie hatte die Rückenlehne bis zum Anschlag zurückgestellt, so dass sie mehr oder weniger ebenfalls lag und streichelte ihren Babybauch.

Auch wenn Ronni es gegenüber Susie nicht zugab, war er froh, noch nicht ins Büro gefahren zu sein. Obschon die Kopfschmerzen nachgelassen hatten, würde er sich das Wochenende noch schonen und erst Montag den Dienst aufnehmen. Er war sicher, auf Hubert Gössel konnte er sich verlassen. Er würde wissen, was zu tun war und ihn gut vertreten. Manchmal muss man Prioritäten setzen und auch einmal an sich denken, sagte er sich.

Der Besuch im Krankenhaus mit dem Anblick von Frank hatte sowohl ihn als auch Susie sehr aufgewühlt. Beide hatten noch lange das Bedürfnis, darüber zu sprechen. Dabei machten sie sich gegenseitig Hoffnung, dass ihr Freund die Herzattacke gut überstehen würde. Zunächst einmal mussten die Ärzte Frank aus dem Koma holen und beiden war klar, dass dann eine Herzoperation anstehen würde. Sie konnten sich vorstellen, dass auch Susanne das wusste, aber weder Susanne noch sie hatten das beim Besuch im Krankenhaus anklingen lassen.

In den letzten Stunden hatten sie nicht mehr über Frank gesprochen. Es war alles gesagt und das Thema war für heute erschöpft. Trotzdem hatten beide gedanklich noch nicht damit abgeschlossen.

„Wenn Frank operiert worden ist, wird er noch einige Zeit im Krankenhaus bleiben und danach folgt mit Sicherheit eine Rehabilitationsmaßnahme zwischen drei und sechs Wochen", nahm Ronni das Thema erneut auf.

Ronni hatte sich eine Dose gesalzene Erdnüsse aus dem Vorratsschrank in der Küche geholt und stopfte unablässig eine Nuss nach der anderen in den Mund. Für Susie war das ein sicheres Zeichen, dass er nervös war.

„Ja, das wird wohl so sein", entgegnete Susie, die eigentlich das Thema für diesen Abend nicht mehr ansprechen wollte.

„Dann wird er bei der Geburt unseres Babys nicht da sein", folgerte Ronni und stopfte erneute einige Nüsse in den Mund.

„Das Baby wird immer da sein und Frank wird es später noch oft genug sehen können. Mir reicht es, wenn du bei der Geburt dabei sein wirst."

Dabei lächelte sie Ronni glücklich an. Susie wollte im Troisdorfer Krankenhaus entbinden. Vor einiger Zeit hatten sie sich die Entbindungsstation und den Kreißsaal angesehen und waren begeistert. Als beide zum ersten Mal im Kreißsaal standen, hatte Ronni gescherzt, dass er hoffentlich während der Entbindung nicht in Ohnmacht fallen würde. Susie hatte dann gefeixt, dass das kein Grund für sie wäre, ihn nicht zu heiraten.

„Du kannst sicher sein, dass ich dabei sein werde. Wir werden das Elternwerden gemeinsam erleben und es wird uns noch stärker verbinden. Ich freue mich jetzt schon riesig darauf", antwortete Ronni und lächelte zurück.

„Genau das Gleiche denke ich auch. Ich freue mich genauso darauf, habe aber auch ein wenig Angst."

„Du musst keine Angst haben, ich werde bei dir sein. Außerdem sind eine Hebamme und ein Arzt dabei. Es kann nichts passieren."

„Ich weiß. Wenn uns nur nicht dieser Fall, an dem du gerade arbeitest oder ein anderer Fall einen Strich durch die Rechnung macht."

Ihr Einwand war durchaus berechtigt. Es wäre nicht das erste Mal, dass das Telefon plötzlich klingelt und ihr Freund zu einem neuen Fall gerufen wird.

„Nein, nein, das wird nicht geschehen. Wenn wir ins Krankenhaus fahren, stelle ich mein Smartphone aus. Ich werde für niemanden erreichbar sein. Es wird keinen wichtigeren und schöneren Tag in meinem Leben geben, als der Tag, an dem unser Baby geboren wird."

Susie zog die Stirn kraus und ihr Gesicht verfinsterte sich.

„Woran denkst du?", fragte Ronni, der sofort die Stirnfalten bei seiner Freundin sah.

„Bald ist es soweit, die Entbindung steht an. Ein Mensch, ein Baby, wird geboren und Frank liegt im Krankenhaus und kämpft um sein Leben. Weißt du, ich bin ein wenig abergläubig."

Susie machte eine Pause und fuhr den Fernsehsessel, in dem sie lag, in die Sitzposition. Auch Ronni setzte sich und schaute Susie gespannt an. Er ahnte, dass das, was jetzt folgte, nicht erfreulich sein würde.

„Es heißt, wenn ein Mensch geboren wird, stirbt meistens ein anderer Mensch im Familien- oder Bekanntenkreis."

„Das ist doch Unsinn, reiner Aberglaube."

Ronni regte sich aufgrund dieser sicherlich nicht bewiesenen Aussage auf und sprach ein wenig lauter, als er es wollte.

„Vielleicht stimmt es und und es ist tatsächlich nur Aberglaube.

Aber meine Oma sagte das mal zu mir: Wenn ein Baby im Mutterleib heranwächst oder geboren wird, endet ein anderes Leben in der Familie oder im Bekanntenkreis. Als meine Oma mit meiner Mutter schwanger war, starb ein Onkel. Er hatte Krebs. Als ich geboren wurde, starb mein Opa im gleichen Monat."

Erneut machte Susie eine Pause und wischte sich Tränen in den Augen weg.

„Aber das sind doch Zufälle. Der Tod dieser Menschen steht bestimmt in keinem Zusammenhang mit einer Schwangerschaft oder Geburt in der Familie."

„Trotzdem! Ich bin im neunten Monat schwanger. Die Geburt unseres Babys steht kurz bevor, und Frank liegt im Koma und wird demnächst am Herzen operiert. Eine Operation mit hohem Risiko und wir wissen nicht, wie es ausgehen wird. Siehst du nicht diese Parallelen?"

Susie schaute Ronni eindringlich an. Angst spiegelte sich in ihren Augen.

„Mag sein, dass es Ähnlichkeiten gibt. Ich bin Realist und weiß, dass so ein Zusammenhang medizinisch nicht möglich ist."

„Hoffentlich irrst du dich nicht. Ich fände es unendlich traurig und sogar gruselig, sich auf ein Kind zu freuenm und dafür einen geliebten Menschen gehen lassen zu müssen. Könnte ich dieses Kind überhaupt lieben, wenn ich weiß, dass ein anderer Mensch dafür gestorben ist?"

„Wenn das so wäre, dann wäre das tatsächlich schrecklich. Aber ich bin optimistisch und glaube an das Gute. Wir bekommen ein Kind und Frank wird das überstehen. Du wirst unser Kind mehr lieben, als alles andere auf der Welt. Da bin ich mir ganz sicher", sagte Ronni entschlossen.

„Ich glaube, du hast recht. Ich mache mir zu viele Gedanken. Wahrscheinlich sind das die Hormone."

Susie versuchte, Zuversicht auszustrahlen. Sie wollte Ronni nicht weiter beunruhigen.

Das Gespräch war an Ronni nicht spurlos vorübergegangen. Zur Beruhigung griff er zu der Dose mit den Erdnüssen. Zu seiner Überraschung war die Dose leer.

19

Anna

Anna kam vom Kommissariat nach Hause. Ihr erster Blick fiel auf das Schlüsselbrett neben der Wohnungstür. Der Reserveschlüssel ihrer Wohnung, der Kellerschlüssel und der Schlüssel zu ihrem Briefkasten hingen dort, wo sie sie immer hinhängte. Nur der Haustürschlüssel ihrer Eltern am letzten rechten Haken fehlte.

Als der Kommissar sie danach gefragt hatte, war sie bereits unsicher gewesen, ob sie den Schlüssel in den vergangenen Tagen dort gesehen hatte. Jetzt hatte sie die Bestätigung.

Sie musste sichergehen und stellte ihre Wohnung auf den Kopf. Alles durchsuchte sie. Alle Schränke, alle Schubladen, ihre Handtaschen, jedes einzelne Kleidungsstück, das auch nur eine winzige Tasche hatte.

Nichts! Der Haustürschlüssel ihrer Eltern war nicht mehr da.

Sie ging in die Küche und machte sich einen Kaffee. Sie hatte keinen dieser modernen Kaffeeautomaten, mit denen man alle Kaffeespezialitäten herstellen konnte. Für die Tasse am Morgen reichte ihr die alte Kaffeemaschine. Außerdem konnte sie sich einfach nicht von ihr trennen. Sie befüllte den Wassertank, setzte eine Filtertüte in den Schwenkfilter ein und gab zwei Teelöffel Pulverkaffee hinein.

Während das Wasser durchlief und die Küche mit angenehmem Kaffeeduft erfüllte, überlegte sie, wo sich der Haustürschlüssel befinden könnte. Nachdem sie die gesamte Wohnung durchsucht hatte, war sie sicher, dass sie ihn nicht verlegt hatte und außerhalb der Wohnung würde sie den Schlüssel nie mitnehmen.

Sie nahm die inzwischen durchgelaufene Tasse Kaffee, setzte sich an den Tisch und stützte den Kopf in ihre Hände.

Nein, nein, jemand musste den Schlüssel weggenommen haben. Eine andere Möglichkeit gab es nicht. Doch wer käme dazu in Frage? Sebastian, ihr Freund? War er tatsächlich ihr Freund oder war er lediglich ihr Liebhaber? Wenn sie an ihn dachte, dachte sie gleichzeitig auch an Carla und ein schlechtes Gefühl breitete sich in ihr aus. Carla war völlig ahnungslos, was die Beziehung zu ihrem Mann betraf.

Natürlich, er war oft bei ihr, aber er kannte weder ihre Eltern noch deren Haus. Wieso sollte er den Schlüssel wegnehmen? Sonstige Besucher empfing sie recht selten. Es musste bereits Wochen her sein, dass eine Arbeitskollegin sie besucht hatte. Aber was sollte sie mit dem Haustürschlüssel ihrer Eltern?

Doch dann war er plötzlich da. Der Gedanke, wie ein Blitz in einer dunklen Nacht.

Tim, ihr Bruder, war vor ihrem Urlaub bei ihr gewesen. Sie erinnerte sich, dass sie ihm keinen Platz im Wohnzimmer angeboten hatte. Nachdem sie Jahre nichts von ihm gehört hatte, verspürte sie keine Lust, mit ihm ein vertrauliches „Geschwistergespräch" zu führen. Sie wollte, dass er möglichst schnell wieder ging. Er kam dann auch sofort auf den Grund seines Besuches zu sprechen. Da sie ihm nicht die geforderte Summe Geld geben konnte, fand das verhältnismäßig kurze Gespräch in der Diele statt. Ihr fiel ein, dass sie ihn ein einziges Mal aus den Augen gelassen hatte, als sie die Wohnzimmer- und die Küchentür vor seinen neugierigen

Blicken geschlossen hatte. In diesem Augenblick musste er den Schlüssel weggenommen haben, da war sie sich hundertprozentig sicher.

Was wollte er mit dem Schlüssel?

Dann war schlagartig der Gedanke, das verwirrende Gefühl da.

Er wird doch nicht unsere Eltern ...

Vor Kurzem hatte sie in einem Buch den Satz gelesen:

Lass deine Gedanken und Gefühle kommen und gehen, heiße sie willkommen, wenn sie kommen, lasse sie wieder los, wenn sie gehen wollen.

Der Gedanke war mit solcher Wucht da, dass sie ihn nicht so ohne Weiteres loslassen konnte. Und willkommen heißen konnte sie ihn schon gar nicht.

Nein, das traute sie ihm nicht zu.

Trotzdem, von allein würde der Gedanke nicht gehen. Sie musste etwas unternehmen. Sie nahm einen Schluck des heißen Kaffees. Als das heiße Getränk ihre Kehle hinunterlief, spürte sie förmlich, wie neue Energie in ihr aufstieg.

Sie musste mit Tim sprechen. Aber wo sollte sie ihn finden? Eine Adresse hatte sie nicht.

Sie erinnerte sich an Carsten, seinen besten und auch einzigen Freund, den er damals hatte, als er das Elternhaus im Streit verließ und den Kontakt auch mit ihr abbrach. Vielleicht sind die beiden noch immer befreundet und Carsten weiß, wo Tim sich aufhält.

Damals hatte sich Carsten sehr um sie bemüht. Es hatte nicht viel gefehlt und sie hätte seinen Bemühungen nachgegeben. Sie hoffte, dass Carsten noch immer Sympathien für sie hegte und ihr Tims Anschrift mitteilen könnte.

Die Frage war, wo konnte sie Carsten finden. Seine Eltern wohnten seinerzeit in Troisdorf-Oberlar, aber bei denen würde er sicherlich nicht mehr wohnen. Womöglich war er bereits verheiratet. Vielleicht könnte der Vater oder die Mutter ihr sagen, wo Carsten wohnt?

Früher wohnten Carstens Eltern in einem Mehrfamilienhaus in der Sieglarer Straße. Anna machte sich sofort auf den Weg. Tatsächlich, sie wohnten noch dort. Sie drückte den Klingelknopf neben dem Namensschild „Steinbüchel". Es dauerte nur einen kurzen Moment und der Türöffner summte. Sie wohnten in der ersten Etage und Carstens Mutter wartete bereits in der offenen Wohnungstür.

„Hallo, Anna. Was machst du denn hier? Hab' dich lange nicht mehr gesehen. Du bist ja eine richtig hübsche, junge Frau geworden. Wie geht es dir?", begrüßte sie Carstens Mutter.

„Danke. Ich müsste mit Carsten sprechen. Wegen Tim, meinem Bruder. Würden Sie mir bitte sagen, wo ich Carsten erreichen kann?"

„Na klar. Ich kann dir sogar die Telefonnummer geben, Dann kannst du ihn anrufen. Er wohnt in der Agnesstraße hier in Oberlar. Augenblick, bitte."

Damit verschwand sie in der Wohnung und kam mit einem Zettel zurück.

„Hier, bitte. Ich habe dir die Handynummer aufgeschrieben. Darunter kannst du ihn sicher erreichen."

„Vielen Dank, Frau Steinbüchel. Sie haben mir sehr geholfen", sagte Anna.

„Ach, übrigens. Haben Sie meinen Bruder in letzter Zeit noch einmal gesehen? Ich habe leider keinen Kontakt mehr zu ihm."

„Ja, sogar mehrmals. Er wohnt auch irgendwo hier in Oberlar. Ich denke Carsten weiß das genauer."

Frau Steinbüchel und Anna verabschiedeten sich herzlich. In ihrem Auto nahm Anna sofort ihr Smartphone und wählte die Nummer, die Carstens Mutter ihr gegeben hatte.

„Hallo, Prinzessin“, begrüßte er Anna, nachdem sie ihren Namen genannt hatte.

Prinzessin hatte er sie früher immer genannt. Diese Anrede hatte er nie spöttisch gemeint, sondern ehrlich. Er sah in ihr „seine“ Prinzessin.

„Das ist aber eine Überraschung, dass du mich nach endlos langen Jahren noch einmal anrufst. Wie geht es dir? Hast du inzwischen deinen Prinzen gefunden?“

„Hallo Carsten, schön deine Stimme zu hören. Klingt noch genauso wie früher. Nein, ich habe noch keinen Prinzen gefunden. Und du? Hast du inzwischen eine Prinzessin?“, lachte Anna.

„Nein, leider nicht. Du warst immer meine Prinzessin und ich habe bisher noch keinen Ersatz gefunden. Tut mir leid, dass auch du noch nicht den Richtigen gefunden hast. Aber das wird noch. Was kann ich für dich tun? Ich denke, du möchtest etwas von mir.“

Anna spürte, dass sein Bedauern echt war. Sie spürte aber auch, dass da immer noch mehr war, als nur Bedauern.

„Ich suche meinen Bruder. Seit dem Tag, als er bei unseren Eltern ausgezogen ist, habe ich nichts mehr von ihm gehört. Ich muss unbedingt mit Tim sprechen. Habt ihr beide noch Kontakt?“

„Na ja. Kontakt ist zu viel gesagt. Hin und wieder haben wir uns in letzter Zeit gesehen. Ein kurzes „Hallo“ und ein paar Worte. Das war alles.“

„Weiß du, wo ich ihn finden kann?“, fragte Anna und hoffte, dass er ja sagen würde.

„Mhh, nicht wirklich. Du musst verstehen ...“

Carsten unterbrach den Satz verlegen und es trat einen Augenblick peinliche Stille ein.

„Was meinst du? Sag schon, es ist wichtig", bohrte Anna nach.

„Na ja, als ich ihn nach langer Zeit zum ersten Mal wieder in Troisdorf traf, sagte er, dass er mal hier, mal da wohnt."

„Wie meinst du das?", fragte Anna erstaunt.

„Wenn du es unbedingt wissen willst. Er hat keine feste Wohnung."

Wieder peinliches Schweigen.

Nach gefühlt mehreren Minuten sagte Anna: „Das kann ich kaum glauben. Irgendwo muss er doch übernachten und Schutz vor Regen und Kälte finden. Wo isst er und wo wäscht er sich?"

Anna war erschüttert. Auch wenn sie keinen Kontakt zu ihrem Bruder mehr hatte, tat ihr diese Aussage weh.

„Was heißt das?", fragte sie leise nach, obschon sie lieber auf eine Antwort verzichtet hätte.

„Praktisch ist er ein Obdachloser. Er sah auch nicht gerade gepflegt aus. Verpflegung bekommt er an bestimmten von der Stadt eingerichteten Stellen. Es gibt auch Gemeinschaftsunterkünfte für Obdachlose. Zuletzt traf ich ihn in der Lindenstraße. Er sagte mir, dass er fast pleite sei und das Einzige, was er noch hätte, wäre sein alter, klappriger Opel. Die kleine Wohnung, die er in Bochum hatte, sei ihm gekündigt worden. Wenn du mich fragst, glaube ich auch, dass er Drogen nimmt."

„Okay, ich verstehe. Dafür braucht er Geld."

Anna erzählte Carsten von Tims Besuch bei ihr und dass er sie um Geld gebeten hatte. Von ihrem schrecklichen Verdacht sagte sie nichts.

„Ich vermute, er übernachtet in der Umgebung der Lindenstraße hier in Oberlar. Vielleicht übernachtet er auf dem

Gelände des ehemaligen Bahnbetriebswerkes. Eine Handynummer von ihm habe ich nicht. Vermutlich hat er überhaupt kein Handy mehr."

Anna war erschüttert von dem, was Carsten ihr gesagt hatte. Sie musste das alles zuerst einmal verarbeiten. Daher beendete sie das Gespräch.

„Danke, Carsten. Du hast mir sehr geholfen. Ich muss das Gespräch beenden und meine Gedanken sortieren. Vielleicht melde ich mich noch einmal bei dir."

„Nur noch eine Frage", sagte Carsten.

„Wieso willst du mit Tim sprechen? Bestimmt doch nicht wegen des Geldes, das er von dir wollte."

„Nein. Unsere Eltern sind beide verstorben", seufzte Anna.

„Mein herzliches Beileid. Das wusste ich nicht."

Aus Carstens Stimme klang tatsächlich Überraschung und Anteilnahme.

„Sie wurden beide nachts ermordet!", fügte Anna leise hinzu.

„Verdammt, mein Gott ...", entfuhr es Carsten.

Anna hörte das nicht mehr. Sie hatte aufgelegt.

20

Frank Eisenstein

„Herr Eisenstein, kommen Sie zu mir", verlangte der Stationsarzt mit einer Stimme, die keinen Widerspruch duldete.

Eisenstein fühlte sich unwohl. Oder war es die Angst vor dem Unbekannten, was jetzt wahrscheinlich folgen würde?

„Susanne, Susanne!" Immer wieder rief er den Namen seiner Lebenspartnerin. Sehnsüchtig schaute er zur Tür in der Hoffnung, die Tür würde sich öffnen und sie käme herein. Aber so oft er auch rief, die Tür öffnete sich nicht und Susanne kam nicht herein.

In seiner Verzweiflung rief er einen anderen Namen.

„Sarah, Sarah!"

Es war sein letzter Fall im vergangenen Jahr gewesen. Sarah war eine junge Frau, deren Vater sich im vergangenen Jahr im Krabachtal vor seinen Augen und vor den Augen seiner Tochter Sarah selbst gerichtet hatte. Sarah hatte alles getan, ihren Vater vom Suizid abzuhalten. Später fragte er sich immer wieder, ob auch er alles versucht hatte. In der jetzigen Situation erinnerte er sich nicht an diesen Fall. Sarah war lediglich der Name für jemanden, der eventuell Schlimmes verhüten konnte.

„Sarah, Sarah", versuchte er es noch einmal.

Doch vergeblich. Auch Sarah zeigte sich nicht.

„Sie müssen etwas für sich, für Ihre Lunge tun“, sagte der Stationsarzt mit schneidender Stimme.

Er forderte Eisenstein auf, vor einem Glaskasten Platz zu nehmen. Dann legte er ihm eine Maske über Mund und Nase, an der ein Schlauch befestigt war, der mit dem Glaskasten verbunden war.

„Ich hole jetzt Ihre Frau. Vielleicht kann sie Ihnen helfen und Sie ermutigen, diese Übung durchzustehen.“

Der Arzt verschwand. Nach wenigen Augenblicken kam er mit einer Frau in einem braun-geblümten Kleid zurück.

„Hier ist Ihre Frau“, sagte er und drückte sie am Rücken zu Eisenstein hinüber.

„Sprechen Sie Ihrem Mann Mut zu“, forderte er die Frau auf.

„Wer ist das? Ich kenne die Frau nicht. Auf jeden Fall ist es nicht meine Lebenspartnerin“, widersprach Eisenstein.

„Okay, dann eben nicht. Dann werden Sie das hier alleine, ohne ermutigenden Zuspruch durchstehen müssen“, sagte der Arzt und schickte die Frau weg.

„So, wie ich schon sagte. Sie trainieren jetzt Ihre Lunge. Atmen Sie tief ein und langsam wieder aus. Aus diesem kleineren Glaskasten werden über diesen Schlauch kleine Tierchen in den großen Glaskasten geleitet, die Sie mit einem langsamen, festen Atemstoß vertreiben können, damit sie nicht in Ihren Mund krabbeln.“

Mit einem zynischen Grinsen zeigte er auf einen durchsichtigen Schlauch, der von einem anderen, kleineren Glasgefäß in den großen Glaskasten führte.

Aus einem Schrank nahm er eine große Anzahl Dosen und Behälter. Den Inhalt des ersten Gefäßes kippte er in den kleinen Glaskasten. Jede Menge Ameisen machten sich durch den Schlauch zu dem Gefäß auf den Weg, mit dem Eisenstein durch Mund und Nase verbunden war.

Er blies so stark und lange er konnte, so dass die Ameisen nicht durch den Schlauch bis zu seinem Mund gelangten.

Die nächste Dose enthielt Käfer und dann folgte eine Dose mit irgendwelchen Insekten.

Eisenstein blies und blies und blies.

Immer wieder schüttete der Arzt neue Tiere in den Kasten, die sich auf den Weg zu Eisensteins Mund und Nase machten.

Irgendwann war der Punkt erreicht, an dem er trotz kräftigem Blasen die Tiere nicht mehr wegpusten konnte. Durch die Mundöffnung ergriffen sie Besitz von ihm und stachen und bissen ihn im Gesicht und schließlich am gesamten Körper.

„Wir werden Ihnen später Blut entnehmen, um festzustellen, wie sich die Stiche und Bisse auf Ihr Blut ausgewirkt haben", meinte der Arzt und ließ Eisenstein mit den Tieren allein.

„Jetzt reicht es!", sagte sich Eisenstein im Stillen.

Er riss sich die Maske von Mund und Nase und klopfte sich die Tiere vom Gesicht und vom Körper.

„Na ja, bis zum Ende haben Sie es nicht geschafft. Trotzdem eine gute Leistung, die ich Ihnen nicht zugetraut hätte", sagte der Arzt, der inzwischen wieder hinter Eisenstein getreten war.

Aus einer Schublade nahm er ein grünes Dokument und reichte es Eisenstein ohne weiteren Kommentar.

Bei dem Dokument handelte es sich um eine Urkunde für gute Leistung, bei dieser Übung zur Stärkung der Lunge. Welch ein Hohn, dachte Eisenstein. Er zerriss die Urkunde und verließ den Raum.

In seinem Zimmer legte er sich ins Bett. Er wollte die Augen schließen und das Erlittene vergessen. Es misslang. Er starrte zur weißen Zimmerdecke hoch. Seine Arme lagen fest an seinen Körper gepresst. Er war unfähig, sich zu bewegen, und die Erinnerungen an Ameisen, Käfer und Insekten zogen unaufhaltsam durch sein Gehirn.

Läge er nicht im Koma und wäre stattdessen bei Bewusstsein, wäre er bestimmt schockiert, welche bestialischen Halluzinationen sich in seinem Gehirn abspielten.

21

Julia

„Papa, Papa, sei ganz ruhig. Es wird alles gut“, sagte Julia zu ihrem Vater.

Eine Hand von ihm lag in ihrer Hand. Mit der anderen Hand streichelte sie langsam seine Hand, die unaufhaltsam zuckte.

Trotz der vielen Geräusche, die die medizinischen Geräte im Zimmer erzeugten, beruhigte es sie, seine Hand zu spüren, die sich kalt anfühlte.

Nachdem Susanne sie am Nachmittag angerufen und berichtet hatte, was mit Frank geschehen war, hatte sie sich am nächsten Tag auf den Weg nach Bonn gemacht. Ja, sie hatten in den letzten Jahren kaum Kontakt gehabt. Vielleicht einmal im Jahr ein Telefonat oder ein kurzes Treffen in einem Café. Das war es dann auch schon. Sie hatten sich sehr voneinander entfernt. Ohne Streit und ohne, dass einer von beiden über irgendetwas beleidigt gewesen wäre. Die Entfernung war einfach zu groß. Jeder hatte sein eigenes Leben und nie genügend Zeit. Aber die jetzige Situation war total anders. Nach Susannes Informationen kämpfte ihr Vater um sein Leben und es war ungewiss, ob er diesen Kampf gewinnen würde.

Von dem kleinen Ort bei Heidelberg, wo sie wohnte, waren es bis Bonn immerhin circa 240 Kilometer. Nach zwei Stunden und 45 Minuten erreichte sie das Krankenhaus in Bonn-Beuel.

Jetzt saß sie bereits geraume Zeit am Bett ihres Vaters.

Beide Arme von Frank waren ihm mit Riemen fest am Bett fixiert.

Die Zimmertür ging auf und ein Arzt betrat das Zimmer der Intensivstation. Wahrscheinlich bemerkte er sofort den verärgerten Ausdruck im Gesicht der Tochter, die die Fixierung der Arme ihres Vaters anstarrte, ohne den Arzt eines Blickes zu würdigen.

„Wir wollten Ihren Vater aus dem künstlichen Koma holen. Das dauert eine längere Zeit. In dieser Zeit hatte sich Ihr Vater selbst den Tubus aus dem Mund gerissen. Daher mussten wir das künstliche Koma weiterführen und ihn zu seiner eigenen Sicherheit an den Armen fixieren“, begann der Arzt.

Mit seiner Erklärung wollte er Julias offensichtliche Verärgerung über die Fixierung mildern.

„Das verstehe ich. Wieso ist denn mein Vater so aggressiv und reißt sich den Tubus aus dem Mund? Dann muss er doch bereits aus dem Koma erwacht sein“, wollte Julia wissen, deren Gesichtszüge jetzt etwas entspannter wirkten.

„Nein, ihr Vater war noch nicht vollständig wach. Die Tiefe des Komas hatte sich aber bereits verändert. Wahrscheinlich hat er sich im Unterbewusstsein den Tubus herausgerissen. Vielleicht hat Ihr Vater geträumt oder es hat sich ein Delir entwickelt, das ihn zu dieser unbewussten Handlung verleitet hat.“

„Delir! Habe ich richtig verstanden? Ich denke, ein Delir tritt nur bei Alkoholentzug bei Alkoholikern auf. Mein Vater ist kein Alkoholiker. Im Gegenteil, er verschmäht den Alkohol“, entgegnete sie, als ob sie Zweifel an der Kompetenz des Arztes hätte.

„Das stimmt. Bei der Behandlung von Alkoholikern gibt es das sogenannte Delir tremens. Aber auch bei einem Patienten im Koma kann sich ein Delir entwickeln. Außenstehende sind meistens der Meinung, dass ein künstliches Koma eine Schonung für den Patienten ist. Tatsächlich handelt es sich um eine medikamentös eingeleitete Narkose", erklärte der Arzt geduldig.

„Dann fällt jeder Patient im Koma in ein Delir?"

Julia hatte noch immer Zweifel an den Ausführungen des Arztes.

„Nein, nicht bei allen Patienten breitet sich ein Delir aus. Die Reaktion auf das künstliche Koma ist unterschiedlich. Manche Patienten haben Albträume, andere entwickeln ein Delir mit Halluzinationen."

„Ob Albtraum oder Delir, beides ist gleich schrecklich, denke ich. Gibt es dabei Unterschiede?"

„Ja. Für den Patienten sind das große Unterschiede. Albträume kommen im Schlaf vor und enden beim Aufwachen. Patienten im künstlichen Koma schlafen aber nicht. Sie sind mehr oder weniger wach. Ihre Halluzinationen sind mit tatsächlichen Erlebnissen zu vergleichen. Manche können sich daran genau erinnern, andere wiederum nicht. Befragungen haben ergeben, dass die meisten dieser Halluzinationen mit Gewalt zu tun haben. Das Erleben dieser anderen Welt kann für den Patienten sehr beängstigend sein. Mitunter sehen sie Tiere, die sie angreifen wollen oder Mäuse, die durchs Zimmer huschen."

„Was löst denn am Ende ein Delir aus, wenn nicht jeder Patient Halluzinationen hat?"

„Was diesen Zustand auslöst, ist medizinisch noch nicht erwiesen. Wir vermuten, dass die permanente Medikamentenzufuhr während des Komas Einfluss auf das Bewusstsein hat."

„Das klingt ja furchtbar. Und Sie meinen, dass mein Vater Halluzinationen hat und sich in einem Albtraum womöglich den Tubus herausgerissen hat?"

Julia musste sich schütteln. Von dem, was der Arzt ihr erklärte, lief es ihr kalt den Rücken hinunter.

„Ja, das ist durchaus möglich. Bei bestimmten Erkrankungen sind Delirs besonders häufig. So liegt zum Beispiel die Quote bei schweren Herzerkrankungen und Herzoperationen bei siebzig Prozent."

„Wird sich dieser Zustand bei meinem Vater wieder bessern?"

„Ja! Ihr Vater erhält Medikamente, die ihm bei der Bewältigung des Delirs helfen."

„Wie geht es jetzt weiter mit ihm?", wollte Julia abschließend wissen.

Sie hatte genug medizinische Erklärungen erhalten, die sie zuerst einmal in ihrem Gehirn verarbeiten und sortieren musste.

„Na ja. Der Zustand Ihres Vaters muss sich zuerst einmal stabilisieren. Dann steht noch eine schwere Herzoperation an. Wahrscheinlich muss ein Bypass, wenn nicht sogar mehrere Bypässe gelegt werden. Das kann aber nicht hier im Krankenhaus erfolgen. Dazu werden wir ihn in die Universitätsklinik verlegen."

„Vielen Dank für die wirklich umfangreichen Erklärungen und Ihre Geduld, meine Fragen zu beantworten."

„Gern geschehen. Bei weiteren Fragen stehen ich oder meine Kolleginnen und Kollegen Ihnen gerne zur Verfügung."

Der Arzt verließ das Zimmer und Julia war mit ihrem Vater allein.

Sie nahm wieder seine Hand und streichelte sie. Dabei hatte sie das Gefühl, dass er ruhiger wurde. Sollte ein Patient im Koma doch etwas spüren oder sogar hören?

Nach einiger Zeit stand sie auf und verließ schweren Herzens das Zimmer. Susanne hatte ihr angeboten, bei ihr zu übernachten. Da Frank in den letzten Jahren selten Kontakt zu seiner Tochter hatte, kannten sich die Frauen kaum.

Julia war von Susannes Angebot überrascht, fand die Idee aber grundsätzlich gut. Auf diese Weise würden sich die beiden Frauen kennenlernen. Außerdem war es für beide eine schwere Zeit und eine riesige Belastung, den Vater und Partner mit einer lebensbedrohlichen Erkrankung mit unklarem Ausgang im Krankenhaus zu wissen.

Da Julia heute längere Zeit bei ihrem Vater war, konnte Susanne einige Stunden für sich nutzen. Es war schon spät und Susanne würde bestimmt schon lange auf sie warten, damit sie erfuhr, wie es Frank heute ging.

Morgen würde es ihrem Vater bestimmt schon etwas besser gehen, dachte sie, als sie sich in ihr Auto setzte.

Zu diesem Zeitpunkt konnte sie nicht ahnen, was ihrem Vater noch bevorstand.

22

Ronni

Endlich war für Ronni die Zeit der Ruhe vorbei. Seine Kopfblessur war zum großen Teil verheilt und auch seine Kopfschmerzen waren kein Thema mehr und gehörten der Vergangenheit an. Schlimmer als die Schmerzen waren die Tage gewesen, an denen er untätig herumgesessen hatte. Susie war in dieser Zeit eine unerbittliche Krankenschwester, die penetrant darauf achtete, dass er die Ruhe einhielt.

Gut gelaunt betrat er das Präsidium und nahm nicht, wie sonst üblich den Aufzug in die erste Etage, sondern stürmte das Treppenhaus hoch. Etwas außer Atem erreichte er die Tür zu seinem Büro. Kurz blieb er stehen und atmete einmal tief durch. Dann drückte er die Türklinke energisch nach unten und öffnete die Tür.

„Guten Morgen. Ich bin wieder da. Hat mich jemand verm…?"

Er brach mitten im Satz ab, als sein Blick auf seinen Arbeitsplatz fiel. Da hatte sich doch tatsächlich Hubert Gössel breitgemacht.

Seine Mundwinkel fielen etwas herab und seine Euphorie war verschwunden.

„Hallo Sybille", grüßte er mit locker erhobener Hand Sybille Baum, die wie immer in ihren PC vertieft war.

„Hallo Ronni, schön dass du wieder da bist“, antwortete sie und blickte kurz vom Bildschirm auf.

„Guten Morgen Hubert. Wie gefällt es dir hinter meinem Schreibtisch auf meinem Stuhl? Jetzt ist wieder die Zeit des Rückzugs gekommen“, scherzte Ronni.

Demonstrativ stellte sich Ronni neben den Schreibtischstuhl und wartete darauf, dass Hubert Gössel seinen Platz freimachte.

„Okay, okay, ich mache schon Platz“, lenkte Gössel ein, dem keine andere Wahl blieb, wenn er nicht den Kollegen verärgern wollte.

„Hast du in dem Mordfall an dem älteren Ehepaar etwas erreichen können?“, fragte Ronni und deutete mit einer Handbewegung an, dass Hubert Gössel vor seinem Schreibtisch auf dem Besucherstuhl Platz nehmen sollte, was dieser auch ohne Murren tat.

„Ja, könnte sein. Ich habe mit der Tochter, Anna Lindemann heißt sie, gesprochen.“

„Und? Was ist dabei herausgekommen?“, fragte Ronni voller Tatendrang.

Der Kollege Gössel berichtete, wie das Gespräch verlaufen war und was er erfahren hatte.

„Als ich danach fragte, wer einen Schlüssel für das Haus hatte, sagte sie, dass nur sie einen Schlüssel beim Auszug behalten hatte. Ihre Eltern wollten das so – für den Notfall. Ihr Bruder habe bei seinem Auszug im Streit den Eltern den Schlüssel vor die Füße geworfen.“

„Was willst du damit sagen? Glaubst du, dass die Tochter die Eltern umgebracht hat, nur weil sie einen Haustürschlüssel seit Jahren hatte? Das kann ich mir nicht vorstellen. Diese Möglichkeit hat sie in den vergangenen Jahren jederzeit gehabt. Wieso sollte sie das jetzt gemacht haben?“, fragte Ronni.

„Das ist richtig. Ich kann mir auch nicht vorstellen, dass sie etwas mit den Morden zu tun hat. Dafür ist sie auch nicht der Typ. Mir ist aufgefallen, dass sie irgendwie nachdenklich, vielleicht sogar stutzig wurde, als sie davon sprach, dass der Schlüssel an ihrem Schlüsselbrett hängt. Vielleicht hat sie Zweifel, ob er noch dort hängt oder ihr ist sogar aufgegangen, dass er weg ist.“

„Wer sollte denn jetzt den Schlüssel haben, wenn er nicht mehr an seinem Platz hängt? Ich werde Anna Lindemann einen Besuch abstatten und mir ein Bild von ihr und den Örtlichkeiten machen. Vielleicht ist der Schlüssel doch noch da oder sie kann etwas über den Verbleib sagen.“

„Ich kann dich begleiten, wenn du zu ihr fährst“, bot sich Gössel an.

„Nein, nicht notwendig. Du hast sicher noch genug in deiner Abteilung zu erledigen. Ich danke dir, dass du mich so spontan vertreten hast.“

„Kein Problem. Habe ich gerne gemacht und jederzeit wieder“, erwiderte Gössel mit einem freundlichen Lächeln.

Ronni und Hubert Gössel standen auf und verabschiedeten sich voneinander.

***

Ronni hatte den Tag im Büro verbracht. Richtig konzentrieren konnte er sich nicht auf die Arbeit. Immer wieder schweiften seine Gedanken zu dem Fall des ermordeten Ehepaars ab. Es gab absolut keinen Punkt, an dem er ansetzen konnte, um ein wenig Licht in den Fall zu bekommen.

Der einzige Ansatzpunkt, wenn man das überhaupt so nennen konnte, waren die beiden Kinder des Ehepaars – Anna und Tim.

Tim war von beiden das große Fragezeichen. Sie kannten weder seine Anschrift, noch hatten sie seine Telefonnummer. Nicht einmal seine Schwester konnte ihnen diesbezüglich weiterhelfen, was, wie er fand, seltsam war. Tim hatte seine Schwester aufgesucht, weil er Geld von ihr wollte. Wenn man sich lange nicht gesehen und gesprochen hat, fragt man dann nicht seinen Bruder, wo er wohnt oder unter welcher Telefonnummer er erreichbar ist?

Irgendetwas in ihrem Verhalten stimmt nicht, dachte er. Immer mehr freundete er sich mit Huberts Gössels Theorie bezüglich des nicht mehr vorhandenen Haustürschlüssels der Eltern an.

Er wollte noch heute der Sache nachgehen. Sybille hatte Anna Lindemann angerufen. Sie arbeitete bei einer Versicherung in Köln und sie vereinbarten einen Termin für Ronnis Besuch. 18:00 Uhr war ihr recht, dann war sie von der Arbeit zu Hause.

***

Ronni fand Annas Haus auf Anhieb. Die Häuser in dieser Straße standen ohne Vorgarten direkt am Bürgersteig. Langsam fuhr er am Haus vorbei. Es war ein altes Haus, wirkte aber trotzdem gepflegt. Er schätzte, dass das Haus zwischen achtzig und einhundert Quadratmeter Wohnfläche hatte. Vielleicht befand sich hinter dem Haus noch ein Garten. Was will eine berufstätige, alleinstehende, junge Frau mit so einem Haus, das nur Arbeit bereitet, dachte er, zumal die

Mieten in Troisdorf im Einzugsbereich von Bonn und Köln sicher entsprechend hoch sind?

Er fuhr weiter und nach zirka einhundert Metern hielt er am Straßenrand an, stieg aus und ging langsam in Richtung Annas Haus. Im zweiten Haus, an dem er vorüberkam, saß im Parterre eine ältere Frau am geöffneten Fenster, die ihren Blick auf die unbelebte Straße gerichtet hatte.

Einer plötzlichen Eingebung folgend, zog er das Bild von Annas Bruder aus der Jackentasche.

„Guten Tag. Entschuldigen Sie, wenn ich Sie so plötzlich anspreche. Ich suche einen jungen Mann. Vielleicht haben Sie ihn in letzter Zeit hier in der Straße gesehen."

Er sprach die Frau mit seinem freundlichsten Lächeln an, das er zur Verfügung hatte. Dabei reichte er ihr das Bild.

Die Frau nahm ihm das Bild aus der Hand und schaute es sich lange an.

„Wie soll der junge Mann denn heißen?"

„Tim Lindemann, aber der Name wird Ihnen nichts sagen", wiegelte Ronni ab.

„Nein, den Namen kenne ich nicht und das Gesicht habe ich noch nie gesehen."

Die Frau gab Ronni das Bild zurück und ihr Blick schweifte wieder an Ronni vorbei auf die Straße. Er steckte das Bild ein, bedankte sich und ging weiter.

Mehrere Schritte weiter kam ihm eine etwas korpulente, ältere Frau entgegen, die an einem Rollator ging und einen kleinen Hund an der Leine führte. Er wagte einen zweiten Versuch.

„Haben Sie vielleicht eine Minute Zeit für mich?", fragte er und blieb vor dem Rollator stehen. Da die Frau keine Möglichkeit sah, an ihm vorbeizukommen, sagte sie: „Na ja, wenn es denn sein muss. Womit kann ich Ihnen denn behilflich sein?"

Ronni reichte auch dieser Frau das Bild und stellte die gleiche Frage, wie vorhin. Der Hund schnüffelte derweil an Ronnis Bein, das er für in Ordnung befand, denn er ließ davon ab. Die Frau schaute sich das Bild nur wenige Augenblicke an und gab es Ronni zurück.

„Und ob ich diesen Flegel kenne! Wenn ich mich über jemanden geärgert habe, vergesse ich sein Gesicht nicht so schnell. Und über diesen Kerl habe ich mich maßlos geärgert. Wissen Sie, ich war früher Frisöse in einem großen Frisiersalon. Da behält man Gesichter, auch wenn man sie nur einmal im Laden gesehen hat."

„Sie kennen also diesen Mann. Wieso haben Sie sich denn über ihn geärgert?"

„Na ja, kennen? Ich kann Ihnen nicht seinen Namen nennen, aber ich bin ihm begegnet und werde sein Gesicht nicht so schnell vergessen."

„Wo sind Sie ihm begegnet?"

„Hier, ein paar Häuser zurück."

Dabei zeigte sie mit der Hand in die Richtung aus der sie kam.

„Er stürmte aus dem Haus, in dem seit einiger Zeit diese junge Frau wohnt. Ich kenne ihren Namen nicht, aber sie wohnt dort allein. Na ja, so ganz allein wohl auch nicht, denn hin und wieder besucht sie abends ein Mann, der um einiges älter ist als sie. Der parkt immer dort, wo Sie jetzt ihren Wagen geparkt haben. Nie direkt vor dem Haus. Ist das nicht seltsam?"

„Wieso wissen Sie das alles?", fragte Ronni erstaunt.

„Ich wohne dort drüben und wenn man wie ich nicht mehr so mobil ist, sitzt man oft am Fenster und bekommt in der Nachbarschaft so manches mit", antwortete die Frau und lächelte Ronni stolz an.

„Was ist das denn für ein Mann, der die junge Frau abends besucht?“

Ronnis Interesse war geweckt, auch wenn die Information augenscheinlich nichts mit seinem Fall zu tun hatte.

„Was soll das wohl für ein Mann sein, der abends öfter eine junge Frau besucht?“

Die Frau lächelte Ronni erneut an. Dieses Mal nicht stolz, sondern eine gehörige Spur Mitleid für ihr Gegenüber sprach aus ihrem Blick.

„Ihr Liebhaber natürlich, obschon ich ihr einen besseren Geschmack zugetraut hätte. Meistens verabschieden sie sich mit einem Kuss an der Haustür. Der Mann ist doch viel zu alt für sie.“

„Ja, verstehe. Aber nochmal zurück zu dem jungen Mann, der aus dem Haus kam. Wieso kam der junge Mann aus dem Haus gestürmt? Haben Sie auch die Frau gesehen, die dort wohnt?“

„Nein, der junge Mann hatte es anscheinend sehr eilig. Die Frau ist im Haus geblieben. Die habe ich nicht gesehen. Ich war gerade in Höhe der Haustür, als er rücksichtslos herauslief. Nach meiner Maus hier ...“ und dabei zeigte sie auf ihren kleinen Hund,

„... trat er mit dem Fuß und mich stieß er einfach zur Seite. Ich bin mit der Schulter gegen die Hauswand geprallt. Ich habe jetzt noch einen blauen Fleck. Er hat sich nur kurz umgedreht und gegrinst.“

„Und Sie sind sicher, dass das dieser Mann auf dem Bild war?“, hakte Ronni nochmals zur Sicherheit nach.

„Aber natürlich. So ein Gesicht vergisst man doch nicht.“

„Das war‘s. Ich danke Ihnen für Ihre Auskünfte. Sie haben mir sehr geholfen.“

Ronni steckte das Bild wieder in seine Jackentasche und wollte an der Frau vorbeigehen.

„Wieso wollten Sie das alles wissen? Wer sind Sie eigentlich? Sind Sie mit der jungen Frau verwandt?“, wollte die Frau wissen.

Bisher war sie stolz, dass sie Ronni so viel zu berichten wusste. Jetzt übernahm ihre Neugierde die Oberhand.

„Ich bin von der Polizei. Wir suchen den Mann auf dem Bild für eine Befragung.“

„Das ist bestimmt ein Krimineller, so wie der sich verhalten hat“, mutmaßte die Frau sofort.

„Das wissen wir nicht. Daher möchten wir ihn zu verschiedenen Dingen befragen. Nochmals vielen Dank.“

Die Frau schien mit Ronnis Erklärung zufrieden zu sein, denn sie zog ihren Hund an der Leine näher an sich heran, sodass Ronni an ihr vorbeikam.

Lindemann stand auf dem Klingelschild in kunstvoll geschwungenen Buchstaben geschrieben. Ronni betätigte die Klingel und es dauerte eine Weile, bis Anna Lindemann öffnete.

„Guten Tag, mein Name ist Ronni Kern“, stellte er sich vor und zeigte seinen Dienstausweis.

„Sie haben mit meinem Kollegen Hubert Gössel gesprochen. Mein Büro hat mit Ihnen einen Termin vereinbart, da wir noch einige Fragen haben.“

Ronni ging auf sie zu und reichte ihr zur Begrüßung die Hand. Dabei verzog sie den Mund zu einem leichten Lächeln, das sich aber nicht in ihren Augen widerspiegelte. Sie schien angespannt zu sein.

„Guten Tag, entschuldigen Sie, dass ich nicht sofort geöffnet habe. Ich bin gerade erst von der Arbeit gekommen. Stau auf der A 59. Sie kennen das bestimmt“, erwiderte sie freundlich.

Ronni fand, dass Anna Lindemann eine ansprechende, junge Frau war. Schlank, gute Figur und von der Sonne braun gebrannt. Sie hatte braunes, welliges Haar und war einen halben Kopf kleiner als Ronni.

Sie bat Ronni ins Haus und führte ihn durch eine winzige Diele, von der drei Türen abgingen. Zwei davon waren geschlossen. Ronni vermutete hinter einer Tür eine kleine Küche und hinter der anderen wahrscheinlich die Toilette. Anna Lindemann ging voran und sie betraten durch die geöffnete Tür das Wohnzimmer. Sie bot Ronni einen Sessel an, der Teil einer grauen Sitzgarnitur aus Leder war. Von diesem Platz hatte er einen guten Blick durch das Fenster auf einen kleinen Garten. Sie selbst setzte sich auf das Sofa.

Was Ronni bisher von der Wohnung gesehen hatte, entsprach ziemlich genau dem, was er sich nach der Beschreibung der Frau von Hubert Gössel vorgestellt hatte. Das Zimmer präsentierte sich in einem tadellos aufgeräumten Zustand. Es war modern und zweckmäßig eingerichtet, wirkte dabei aber nicht steril oder billig. Das lag an einigen hübschen Bildern, an den hellen Wänden und an den vielen geschmackvollen Accessoires und persönlichen Dingen. Ein Bild eines Ehepaars, stand in einem Fach auf der Schrankwand. Wahrscheinlich ihre Eltern in jüngeren Jahren, dachte Ronni. Die gesamte Einrichtung spiegelt den Geschmack einer jungen, modernen Frau wider.

„Hübsch“, meinte Ronni und ließ den Blick anerkennend durch den Raum schweifen.

„Haben meine Eltern finanziert und ich habe es mit meiner Mutter gemeinsam eingerichtet. Ich hatte damals nicht die finanziellen Mittel dazu“, sagte sie und der Stolz aufgrund Ronnis lobender Bemerkung war nicht zu überhören.

Nachdem Ronni das Angebot einer Tasse Kaffee abgelehnt hatte, stellte sie eine Karaffe mit Mineralwasser und zwei Gläser auf den Wohnzimmertisch. Ohne Ronni zu fragen, goss sie sich und Ronni ein halbes Glas ein.

„Hat Ihr Bruder die gleiche finanzielle Unterstützung erhalten?“

„Nein, wo denken Sie hin. Mein Bruder hatte immer Streit mit meinen Eltern, besonders mit meinem Vater. Manchmal habe ich gedacht, mein Bruder und mein Vater haben sich gehasst. Entschuldigung, ich glaube, es ist nicht schön, so etwas über seinen Vater und Bruder zu sagen.“

„Ist schon in Ordnung“, antwortete Ronni und nippte an seinem Wasser.

„Nach dem Gespräch mit meinem Kollegen ging dieser davon aus, dass Sie die einzige Person sind, die einen Schlüssel für das Haus Ihrer Eltern hat“, begann Ronni mit dem Punkt, dessen Klärung ihm am Wichtigsten erschien.

„Ja, das stimmt“, bestätigte Anna Lindemann knapp.

„Würden Sie mir den Schlüssel bitte einmal zeigen?“

Anna rutschte unruhig auf dem Sofa hin und her.

„Das geht leider nicht. Ich weiß nicht, wo der Schlüssel ist. Wahrscheinlich habe ich ihn verlegt. Ich habe mir schon den Kopf vergeblich zermartert. Er ist einfach nicht mehr da.“

„Kann es sein, dass ihn Ihr Bruder mitgenommen hat, als er Sie besuchte? Oder gibt es noch andere Personen, die Sie in letzter Zeit besucht haben?“

„Dass Tim ihn mitgenommen hat, glaube ich nicht. Das hätte ich bemerkt. Das Gespräch war nur sehr kurz und ich habe ihn praktisch nicht aus den Augen gelassen. Ansonsten bekomme ich nur sehr wenig Besuch. Vor meinem Urlaub hatte ich keine Zeit, um Besuch zu empfangen und danach – nein, da war niemand hier."

Ihren Verdacht bezüglich ihres Bruders behielt sie für sich. Bevor sie solch eine Beschuldigung aussprechen würde, wollte sie zuerst mit ihm reden.

Ronni entging ihr Unbehagen nicht. Sie war halt eine schlechte Lügnerin.

„Sie haben doch bestimmt einen Freund. Der hat sie doch sicher in letzter Zeit besucht?", unterstellte ihr Ronni.

Anna Lindemann schaute verlegen vor sich auf den Tisch und antwortete nach einigen Sekunden, die Ronni wie eine Ewigkeit erschienen.

„Ja."

„Und er war vor Ihrem Urlaub und danach hier bei Ihnen?"

„Ja."

„Sie wissen, dass ich das überprüfen muss und dazu Ihren Freund befragen werde. Ich benötige dazu Name und Anschrift."

„Muss das sein? Er hat doch nichts mit dem Tod meiner Eltern zu tun", fragte Anna beinahe verzweifelt.

„Doch, das muss sein", antwortete Ronni.

Er nahm einen Stift und einen kleinen, zerfledderten Block aus seiner Jackentasche. Die ersten Seiten blätterte er nach hinten, bis er eine freie Seite gefunden hatte. Dann sah er Anna Lindemann eindringlich an und wartete.

„Sebastian Reichert", sagte sie leise und nannte fast unhörbar dessen Anschrift in Troisdorf-Spich.

„Wenn Sie mit ihm sprechen, versuchen Sie bitte, dass seine Frau davon nichts mitbekommt. Sie ist meine beste Freundin und ..."

Sie brach den begonnenen Satz ab. Auch wenn sie nicht weitersprach, konnte sich Ronni vorstellen, dass die Freundin nichts von der Geliebten ihres Mannes wusste.

„Mal sehen. Versprechen kann ich Ihnen das nicht", antwortete Ronni ziemlich vage.

„Noch eine andere Frage. Wie Sie sagten, wissen Sie nicht, wo sich Ihr Bruder aufhält. Kennen Sie vielleicht Freunde von ihm? Aktuelle Freunde oder Freunde von früher? Hat er etwas in diese Richtung erwähnt?"

„Nein, aktuelle Freunde kenne ich nicht. Es gibt einen Freund von früher. Ich kenne die Eltern und weiß, wo sie wohnen. Sie haben mir die Telefonnummer ihres Sohnes gegeben. Ich habe Carsten, so heißt der frühere Freund, angerufen und ihn nach Tims Aufenthalt gefragt."

„Was hat er gesagt?"

Anna knetete ihre Hände und schaute Ronni nicht an.

„Nun lassen Sie sich doch nicht jede Antwort aus dem Mund ziehen."

Ronni verstand zwar, dass die ganze Geschichte Anna Lindemann peinlich war, trotzdem wurde er etwas ungehalten.

„Er sagte, mein Bruder würde nirgendwo fest wohnen. Er sei praktisch obdachlos."

„Und weiter?", bohrte Ronni nach, denn er spürte, dass sie noch mehr wusste.

„Carsten meinte, Tim würde irgendwo in der Nähe der Lindenstraße in Oberlar übernachten. Er sprach von einem Gelände eines ehemaligen Bahnbetriebswerkes. Keine Ahnung, was das ist."

„Wie heißt dieser Freund Ihres Bruders und wo wohnt er?", fragte Ronni ohne Umschweife.

Anna nannte Carstens vollständigen Namen.

„Eine Anschrift habe ich leider nicht. Ich kann Ihnen aber seine Telefonnummer geben."

Sie nahm ihr Smartphone, das auf dem Wohnzimmertisch lag und suchte die Nummer heraus.

Ronni vermutete, dass Anna Lindemann nicht mehr wusste. Sie hatte ihm alles gesagt. Er nahm sich vor, mit ihrem Freund und mit dem ehemaligen Freund ihres Bruders in den nächsten Tagen zu sprechen.

„Danke. Damit kommen wir weiter. Sie haben uns sehr geholfen."

„Ich habe noch eine Frage. Wann kann ich meine Eltern beerdigen lassen? Kann ich dazu schon etwas unternehmen?", fragte Anna Ronni.

„Die Leichen Ihrer Eltern befinden sich noch in der Rechtsmedizin. Wenn die Untersuchungen abgeschlossen sind und sie freigegeben werden, sage ich Ihnen Bescheid. Natürlich können Sie bereits jetzt ein Beerdigungsunternehmen kontaktieren. Nur einen Termin können Sie noch nicht vereinbaren."

Ronni nippte kurz an dem Mineralwasser. Er hatte geklärt, was er klären wollte.

Nach der Verabschiedung verließ er eine niedergeschlagene, wenn nicht sogar verzweifelte Anna Lindemann.

23

Er saß seit zehn Minuten in seinem alten Opel und wartete. Normalerweise dröhnte die Musik aus den Autolautsprechern in voller Stärke. Als er die Warteposition eingenommen hatte, hatte er die Lautstärke gedrosselt, sodass außerhalb des Autos kaum ein Ton hörbar war. Er wollte nicht das Risiko eingehen, dass jemand auf ihn oder auf sein Auto aufmerksam wurde.

Sein rechter Fuß wippte im Takt der Musik auf dem Gaspedal. Je mehr Minuten vergingen, desto nervöser wurde er. Unablässig kaute er an seinen Fingernägeln. Er wusste, es bestand kein Grund für seine Nervosität. Er hatte wie geplant einen Parkplatz am Straßenrand in der Hohlsteinstraße, zu Beginn des Berges, und es waren keine Häuser in der näheren Umgebung. Also ideale Voraussetzungen.

Hätte er nur etwas genommen, so wie er es immer machte, würde ihm das Warten nichts ausmachen. „Er" hatte mit ihm eine Abmachung getroffen, keine Drogen, kein Alkohol. Es sollte auf keinen Fall so aus dem Ruder laufen wie damals. Andernfalls würde „Er" die Aktion abblasen. Und diese Aktion war nun einmal seine letzte Chance.

Er konnte nicht mehr länger ruhig im Auto sitzen und warten. Vielleicht würden ein paar Schritte und eine Zigarette gegen seine Nervosität helfen. Das zumindest hatte „Er" ihm nicht verboten.

Er schaute auf seine Armbanduhr. Noch fast eine halbe Stunde hatte er Zeit. Das reichte für ein wenig Bewegung und für eine Zigarette, mit Sicherheit auch für zwei.

Er stieg aus und zog eine Zigarette aus der Packung. Er bemerkte mit Bestürzung, dass seine Finger zitterten. Hätte ich mich doch nur nicht auf diese Abmachung eingelassen, könnte ich jetzt einen Joint rauchen und wäre vielleicht ruhiger, dachte er verärgert. In seiner Unterkunft hatte er noch genügend Tabak, und an einer sicheren Stelle Marihuana versteckt. Zum Glück hatte er nichts mitgenommen. Er war sich nicht sicher, dass er dann dem Verlangen hätte widerstehen können.

Langsam schlenderte er die Straße hinunter. Zu Beginn der Straße sah er einen unförmigen, großen Felsbrocken mit einer eigenartigen Ausbuchtung. Er war noch nie in diesem Bereich von Troisdorf-Spich gewesen und kannte daher diesen Felsbrocken nicht.

Er ging näher an die Informationstafel heran und überflog den Text:

Der Stein ist ca. 9 m lang, 6 m breit und 4 m hoch und ist zum Großteil hohl. Der Quarzitsteinklumpen entstand vor 26 Millionen Jahren. 1979 wollen Zukunftsforscher an ihm Spuren einer Startrampe für Astronauten entdeckt haben. Immer wieder gab der Stein Anregungen für Sagen, Märchen, Gedichte und Weissagungen.

Diese Informationen fand er interessant. Er hatte vor, sie sich zu merken. Eine Startrampe für Astronauten. So ein Unfug, dachte er und ein Lächeln umspielte für wenige Sekunden seine Mundwinkel.

Aber wozu sollte er sich die Zahlen und solch einen Unsinn merken? Gerade jetzt hatte er genügend andere, wichtigere Dinge zu überlegen und im Gedächtnis zu behalten.

Sofort verfinsterte sich seine Miene wieder. Ja, ja, Weissagungen. Verdammt, würde mir nur jemand weissagen, wie die ganze Aktion ausgehen wird, fluchte er in Gedanken.

Er zündete sich die zweite Zigarette an und ging langsam zu seinem Auto zurück.

Bald war es soweit. Da es heute nicht regnete, würde sie mit dem Fahrrad kommen. Darauf basierte der gesamte Plan. Bei Regen hätte er sein Vorhaben verschieben müssen, denn dann würde sie mit dem PKW abgeholt werden. Durch mehrere Beobachtungen wusste er, dass sie zu Beginn des Berges vom Fahrrad absteigen würde. Und das war der Augenblick, an dem er zuschlagen würde. Wenn er sie im PKW auf der Rückbank verfrachtet hatte, würde er das Fahrrad in ein Gebüsch werfen.

Die auf dem Beifahrersitz liegenden robusten, gelben Haushaltsgummihandschuhe zog er über. Dann nahm er einen Lappen und das Betäubungsmittel aus dem Handschuhfach. Noch konnte er den Lappen nicht mit dem Betäubungsmittel tränken. Er musste warten, bis er sie im Rückspiegel sehen konnte.

Wie pervers muss dieser Typ sein, so eine Idee zu haben. „Er" hatte ihm auch das Betäubungsmittel gegeben. Hoffentlich wirkt es sofort, dachte er, nicht ohne einen gewissen Kloß im Magen.

Er musste sich auf diesen Wahnsinn einlassen. Er hatte keine Wahl, da er unbedingt das Geld benötigte.

Sein Adrenalinspiegel stieg enorm an. Was hätte er jetzt für eine Ecstasy-Pille gegeben? Es muss und es wird auch ohne gehen, sagte er, sich selbst beruhigend.

Dann sah er, wie sie mit ihrem Fahrrad langsam um die Straßenecke bog. Jetzt musste er sich konzentrieren und durfte keinen Fehler begehen. Die Aktion musste schnell und unauffällig geschehen.

24

Carla

Das Wochenende, vor dem Carla sich so sehr gefürchtet hatte, war endlich vorüber.

Wie würde sich Sebastian künftig ihr gegenüber verhalten? Würden sich die Tage mit endlosen Vorwürfen und zermürbenden Streitereien dahinziehen? Die grundlegende Frage war jedoch, würde er überhaupt zu Hause sein? Diese Fragen hatten sie vor Beginn des Wochenendes so sehr beschäftigt, dass sie nachts nicht mehr durchschlafen konnte und tagsüber weder ein Hungergefühl noch Durst verspürte. Zum Trinken zwang sie sich, da sie wusste, dass dies von enormer Wichtigkeit war.

Wie immer bereitete sie für Emma das Essen, aß selbst jedoch davon nichts, sondern saß nur bei ihr am Tisch und schaute ihr beim Essen zu. Lediglich am Morgen biss sie widerwillig in ein Stück Brot, das sie aber nach zwei, drei Bissen in den Abfalleimer schmiss.

Am Ende waren ihre Ängste zwar nicht unbegründet, aber unnötig gewesen. Sebastian war praktisch weder am Samstag noch am Sonntag zu Hause. Nur zum Wechseln der Kleidung erschien er. Die gebrauchten Kleider warf er wie üblich in den Korb vor der Waschmaschine. Wo er übernachtete, wusste sie nicht. Sie fragte ihn auch nicht danach. Sie gingen sich in der kurzen Zeit, in der er da war, wenn es irgendwie möglich war, aus dem Weg. Ihr war das grundsätzlich recht so, obschon sie der Zustand befremdete, auf Dauer gesehen ihr sogar unerträglich erschien.

Emma sah ihren Vater am Wochenende gar nicht. Sie stellte aber auch ihrer Mutter keine Fragen. Nur hin und wieder meinte Carla, dass Emma sie nachdenklich und länger als gewöhnlich anschaute. Danach war sie dann in sich gekehrt und verschwand in ihr Zimmer.

Mutter und Tochter waren froh, als es Montag war und der normale Alltag sie wiederhatte.

„Soll ich dich in die Schule fahren? Vielleicht regnet es heute Nachmittag genauso wie gestern“, fragte Carla ihre Tochter nach dem Frühstück.

Carla hatte zum ersten Mal seit den vergangenen Tagen der Entbehrung ausgiebig gefrühstückt. Zwei Brötchen und einen Becher Kaffee hatten ihren Hunger gestillt.

„Nein, brauchst du nicht. Laut Wetterbericht wird es nicht regnen. Ich fahre lieber wie immer mit dem Fahrrad.“

Für Emma war es zur Gewohnheit geworden, sich am Abend auf ihrem Tablet den Wetterbericht anzusehen. Sie fuhr gerne mit dem Fahrrad zur Schule. Zum Heinrich-Böll-Gymnasium in Troisdorf-Sieglar waren es ungefähr drei Kilometer. Sie brauchte diese Bewegung als Ausgleich für das lange Sitzen in der Schule. Carla war das recht. So musste sie sich nicht umkleiden und konnte sofort mit der Hausarbeit beginnen.

Um die Mittagszeit überlegte sie, ob sie sich eine Kleinigkeit als Mittagessen zubereiten sollte. Sie hatte kein Hungergefühl und entschied sich dagegen. Stattdessen leinte sie Oscar für einen kleinen Spaziergang an. Dieser freute sich riesig und sprang aufgeregt um sie herum. Eine Runde durch den Spicher Wald taten sowohl dem Hund, als auch seinem

Frauchen gut. Ein anschließender längerer Plausch mit der Nachbarin rundete einen schönen Vormittag ab.

Zufrieden ging sie in die Küche. Die frische Luft hatte ihr Lust auf eine schöne Tasse heißen Tee gemacht. Aus dem beachtlichen Teetassen-Sortiment wählte sie die unifarbene rote Tasse aus, hängte das Teesieb hinein und füllte es mit zwei Messlöffel grünem Tee. Bis das Wasser kochte, stand sie mit dem Rücken an den Schrank gelehnt und schaute aus dem Fenster.

Zwischen 16:15 Uhr und 16:30 Uhr würde Emma aus der Schule zurückkommen. Sie kam immer sofort nach Schulschluss auf dem direkten Weg nach Hause. Lange Quatscherei mit Schulfreundinnen und Freunden oder Trödelei auf dem Heimweg kamen für sie nicht in Frage. Sie wusste, dass ihre Mutter immer auf sie wartete und wollte sie nicht enttäuschen.

Für eine Dreizehnjährige war es ein langer Tag. Der Schultag war wie ein Arbeitstag eines Erwachsenen. Montags bis donnerstags jeweils Unterricht bis 16:00 Uhr, nur unterbrochen von einer Mittagspause von 13:30 Uhr bis 14:30 Uhr. In dieser Zeit nahm sie das Mittagessen in der Mensa ein. Sehr selten nörgelte sie. Weder über die lange Schulzeit noch über das Essen in der Mensa. Sie nahm die Gegebenheiten so hin, wie sie waren. Carla bewunderte deswegen ihre Tochter. Sie wäre mit Sicherheit nicht so gelassen und würde ihren Unmut öfter lauthals äußern.

Inzwischen war es 16:30 Uhr. Carla hatte ihren Tee getrunken und jeden Augenblick würde sie hören, wie das Garagentor sich öffnete und Emma ihr Fahrrad in der Garage abstellte.

Doch sie hörte weder das Garagentor, noch sah sie Emma auf der Straße. Wahrscheinlich hat sie noch etwas Wichtiges mit einer Freundin zu klären, dachte Carla und schaute zum wiederholten Mal aus dem Fenster.

Inzwischen war es 17:00 Uhr geworden. Carla wurde nervös. Soweit sie sich erinnern konnte, hatte sich Emma noch nie so lange verspätet. Sollte etwas passiert sein? Vielleicht ein Fahrradunfall?

Carla hielt es nicht mehr auf dem Stuhl am Küchenfenster aus. Unruhig ging sie in der Küche auf und ab und schaute jedes Mal, wenn sie am Fenster vorüberkam hinaus.

Nichts! Ihre Tochter kam nicht.

Sie musste etwas unternehmen. Eilig zog sie sich eine Jacke an und verließ das Haus. Sie kannte natürlich die Strecke, die Emma immer mit dem Fahrrad fuhr und wollte ihr entgegengehen. Ihre Schritte wurden immer schneller. Als sie in die Hohlsteinstraße einbog, wo es bergab ging, lief sie fast.

Sie schaute nach rechts. Durch die Bäume sah sie die Umrisse des Hohlsteins. Keine Emma. Soweit sie sehen konnte, war auch bis zur Einmündung in die Straße „Am Hang" von Emma keine Spur.

Sie hatte das letzte Haus auf der linken Straßenseite passiert, als sie zwischen den Bäumen links neben sich etwas bemerkte, was dort nicht hingehörte. Sie verlangsamte ihr Tempo und schaute genauer hin. Ohne Zweifel, da lag ein Fahrrad. Sie blieb abrupt stehen.

Das war Emmas Fahrrad. Sie erkannte es sofort. Aber wo war ihre Tochter?

So schnell sie konnte, lief sie zum Fahrrad hin. Soweit sie auf den ersten Blick sehen konnte, war es nicht beschädigt. Ihr Kopf flog nach rechts und links. Sie drehte sich um die eigene Achse.

Emma war nicht zu sehen. Wieso liegt das Fahrrad hier abseits der Straße? Was will Emma hier?, fragte sie sich.

Im Laufschritt kämmte sie das Waldstück durch. Schweiß trat auf ihre Stirn und Zweige zerkratzten ihr Gesicht. Sie spürte nichts davon. Emma war wie vom Erdboden verschwunden.

Mit ihrer Tochter war etwas geschehen! Da war sie sich ganz sicher. Was mache ich jetzt? Tausend Gedanken rasten durch ihren Kopf. Ich muss die Polizei anrufen, entschied sie.

Sie griff in ihre Tasche und suchte nach ihrem Smartphone. Weder in der Jacke, noch in der Hosentasche fand sie es.

Verdammt! In der Eile muss ich es beim Verlassen des Hauses wohl auf dem Küchentisch liegengelassen haben. Und jetzt?

Sie rannte zur Straße zurück. Nach Hause wollte sie nicht laufen. Sie musste in der Nähe des Fahrrades bleiben, falls Emma zurückkam. Sie lief bis zum Ende der Straße und klingelte an einem der ersten Häuser.

Eine freundliche Frau, die sofort sah, dass Carla in Not war, überließ ihr ihr Smartphone. Hastig tippte sie die 110 ein. Sofort meldete sich ein Polizeibeamter. Nachdem sie ihren Namen genannt und den Ort, wo sie sich befand, angegeben hatte, schilderte sie aufgeregt die Situation.

„Beruhigen Sie sich, Frau Reichert. In den meisten Fällen klärt sich das Verschwinden von Kindern schnell auf und ist harmlos. Ich schicke auf jeden Fall die Kollegen zu Ihnen. Bitte warten sie am Straßenrand und unternehmen nichts mehr."

Ist harmlos! Meine Tochter ist verschwunden, das Fahrrad liegt im Wald und dieser Mann spricht von „harmlos", dachte sie aufgebracht und eilte zum Fundort des Fahrrads zurück.

Es dauerte nur wenige Minuten, bis ein Streifenwagen ankam. Ein Mann und eine junge Frau stiegen aus und kamen auf sie zu.

Sie berichtete atemlos den beiden Polizeibeamten, was vorgefallen war.

„Meine Tochter hätte schon vor über zwei Stunden zu Hause sein müssen. Dann liegt ihr Fahrrad hier im Wald. Ihr ist bestimmt etwas zugestoßen. Sie müssen irgendetwas unternehmen."

Je mehr Carla über die Situation sprach, desto aufgeregter wurde sie. Der Polizist schaute seine Kollegin an, die sich daraufhin beruhigend an Carla wandte.

„Frau Reichert, beruhigen Sie sich. Wir erleben das oft, dass Kinder in diesem Alter nicht zur gewohnten Zeit nach Hause kommen. Manchmal verspäten sie sich mehrere Stunden, im Extremfall wesentlich länger. Aber sie kommen nach Hause und haben dann eine, aus ihrer Sicht, wichtige Erklärung für ihre Verspätung. Kommen Sie, wir fahren Sie nach Hause."

Die Polizeibeamtin fasste Carla am Arm und geleitete sie zum Streifenwagen.

„Emma macht so etwas nicht. Sie ist sehr gewissenhaft für ihr Alter und immer pünktlich."

Obschon sie nicht die Meinung der Polizeibeamtin teilte, stieg sie in den Wagen ein und ließ sich nach Hause fahren.

„Können Sie nicht eine Vermisstenanzeige aufnehmen?", fragte Carla, die darin zumindest eine Aktion gegen die Untätigkeit sah.

„Nein, das geht beim besten Willen noch nicht. Ihre Tochter gilt noch nicht offiziell als vermisst. Sie hat sich voraussichtlich bisher lediglich verspätet."

Beim Aussteigen sagte der Polizist noch zu Carla: „Wenn Ihr Mann noch nicht zu Hause ist, rufen Sie ihn an. Es ist besser, wenn Sie nicht allein warten. Wir melden uns noch einmal im Laufe des Abends bei Ihnen."

Der Streifenwagen fuhr davon und Carla stand allein auf dem Bürgersteig.

Recht hat der Mann, dachte sie verbittert. Ich werde Sebastian direkt anrufen. Er muss sofort nach Hause kommen, egal was er noch für Besprechungen oder Arbeit hat. Es ist schließlich auch seine Tochter.

25

Emma

Wir möchten unseren Kindern alles Leid ersparen und wir wollen dafür sorgen, dass sie in Frieden und in Liebe aufwachsen können. Leider gibt es immer wieder Menschen, die diesen Wunsch der Eltern von einer heilen Welt zerstören, den Kindern Schmerzen und Qualen zufügen und traumatisierte Kinder und Eltern hinterlassen.

Vorsichtig öffnete Emma ihre Augen. Sie erwartete helles Licht, Sonnenstrahlen, die mit voller Wucht ihre Pupillen trafen. Wie an so manchem Sonntagmorgen, wenn sie lange geschlafen hatte und ihre Mutter die Rollladen hochgezogen hatte.

Doch nichts dergleichen geschah.

Das Fenster war durch mehrere alte Bretter vernagelt. Nur der obere Teil war freigelassen und es drang ein wenig Licht in den Raum, dass sie erkennen ließ, wo sie sich befand. Der Raum war rechteckig und völlig leer, bis auf eine einfache Liege mit dünner Matratze, auf der sie lag. So stellte sie sich eine Zelle in einem Gefängnis vor: karg, harter Betonboden und eine Liege. Eine Decke, die über ihr lag, verbreitete einen ekelhaften Gestank, der bis in die kleinsten Ecken ihrer Nase drang und einen Brechreiz verursachte. Im Gegensatz zu ihrem Bett zu Hause, wo sie eine kuschlige, warme Decke umhüllte, war es hier kalt und die stinkende Decke war das krasse Gegenteil ihrer Bettdecke zu Hause.

Sie riss beide Arme hoch, um sich der Decke zu entledigen – das heißt, sie versuchte, beide Arme hochzureißen. Ihr linker Arm gehorchte ihr nicht wie gewohnt, sondern blieb neben ihr liegen. Stattdessen hörte sie ein metallisches Scheppern, wenn sie ihn bewegte. Mit der rechten Hand befühlte sie ihr Handgelenk. Sie erschrak. Ein Metallring umspannte es. Von ihm gingen zwei oder drei Kettenglieder zu einem weiteren Metallring. Dieser Ring umspannte ein dünnes, eisernes Rohr. Sie begriff und erschrak nochmals zutiefst.

Handschellen!

Sie war mit Handschellen an ein Wasserrohr gefesselt.

Ihre Unterlippe zitterte und sie würde nicht mehr lange die Tränen zurückhalten können.

Was war geschehen? Sie versuchte, sich zu erinnern.

Nach dem Frühstück hatte sie ihr Fahrrad aus der Garage geholt und war zur Schule gefahren. Ihre Mutter hatte ihr noch das Angebot gemacht, sie mit dem Auto hinzufahren, sie hatte sich aber dagegen entschieden. Nach Schulschluss trat sie zusammen mit ihrer Freundin den Heimweg an. Sie erinnerte sich, dass die Straßen nicht sehr belebt waren und sie zügig fahren konnten. Am Beginn des Ortsteils Spich, wo die Mülheimer Straße die Hohlsteinstraße überquerte, trennten sie sich wie immer, wenn sie zusammen mit dem Fahrrad nach Hause fuhren. Ihre Freundin bog nach links in die Hohlsteinstraße ab, sie fuhr rechts in die Hohlsteinstraße ab, in Richtung Spicher Wald. Sie erinnerte sich noch genau, dass sie am Hohlstein vom Rad gestiegen war. Der Berg zur Rodderstraße war ihr einfach zu steil.

Dann war der Erinnerungsfaden gerissen. So sehr sie sich auch anstrengte, sie konnte sich nicht erinnern, was danach geschehen war.

Inzwischen war der Damm gebrochen, Tränen kullerten über ihre Wangen.

Wo war sie hier? Wieso war sie angekettet? War das ein schlechter Scherz oder war sie womöglich entführt worden?

Emma begann zu schreien.

„Hilfe! Hilfe! Hilfe!"

Immer wieder, bis ihre Stimme versagte. Dann folgte ein lautes Schluchzen, das sie weder abbrechen noch eindämmen konnte.

„Hallo Emma. Ich sehe, du bist aufgewacht und hast dich in deinem neuen Zuhause eingelebt", sagte eine männliche Stimme, der ein leises Kichern folgte.

Sie lag mit dem Gesicht zur Wand und drehte sich jetzt auf den Rücken, damit sie ihren Retter sehen konnte.

Konnte das ihr Retter sein? Was redete der von neuem Zuhause? Der Strahl einer Taschenlampe blendete sie. Sie hob die freie, rechte Hand und schützte ihre Augen.

„Sieh' mal, was ich dir mitgebracht habe. Deine erste Mahlzeit wird dir sicher schmecken", sagte die Stimme und wieder hörte sie das leise Kichern.

Sie vernahm, wie der Mann etwas auf den harten Betonfußboden stellte. Dabei wanderte der Strahl der Taschenlampe von ihrem Gesicht auf einen blechernen Teller, auf dem ein trockenes Brötchen und ein paar Kekse lagen. Daneben stand eine Flasche Wasser.

Da sie nicht mehr geblendet war, konnte sie den Mann erkennen. Die Kleidung war dunkel. Auf dem Kopf trug er eine schwarze Baseballkappe. Der untere Teil seines Gesichts war von einem Schal oder etwas Ähnlichem bedeckt, sodass sie sein Gesicht nicht erkennen konnte.

„Bitte machen Sie mich los. Was soll ich hier? Was machen Sie mit mir?“

Ihre Stimme war zaghaft und zitterte.

„Ich kann dich nicht so einfach gehen lassen. Wenn deine Eltern mitmachen, bist du bald wieder frei. Andernfalls ...“

Er sprach nicht weiter.

„Was sollen meine Eltern machen und wieso kennen Sie mich?“

„Das kann ich dir nicht sagen. Warte ab.“

Und wieder dieses Kichern.

„Ach ja, wenn du zur Toilette musst, klopfe mit dem Teller gegen das Wasserrohr. Ich hole dich dann und begleite dich, damit dir nichts geschieht und du nicht verloren gehst.“

Das Kichern wich jetzt einem Lachen.

„Und noch ein Hinweis. Du kannst schreien so viel und so laut du willst. Hier hört dich niemand. Also schone deine Stimme und warte ab.“

„Wo ist meine Schultasche? Darin ist eine Insulinampulle und ein Messgerät, womit ich meinen Blutzuckerspiegel messen muss“, fragte Emma total verängstigt.

Ihr war immer wieder von den Eltern eingeimpft worden, dass es nichts Wichtigeres als das Messgerät und das Insulin gab.

„Ja, ja ein Messgerät und dein Handy, damit du Mami anrufen kannst oder wir von der Polizei geortet werden können. Das kannst du vergessen. Ich habe deine Schultasche in die Sieg geworfen.“

„Das kann nicht wahr sein!“, schrie Emma entsetzt.

„Ich muss regelmäßig meine Blutzuckerwerte messen und gegebenenfalls die Insulinampulle auswechseln, wenn die in der Pumpe leer ist."

Emma begann erneut zu weinen.

„Das ist jetzt zu spät. Dann hoffe nur, dass deine Eltern sich schnell fügen und gehorchen."

Der Mann drehte sich um und verließ den Raum.

26

Carla

Carla rannte aufgeregt im Wohnzimmer auf und ab. Nie hätte sie gedacht, dass sie eine solche Hilflosigkeit, in die sie die Sorge um ihre Tochter getrieben hatte, erleben würde.

Man merkte, dass es Spätherbst war. Es war inzwischen früh dunkel draußen geworden und Emma war noch immer nicht nach Hause gekommen. Das Fahrrad hatte sie, so wie der Polizist es ihr geraten hatte, an der Fundstelle in der Nähe des Hohlsteins liegen gelassen.

Sie blieb stehen und schaute ihren Mann verständnislos und verärgert an. Er saß in einem Sessel und blätterte in der Tageszeitung. Dass seine Tochter vermisst wurde, schien ihn nicht zu berühren.

„Wie kannst du nur so gelassen im Sessel sitzen und Zeitung lesen, während unsere Tochter noch immer nicht zu Hause ist?“

Bevor Sebastian antworten konnte, klingelte es an der Tür. Carla flog buchstäblich zur Haustür. Es konnte Emma sein und auf dem Weg zur Tür spürte sie förmlich, wie sie Emma in die Arme nahm.

Vor der Tür stand aber nicht Emma, sondern die beiden Streifenpolizisten vom Nachmittag.

„Ist Ihre Tochter inzwischen wieder da, oder haben Sie etwas von ihr gehört?“, fragte die junge Polizistin.

„Nein, nichts. Kommen Sie doch herein“, bat Carla.

Sebastian hatte sich inzwischen aus seinem Sessel erhoben und die Polizisten begrüßten auch ihn.

„Herr Reichert, haben Sie eine Idee, wo Ihre Tochter sein könnte?“, fragte der Polizist.

„Nicht die geringste. Meine Frau kennt die Freundinnen und Freunde von Emma und weiß, wo sie sich normalerweise aufhält. Sie ist zu Hause und kümmert sich hauptsächlich um Emma. Ich bin beruflich sehr angespannt und komme manchmal erst spät nach Hause.“

Carla verkniff sich eine Bemerkung. Komme manchmal spät nach Hause, so ein Hohn. So gut wie nie bist du zu Hause. Die Familie scheint dich überhaupt nicht zu interessieren, dachte sie. Sie musste sich zusammennehmen, denn jetzt waren beide Elternteile gefordert. Ein offener Streit würde Emma bestimmt nicht nach Hause bringen.

„Was machen Sie denn beruflich?“, wollte die Polizistin von Herrn Reichert wissen.

„Ich bin Regionaldirektor bei einer Bank. Aber was hat das mit dem Verschwinden meiner Tochter zu tun?“

Die Polizistin antwortete nicht auf die Frage. Stattdessen wendete sie sich an Carla, die wieder mit dem Hin- und Hergehen im Wohnzimmer begonnen hatte.

„Haben Sie alle Freundinnen und Freunde Ihrer Tochter angerufen?“

„Natürlich, sogar die Lehrer und Lehrerinnen, bei denen sie heute Unterricht hatte. Alles war wie immer. Niemand weiß, wo Emma sein könnte. Mit einer Freundin ist sie zusammen bis zur Hohlsteinstraße gefahren, dann haben sie sich getrennt.“

„Alles spricht dafür, dass Ihre Tochter tatsächlich entführt wurde. Wir werden noch heute unser Kriminalkommissariat einschalten“, sagte der Polizist.

„Mein Gott, unsere Emma.“

Carla sank kraftlos in die Polster eines Sessels und schlug die Hände vor das Gesicht. Sie konnte die Tränen nicht mehr unterdrücken.

„Wenn Emma entführt wurde, läuft das bestimmt auf eine Lösegeldforderung hinaus. Ist es da nicht besser, wir halten die Polizei heraus – zumindest bis wir wissen, was der oder die Entführer wollen?“, schlug Carlas Mann vor.

Carla sprang aus ihrem Sessel auf.

„Auf keinen Fall. Ich möchte, dass die Polizei einbezogen wird.“

Und zu ihrem Mann sagte sie: „Willst du oder soll ich mit den Entführern verhandeln? Wir haben doch keine Ahnung, wie wir uns verhalten müssen und wie wir mit den Entführern sprechen sollen. Die ziehen uns doch über den Tisch und wir gefährden Emma. Wir haben nicht so viel Geld, um eine hohe Lösegeldforderung zu erfüllen. Nein, nein. Nur die Polizei kann uns helfen.“

So wie sie ihren Mann anschaute, duldete sie keinen Widerspruch. Sebastian ging zu seinem Sessel und setzte sich.

„Okay, wenn du das unbedingt willst. Hoffentlich tust du das Richtige“, sagte er resigniert.

„Dann rufe ich jetzt das Kommissariat an und veranlasse, dass die Kollegen sofort zu Ihnen kommen. Bis zu deren Eintreffen bleiben wir bei Ihnen. Sollte der Entführer in der Zwischenzeit anrufen, sprechen sie ruhig mit ihm und gehen Sie auf seine Forderungen ein“, sagte der Streifenpolizist.

Er und seine Kollegin gingen zum Telefonieren in den Flur.

Carla holte das Festnetz-Telefon von der Basisstation im Flur und legte es auf den Tisch. Sie wollte möglichst schnell das Gespräch annehmen, falls der Entführer sich heute noch meldete. Vielleicht rief aber auch Emma an und es gab eine logische Erklärung für ihr Verhalten. Diese Hoffnung hatte sie immer noch.

27

Frank Eisenstein

An diesem Vormittag betraten Susanne und Julia, Franks Tochter, sehr früh den Eingangsbereich des Krankenhauses. Sie hatten beide schlecht und zu wenig geschlafen. Immer wieder ging ihnen der Zustand von Frank durch den Kopf. Mit Julia, die zurzeit bei Susanne wohnte, hatte sie nachts um zwei Uhr über eine Stunde in der Küche bei einem Beruhigungstee gesessen und geredet. Immer wieder die gleichen Fragen und Befürchtungen, bis sie entschieden, es noch einmal mit Schlaf zu versuchen.

Jetzt standen sie seit einiger Zeit im Eingangsbereich des Krankenhauses und sahen ängstlich dem Hasten und Schwirren des Krankenhauspersonals und der Besucher um sie herum zu. Susanne hatte eine schlechte Vorahnung von dem, was die Ärzte ihnen heute berichten würden. Vielleicht lag es daran, dass sie nicht ausgeschlafen und negativ gestimmt war. Aber wo sollte sie die positive Stimmung herholen? Frank befand sich seit über einer Woche im Koma und nichts war mehr so, wie es einmal war.

Mit dem Aufzug fuhren sie in die erste Etage hoch. Auf der Station war es im Gegensatz zum Eingangsbereich still. Sie gingen zum Stationszimmer, um sich wie üblich anzumelden. Eine Krankenschwester arbeitete am Computer. Sie kannte Susanne, wohingegen sie Julia noch nicht gesehen hatte und bat sie, einen Augenblick zu warten. Während sie ein Telefongespräch führte, warteten Susanne und Julia aus Höflichkeit auf dem Flur. Susanne fand das Verhalten der Schwester merkwürdig. Bisher konnte sie immer ohne zu warten zur Intensivstation gehen. Sofort war bei ihr wieder das ungute Gefühl von vorhin da. War etwas mit Frank geschehen? Sie versuchte, Gesprächsfetzen des Telefonats aufzufangen und meinte zu Anfang den Namen Eisenstein vernommen zu haben. Das sagt doch gar nichts, versuchte sie, sich zu beruhigen.

„Sie können zu Herrn Eisenstein gehen. Der Arzt erwartet Sie dort", sagte die Krankenschwester, die zu ihnen auf den Flur getreten war.

„Ist etwas mit meinem Vater nicht in Ordnung?", fragte Julia aufgeregt.

„Das kann ich Ihnen nicht sagen. Der Arzt wird mit Ihnen sprechen."

Die Schwester wendete sich ab und ging wieder ins Stationszimmer, als wolle sie weiteren unangenehmen Fragen entgehen.

Bei Susanne knotete sich der Magen zusammen und sie ging schnellen Schrittes hinter Julia her, die bereits auf dem Weg zur Intensivstation war.

Sie hatten gerade die Zimmertür geöffnet und zwei Schritte ins Zimmer getan, da sahen sie Frank und neben ihm einen Pfleger und einen Arzt. Der Pfleger war scheinbar gerade dabei, Franks Gesicht zu waschen. Als er die beiden Frauen sah, beendete er seine Tätigkeit und verließ das Zimmer.

Susanne und Julia gingen gleichzeitig langsam zum Bett hinüber. Was sie sahen, ließ ihnen den Atem stocken. Franks Kinn, Hals, Bettdecke und Kissen waren rot – rot vor Blut!

„Erschrecken Sie nicht. Das sieht schlimmer aus, als es ist“, sagte der Arzt mit beruhigender Stimme.

Wie sollte sie das nicht erschrecken? Sie war total erschrocken, als sie Frank sah. Was ist hier los? Wieso hat mich niemand angerufen und informiert?, überlegte Susanne.

Mit einem Mal verstand sie das ungewöhnliche Verhalten der Krankenschwester im Stationszimmer.

„Was ist mit Frank? Wieso blutet er so?“, fragte sie den Arzt, ohne ihn anzusehen.

Sie war paralysiert, unfähig den Blick von Frank abzuwenden. Julia erging es ähnlich. Er lag da unbeweglich, mit beiden Armen am Bett fixiert, mit Kabel ausgehend von Brust und Armen an Geräten angeschlossen, und über Mund und Nase die Maske mit dem Intubationsschlauch.

Und überall war Blut!

Der Arzt wendete sich an Susanne und sagte: „Als ihr Mann sich den Tubus herausgerissen hat oder beim Wechsel der Magensonde ist eine Verletzung im Rachenbereich entstanden. Wegen der hohen Dosierung der Medikamente zur Gerinnungshemmung ist der Blutfluss nur bedingt zu stoppen.“

Susanne wandte den Blick von Frank ab und schaute zum ersten Mal den Arzt an. Julia stand am Bettende und umklammerte das Bettgestell so fest, dass die Knöchel ihrer Hand weiß hervortraten. Sie war genauso emotional angespannt und ängstlich wie Susanne. Schließlich war es ihr Vater.

Auf einmal drehte sich Susanne um und rannte aus dem Zimmer. Auf dem Flur lehnte sie sich mit dem Rücken gegen die Wand und ließ ihre Tränen ungehemmt fließen.

Julia und der Arzt waren ihr gefolgt. Weder der Arzt noch Julia sprachen sie an. Beide verstanden, dass sie etwas Zeit benötigte, um sich zu beruhigen.

„Frau Ohlrogge, wenn Sie sich beruhigt haben, kommen Sie und Frau Eisenstein bitte mit. Wir setzen uns in das Arztzimmer und ich erkläre Ihnen, wie wir weiter verfahren“, sagte der Arzt ruhig und berührte leicht Susannes Arm.

Susanne trocknete ihre Tränen mit einem Tempo-Taschentuch und schnäuzte sich die Nase.

„Es geht schon wieder“, sagte sie leise und folgte dem Arzt und Julia ins Arztzimmer.

Sie nahmen an einem Besuchertisch Platz und der Arzt versicherte ihnen noch einmal, dass der Zustand von Frank schlimmer aussah, als er tatsächlich war. Beide Frauen glaubten ihm das nur bedingt.

„Allerdings ist der Zustand ernst, das sollten wir nicht vergessen. Wir haben in unserem Haus keine Hals-, Nasen-, Ohrenstation.“

„Was bedeutet das?“, fragte Susanne und die Angst schaute aus ihren Augen.

„Ich will ehrlich zu Ihnen sein. Es gibt zwei Optionen für Ihren Partner und Vater. Entweder er verblutet hier oder wir verlegen ihn möglichst schnell in die Universitätsklinik auf dem Venusberg. Verlegen werden wir ihn sowieso müssen, da nur dort die notwendige Herzoperation durchgeführt werden kann.“

„Wieso haben Sie meinen Vater denn nicht längst verlegt?“, fragte Julia erbost.

„Nun, auch das ist nicht so einfach. Ihr Vater ist normalerweise nicht transportfähig. Es gibt aber einen besonders ausgestatteten Rettungswagen für organisierte Notfälle. Dieser ist mit hochwertigen, medizinisch-technischen Geräten ausgestattet. Außerdem stehen mehrere Verlege-Notärzte und Intensivpflegekräfte zur Verfügung. Wir planen den Transport für morgen Abend. Bis dahin können wir die Blutung unter Kontrolle halten."

„Wieso verlegen Sie Frank erst morgen Abend?", fragte Susanne, die die Planung nicht nachvollziehen konnte, wenn Frank doch so schnell wie möglich verlegt werden sollte.

„Der Weg zum Venusberg ist nicht gerade einfach für den Spezialtransporter. Sie wissen sicher, wie der Verkehr bei Tag in Bonn ist. Manchmal Staus ohne Ende und die Straßen zur Uni-Klinik sind dafür sehr anfällig. Wir wollen vermeiden, dass sich die Fahrt dorthin zu sehr verzögert. Eine Ausweichmöglichkeit oder Stauumgehung gibt es nicht. Am Abend sind die Voraussetzungen wesentlich günstiger."

„Okay, das verstehe ich", stimmte Susanne zu, und auch Julia schien keine Einwände zu haben.

„Noch eine Frage. Werden Sie meinen Vater aus dem Koma holen, bevor sie ihn verlegen?", wollte Julia wissen.

„Nein. Die Verlegung und das herbeigeführte Ende des Komas würden zusammen für den Körper Ihres Vaters zu stressig. Insbesondere für sein Herz", erklärte der Arzt.

Julia nickte. Sie verstand diese Vorsicht der Ärzte.

„So, dann haben wir alles besprochen. Ich bin sicher, wenn wir Ihren Partner beziehungsweise Ihren Vater verlegt haben, geht es ihm bald wieder besser. Wenn Sie möchten, können Sie noch einmal zusammen ins Patientenzimmer gehen. Aber verhalten Sie sich bitte ruhig und bleiben Sie nicht zu lange."

Der Arzt erhob sich und auch Susanne und Julia standen auf und gingen in das Intensivzimmer zu Frank, der natürlich noch immer unbeweglich im Bett lag.

Sieht so das Ende eines geliebten Menschen aus?, dachte Susanne und erschauderte.

28

Ronni

„Schläfst du noch?“, fragte Susie leise und beugte sich zu Ronnis Gesicht hin.

„Mmh, jetzt nicht mehr“, knurrte Ronni und drehte Susie den Rücken zu.

„Ich kann nicht mehr schlafen“, sagte sie sehr leise, aber auch so laut, dass Ronni nicht wieder einschlafen konnte und sich zu ihr hindrehte.

„Was ist denn los? Wie spät ist es denn? Muss ich schon ins Büro?“, brummte er und öffnete langsam seine Augen.

Susie ging nicht auf seine Fragen ein, stattdessen rutschte sie etwas hoch, schob ihr Kopfkissen hinter den Rücken und setzte sich aufrecht ins Bett.

„Ich muss noch mal mit dir reden.“

„Hat das denn nicht Zeit bis zum Frühstück? Was gibt es denn so Wichtiges, was wir mitten in der Nacht besprechen müssen?“, erwiderte Ronni und wollte sich wieder auf die Seite drehen.

„Es geht um unser Kind.“

Plötzlich war Ronni hellwach. Er konnte nicht mehr liegen bleiben, sondern setzte sich ebenfalls.

„Was ist los? Ist es so weit? Hast du schon Wehen?", fragte er besorgt, beugte sich zu der künftigen Mutter hin und gab ihr einen Kuss auf die Wange.

„Beruhige dich. Es ist alles in Ordnung. Für Wehen ist es noch zu früh. Aber ich mache mir Sorgen. Ich habe sogar etwas Angst."

„Du musst keine Angst haben, mein Schatz. Wir schaffen das. Worüber machst du dir denn Gedanken?"

„Vor ein paar Tagen habe Ich dir doch von meiner Oma erzählt, die einmal sagte: Wenn ein Baby im Mutterleib heranwächst oder geboren wird, endet ein anderes Leben in der Familie oder im Bekanntenkreis. Wir haben dabei beide an Frank gedacht. Du hast das als Aberglaube abgetan. Vielleicht hast stimmt das, vielleicht aber auch nicht."

„Worauf willst du hinaus?"

Ronni war ein wenig irritiert, dass Susie sich mit diesem Thema erneut beschäftigte.

„Was ist, wenn es Frank demnächst wieder besser geht? Was ich ihm von Herzen wünsche."

„Das wünsche ich Frank ebenfalls. Das kannst du mir glauben."

Ronni hatte immer weniger Ahnung davon, was Susie ihm sagen wollte. Susie konnte nicht weitersprechen. Tränen traten ihr in die Augen.

„Stirbt dann unser Baby?"

Susie warf sich Ronni an die Brust und begann leise zu weinen. Er war einen Augenblick sprachlos. Wie konnte sie so etwas denken? Waren das die Schwangerschaftshormone, die das bewirkten? Er streichelte ihr sanft über den Rücken.

„Nein, mach' dir keine Sorgen. Unser Baby wird nicht sterben. Es wird stark und gesund sein. Was deine Oma dir sagte, ist ein Aberglaube von vor hundert Jahren oder von vor noch früherer Zeit, als Geburten noch risikoreicher waren. Bei Zufällen, die immer wieder vorkommen und die man damals nicht begreifen und erklären konnte, war dem Aberglaube Tür und Tor geöffnet."

„Bist du dir sicher?", fragte Susie schüchtern.

„Ja, bin ich mir. Du hattest eine so tolle Schwangerschaft, ohne Probleme. Und glaube mir, unserem Baby wird nichts geschehen. So, und jetzt stehe ich auf und mach' uns Frühstück. Ich werde heute später ins Büro fahren."

Damit stand Ronni auf und gab Susie noch einen zärtlichen Kuss, bevor er im Bad verschwand.

***

Ronni betrat das Präsidium und eilte zum Aufzug. Seitdem er niedergeschlagen wurde, war es fast eine Woche her und er hatte keine Kopfschmerzen mehr. Er war wieder voller Energie und wollte die Morde Lindemann unbedingt aufklären. Die große Frage war nur: Wie?

„Hallo Ronni, du bist aber spät dran", ertönte die Stimme von Hubert Gössel.

Ronni drehte sich um und begrüßte seinen Kollegen.

„Der Chef hat dich bereits gesucht. Ich glaube, er will wissen, wie der Stand der Ermittlung im Fall des Doppelmordes in Troisdorf ist. Ich würde ihn nicht warten lassen. Er wirkte leicht ungehalten."

„Okay, ich werde als Erstes zu ihm gehen und ihm berichten, dass es keine neuen Anhaltspunkte und schon gar keinen Verdacht gibt. Was machst du gerade? Du wirkst, als wenn du in Eile bist", fragte Ronni, dem auffiel, dass Hubert von einem Bein auf das andere trat und sich bereits halb abgewandt hatte.

„Bin ich auch. Wir haben wahrscheinlich einen Entführungsfall eines jungen Mädchens in Troisdorf. Ich muss dahin. Möglicherweise erwarten wir eine Lösegeldforderung“, berichtete Ronnis Kollege, der sich wieder zu ihm hindrehte.

„Schon wieder ein Fall in Troisdorf?“, antwortete Ronni ungläubig und schüttelte den Kopf.

„Wie reagieren die Eltern? Die Entführung des eigenen Kindes geht immer mit enormen Emotionen der Eltern einher, die dann nicht unbedingt kooperativ mit uns zusammenarbeiten.“

„Ja, ist hier auch so. Die Reicherts, so heißt die Familie, sind sich uneinig. Die Mutter wollte sofort, dass wir uns einschalten. Der Vater möchte lieber abwarten und keine Polizei dabeihaben.“

Ronni stutzte und hielt Hubert am Arm fest, der ihm bereits den Rücken zugekehrt hatte.

„Einen Augenblick, bitte. Sagtest du Reichert? Heißt der Vater vielleicht Sebastian?“

„Ja, genau. Kennst du ihn?“, fragte Hubert Gössel und seine Aufmerksamkeit war wieder vorhanden.

Er ahnte wohl, dass er jetzt von Ronni eine wichtige Information erhalten würde.

„Nein, ich kenne ihn nicht – noch nicht. Du hast doch mit Anna Lindemann gesprochen. Ich war gestern bei ihr. Sie verriet mir, dass sie einen Freund hat. Und jetzt kommt es: Dieser Freund ist Sebastian Reichert.“

„Ist das ein Zufall? Oder steckt da mehr dahinter?“

Hubert Gössel war mehr als nur erstaunt. Seine vorher an den Tag gelegte Eile schien verschwunden zu sein.

„Das ist kein Zufall“, war sich Ronni sicher.

„Der Chef muss warten. Ich komme mit dir. Diesen Sebastian Reichert möchte ich kennenlernen.“

„In Ordnung. Ich finde es gut, dass du dabei bist“, stimmte Hubert Gössel zu, und er schien sich tatsächlich zu freuen, dass er von Ronni Unterstützung erhielt.

„Wir fahren jeder mit dem eigenen Auto. Dann sind wir unabhängiger“, entschied Ronni.

Beide verließen zusammen das Polizeigebäude und gingen zu ihren Autos.

29

Von dem befestigten Weg, der um den See führte, ging die Uferböschung des Rotter Sees an dieser Stelle steil hinab. Nur ein schmaler Pfad führte kurz über dem Wasser um den See herum. Manchmal hatte ein Angler auf dem Weg seine Angelausrüstung abgestellt und versuchte, einen großen Fisch an Land zu ziehen. Meistens vergeblich, denn die Fische schienen die Machenschaften der Angler zu kennen und fielen nicht mehr so leicht darauf herein. An diesem Tag war kein Petrijünger am See.

Noch beschien die Sonne den See und das Ufer. Es würde nicht mehr lange dauern, bis sie hinter den Bäumen am oberen Böschungsrand verschwunden war.

Er saß im Gras oberhalb des Wassers. Gerade hatte er einen Joint geraucht und wartete inständig auf die Wirkung. Er ließ den Oberkörper auf den Boden sinken und legte den Kopf soweit es ging in den Nacken. Über ihm war alles blau. Am Rand der Böschung glitzerten die Blätter der Bäume und Sträucher in der tiefstehenden Sonne in allen möglichen Gelb- und Rottönen. Für einen Moment schloss er die Augen. Er spürte, wie sein Herz in seiner Brust pochte.

Mit Wehmut dachte er an seine Schulzeit zurück, auch wenn er damals bereits unter der Knechtschaft seines Vaters zu leiden hatte. Wenn sie im Unterricht über Lyrik sprachen, blühte er auf. Sein Vater sah das als brotlose Kunst an und versuchte immer wieder, ihm seine Freude an Gedichten auszutreiben.

Wer jetzt kein Haus hat, baut sich keines mehr.
Wer jetzt allein ist, wird es lange bleiben,
wird wachen, lesen, lange Briefe schreiben
und wird in den Alleen hin und her
unruhig wandern, wenn die Blätter treiben.

Wieso erinnerte er sich jetzt an diese dritte Strophe des Gedichtes „Herbsttag" von Rainer Maria Rilke?

Wahrscheinlich weil der Mensch im Mittelpunkt dieser Strophe steht und er der Mensch war, der heimatlos und einsam war und es nicht geschafft hatte, in der Gesellschaft Fuß zu fassen?

Er wischte diese Gedanken beiseite. Für Sentimentalitäten hatte er jetzt keine Zeit.

Auch wenn es vielleicht absurd war, genoss er es, aus dem miefigen Loch des Gebäudes der Bundesbahnschule herausgekommen zu sein. Mit Sicherheit war er kein Frischluftfanatiker. Dafür liebte er den Rauch der Joints zu sehr, aber den ganzen Tag auf diese dumme Göre aufzupassen, nervte ihn.

Das Jammern und Schluchzen, ihre endlosen Vorträge über ihre Erkrankung und die Rufe nach ihrer Mami war Gift für seine Nerven. Er hatte genug mit sich und seinen Aufgaben zu tun.

„Er" hatte ihm gesagt, nein, befohlen hatte „Er" ihm, dass er heute Abend anrufen und die Lösegeldforderung stellen sollte. „Er" hatte ihm ein Prepaid-Handy gegeben, das er sofort nach dem Anruf in den See werfen sollte.

„Lass dich auf kein Gespräch ein. Stelle die Höhe der Forderung, gib den Zeitpunkt und den Ort der Übergabe an und lege auf", hatte „Er" ihm gesagt.

Wieso erhält „Er" genauso fünfzig Prozent des Lösegelds wie ich?, dachte er. Ich mach' die ganze Arbeit und „Er" hatte lediglich die grundsätzliche Idee. Okay, er musste nicht nachdenken und sich um nichts kümmern. „Er" gab ihm immer detaillierte Anweisungen, wann und wie er etwas zu erledigen hatte. Aber dafür fünfzig Prozent?

Er hatte die Idee mit dem Gebäude der Bundesbahnschule. Aus früheren Zeiten, als er oft allein oder manchmal mit Freunden dort herumhing, kannte er das Gelände. In den letzten Wochen hatte er dort sogar seinen Unterschlupf gefunden. Diese Rotznase dort unterzubringen, war auch seine Idee gewesen. Er hatte alle notwendigen Vorkehrungen getroffen. So hatte er sie immer unter Beobachtung und sie würde ihm nicht abhauen können. Daher fand er seinen Anteil viel zu niedrig. Ich muss mir noch überlegen, wie ich das ändern kann, dachte er.

Nun lag er hier im Gras und wartete darauf, dass die Sonne unterging und er den Anruf tätigen konnte.

Die Wirkung des Joints war nicht so, wie er erhofft hatte. Sollte er noch einen rauchen? Er nahm die Blechdose aus der Tasche und öffnete sie. Es befanden sich nur noch drei Joints in der Dose. Das war der Rest. Mehr besaß er nicht mehr. Er musste sich diesen Rest gut einteilen. Bis er das Geld für weitere Joints und Pillen hatte, würde es noch dauern. Mit „Ihm", der ihm hin und wieder etwas zu Rauchen in seiner Unterkunft hinterlegt hatte, konnte er nicht auf Dauer rechnen.

Er steckte die Dose wieder zurück in seine Tasche. Stattdessen nahm er die Packung Zigaretten aus der Jacke und zündete sich eine an. Das war zwar kein Ersatz für einen Joint, aber vielleicht half sie doch, seine Nerven ein wenig zu beruhigen.

Er schaute zum Stand der Sonne. Vielleicht noch eine, maximal zwei Stunden und er würde endlich den Anruf tätigen können.

30

Emma

Emma lag auf der Liege. In der Nacht hatte sie trotz der Müdigkeit schlecht geschlafen. Immer wieder wurde sie von lauten Geräuschen geweckt. Es waren knatternde und quietschende Geräusche. Sie hatte den Eindruck, dass sie sich in der Nähe von Zuggleisen oder gar eines Bahnhofs befand.

Wegen der Kälte hatte sie trotz des Gestanks die Decke über sich gezogen. Sie war müde und mutlos. Der Entführer hatte ihr am Abend eine Wasserflasche hingestellt. Sie war jetzt leer und lag auf dem Boden neben ihrer Liege.

Am Morgen kam er in ihr Gefängnis. Dieses Mal hatte er keinen Schal über die untere Hälfte seines Gesichts gezogen. Stattdessen trug er eine schwarze Maske. Er nahm ihr kommentarlos die Fesseln an der Hand ab. Nicht, weil er gut zu ihr sein wollte, sondern weil er keine Lust mehr hatte, ihr bei jedem Toilettengang die Handschellen abzunehmen und danach wieder anzulegen.

Immer öfter hatte sie gegen die Wand ihres Gefängnisses geschlagen, damit er sie zum Wasserlassen zur Toilette begleitete. Manchmal musste sie sich lange bemerkbar machen, ehe er zu ihr kam. Ihre Fäuste und Handflächen waren inzwischen rot und brannten vom Schlagen gegen die Wand.

„Erheb dich und setz dich auf die Liege!“, befahl er ihr.

Er selbst blieb natürlich stehen, was die Machtverhältnisse unterstrich. Sie durfte sich nicht stellen. Sie sollte den Kopf in den Nacken legen müssen, um zu ihm aufzusehen.

„Ich bin es leid, dass ich stündlich kommen muss, um dich zu begleiten. Hier hast du einen Eimer. Ich hoffe, du lässt mich künftig in Ruhe“, sagte er und stellte einen schmutzigen Plastikeimer in eine Ecke.

Durch die Maske klang seine Stimme noch dunkler und bedrohlicher.

Wenige Minuten später brachte er ihr zwei Brötchen ohne irgendeinen Belag und eine Flasche Wasser. Beides stellte er wortlos neben sie auf den Fußboden. Emma schaute sprachlos ihr Mittagessen an. Sie konnte nicht glauben, dass das ihr Essen für den ganzen Tag sein sollte.

Zum häufigen Wasserlassen hatte sich im Laufe des Nachmittags ein starkes Durstgefühl eingestellt. Emma wusste, dass dies ein Anzeichen für einen erhöhten Blutzuckerwert war. In der Diabetesschulung hatten sie über die Symptome bei erhöhtem Blutzuckerspiegel gesprochen. Ihr war klar, dass sie sich noch verstärken würden. Übelkeit und Schwindel und danach sogar Bewusstlosigkeit, würden die nächsten Anzeichen sein. Das Reservoir in ihrer Insulinpumpe war wahrscheinlich erschöpft. Sie konnte nichts dagegen unternehmen. Sie hatte weder eine Insulinampulle noch ein Messgerät.

Ihren Entführer hatte sie, seitdem er ihr am Morgen das Essen gebracht hatte, nicht mehr gesehen. Panik breitete sich in ihr aus. Sie musste etwas unternehmen. Auch wenn sie müde war, durfte sie nicht tatenlos liegenbleiben. Mehrmals war sie im Laufe des Tages aufgestanden und zur Tür ihres Gefängnisses gegangen oder zum mit Bretter vernagelten Fenster. Sie versuchte, die Bretter abzuziehen. Doch das war ein sinnloses Unterfangen. So viel Kraft besaß sie nicht. Dann wanderte sie im Raum hin und her. Anschließend ließ sie sich mutlos auf die Liege sinken.

Wieder einmal schob sie die Decke beiseite und rappelte sich auf.

Sie ging erneut zur Tür, die bisher immer verschlossen war und hämmerte mit den Fäusten dagegen. Nichts geschah. Sie fasste den Türgriff und drückte ihn dieses Mal immer wieder wütend nach unten.

Plötzlich sprang die Tür auf. Sie war so sehr überrascht, dass sie einige Schritte zurückwich. Sie wartete darauf, dass ihr Entführer die Tür vollständig aufreißen würde und sie wegen des Lärms, den sie veranstaltet hatte, anbrüllen würde. Doch nichts dergleichen geschah. Langsam näherte sie sich wieder der Tür und zog sie auf. Vorsichtig lugte sie in den Flur. Keine Menschenseele, kein Entführer. Ihr Herz machte einen Freudensprung. Hatte der Entführer vergessen, die Tür abzuschließen? Sollte sie die Möglichkeit haben, dem Gefängnis zu entkommen?

Schritt für Schritt ging sie in den Flur. Am Ende befand sich eine Tür, die ihr Ziel war und ihre Freiheit bedeuten konnte. Möglichst geräuschlos drehte sie an dem runden Drehknopf, um die Tür zu öffnen. Doch weder durch Drehen noch Ziehen ließ sie sich öffnen.

Die vorher empfundene Euphorie war mit einem Schlag verschwunden. Enttäuscht folgte sie dem Flur in die andere Richtung. Rechts und links des Flurs gingen drei Türen ab, die alle verschlossen waren. Nur die Tür zu ihrem kleinen, quadratischen Raum, in dem sie eingesperrt gewesen war, stand offen.

Am Ende des Flurs befand sich ein Fenster. Vielleicht bestand dort die Möglichkeit, zu entkommen. Spinnengewebe und

Schmutz machten eine Durchsicht fast unmöglich. Mit dem Ärmel ihrer Jacke wischte sie eine Stelle frei, sodass sie einen besseren Blick nach draußen hatte.

Was sie sah, war ein Schock für sie. Auch diese Illusion einer Flucht zerplatzte wie eine Seifenblase.

Sie befand sich im ersten Stock eines Hauses. Hinunterspringen oder Klettern war unmöglich.

Sie ging zurück zu ihrer Liege. Dort zog sie die Decke über sich und weinte bitterlich. Nicht einmal den Gestank ihres Lagers nahm sie wahr.

31

Ronni

Ronni und Hubert Gössel konnten ihre Autos nicht direkt vor dem Haus der Reicherts parken, da bereits der Transporter der Techniker dort stand.

„Sehr schönes Haus. Das ist bestimmt nicht billig gewesen“, stellte Ronni fest und sah sich dabei nach allen Seiten um.

„Da stimme ich dir zu. Wie mir die Kollegen berichtet haben, ist Frau Reichert nicht berufstätig. Ihr Mann hat wohl eine exponierte und gut dotierte Position bei einer Bank. Wahrscheinlich hat er daher gute Kreditkonditionen für dieses Haus erhalten“, antwortete Gössel.

„Ich bin gespannt, was das für ein Ehepaar ist. Besonders bin ich neugierig, was er für ein Typ ist“, sagte Ronni und drückte den Klingelknopf.

Es dauerte nur wenige Augenblicke, bis Frau Reichert die Haustür öffnete. Sie war außer Atem. Wahrscheinlich war sie zur Haustür gerannt, vermutete Ronni.

Ronni und sein Kollege stellten sich vor und Frau Reichert bat sie ins Haus.

Sind Sie jemals in ein Zimmer mit mehreren Menschen gekommen und konnten fühlen, wie unbehaglich, nervös und ängstlich die Stimmung war? Im Haus der Reicherts konnte man die spannungsgeladene Atmosphäre geradezu körperlich spüren.

Zwei Kollegen der Technikabteilung hatten am Vorabend die Anlage zur Aufzeichnung eventueller Anrufe und deren Nachverfolgung aufgebaut. Jetzt überprüften sie nochmals die Anlage und standen für Fragen bereit. Ein junger Kollege vom KK 12 für Betrug, Raub und Wirtschaftskriminalität hatte die Nacht im Haus der Reicherts verbracht und kam auf Ronni und Hubert Gössel zu.

„Ich fahre jetzt nach Hause und nehme mir eine Mütze Schlaf. Ich war gestern den ganzen Tag auf den Beinen und dann diese Nacht hier. Ihr seid ja jetzt vor Ort. Mir reicht es."

Ronni konnte ihn verstehen und bedankte sich bei ihm.

Auch die beiden Techniker hatten ihre Arbeit getan und verabschiedeten sich.

Ronni betrachtete Frau Reichert. Sie hatte sich in einen Sessel gesetzt, den Kopf an die Rückenlehne angelehnt. Sie sah übermüdet und von der Anspannung und vom Weinen gezeichnet aus. Ihr Mann saß in dem anderen Sessel. Er wirkte frisch und ausgeschlafen. Vermutlich hatte er im Bett geschlafen, vielleicht auch im Sessel, und am Morgen geduscht.

Ronni überlegte, ob er ihn sofort wegen des vermissten Schlüssels von Anna Lindemann ansprechen sollte. Dann käme natürlich unweigerlich sein Verhältnis zu Anna Lindemann zur Sprache. Sie hatte Ronni gegenüber angedeutet, dass ihre Freundin Carla keine Ahnung von ihrem Verhältnis zu ihrem Mann hatte. In der jetzigen Situation wäre es wahrscheinlich nicht ratsam, solch eine Konfrontation herbeizuführen.

Obschon durchaus die Möglichkeit bestand, dass Sebastian Reichert den Schlüssel bei Anna entwendet hatte, fragte sich Ronni, was er damit bezwecken sollte. Sollte er mit dem

Schlüssel in das Haus von Annas Eltern eingebrochen sein? Dann stellte sich die Frage, weswegen? Er kannte wahrscheinlich die Eltern überhaupt nicht.

Wenn tatsächlich Sebastian Reichert bei den Lindemanns eingebrochen war, stellte sich die nächste Frage: Wieso hätte er das Ehepaar umbringen sollen?

Ronni entschied sich, das Thema Schlüssel vorerst aufzuschieben. Es gab im Augenblick Wichtigeres. Er wollte erst einmal warten, was der Tag in Bezug auf die Entführung von Emma Reichert brachte.

Auch dieses Thema bereitete ihm Kopfzerbrechen. War Emma überhaupt entführt worden oder befand sie sich freiwillig bei irgendjemanden? Die schlimmste Möglichkeit für Emmas Verschwinden wäre, wenn sie umgebracht worden wäre und man irgendwann demnächst ihre Leiche finden würde. Über diese Konstellation wollte Ronni nicht nachdenken – zumindest noch nicht. Was Ronni seltsam fand, war, dass der Mord an dem Ehepaar Lindemann und die Entführung von Emma beinahe zur gleichen Zeit geschahen. Dann war da noch das Verhältnis von Anna, der Tochter der Lindemanns mit Sebastian, dem Vater von Emma. Und schließlich bestand eine Freundschaft zwischen Anna und Carla.

Waren die Verbindungen der beiden Familien Zufall?

Grundsätzlich gab es auf den ersten Blick keinen Zusammenhang der Ereignisse. Aber ich werde jede Möglichkeit im Auge behalten, dachte Ronni.

Der Tag verging mit Warten und Nichtstun. Kein Anruf eines möglichen Entführers, kein Lebenszeichen von Emma. Von Stunde zu Stunde wurde Carla Reichert nervöser. Trotz ihrer sichtbaren Müdigkeit, lief sie im Wohnzimmer auf und ab, rannte in die erste Etage, um kurze Zeit später wieder ins Wohnzimmer zu kommen. Lediglich ihr Mann saß am Esstisch und arbeitete am Computer. Er schien nicht so nervös wie seine Frau zu sein. Wenn man die Ereignisse in der Familie nicht kennen würde, könnte man seinen Zustand als entspannt bezeichnen.

Ronni bat Frau Reichert, ihm das Zimmer von Emma zu zeigen. Vielleicht ergaben sich dort Hinweise, die ihr Verschwinden erklärten. Frau Reichert war dankbar für diese Abwechslung und ging voraus zu Emmas Zimmer.

Das Kinderzimmer, wenn man bei einer Dreizehnjährigen überhaupt noch von einem Kinderzimmer sprechen konnte, war hell und total aufgeräumt – wie das gesamte Haus. Jedes Teil stand an seinem Platz. Ronni hatte nicht den Eindruck, dass es sich um ein Zimmer eines jungen Mädchens handelte. Er konnte sich gut vorstellen, dass nicht die Tochter, sondern die Mutter hier für Ordnung sorgte.

Wie zu erwarten, war auf den ersten Blick kein Hinweis zu entdecken. Vor dem Fenster stand ein Schreibtisch und darauf ein Laptop.

„Den haben wir ihr zum letzten Geburtstag geschenkt. Das war ihr größter Wunsch", erklärte Frau Reichert.

Ronni setzte sich auf den Drehstuhl und zog die beiden Schubladen unterhalb der Arbeitsplatte nacheinander auf. Auch hier lag jedes Teil, wo es hingehörte. Bleistift neben Bleistift und Kugelschreiber neben Kugelschreiber.

Dann öffnete er den Laptop, der durch ein Passwort geschützt war. Frau Reichert nannte es ihm ungefragt. Ronni staunte nicht schlecht, dass die Mutter sogar das Passwort des Laptops ihrer Tochter kannte.

Er gab das Wort ein und Windows 11 öffnete sich. Schnell verschaffte er sich einen Überblick über die Programme und Dateien. Hauptsächlich fand er Dateien, die für den Schulunterricht bestimmt waren, einige Spiele und private Anschriftenlisten und Telefonnummern.

Frau Reichert stand hinter Ronni und schaute ihm über die Schulter.

„Das sind alles Anschriften ihrer Freundinnen und Freunde. Gestern habe ich alle angerufen und nach Emma gefragt. Niemand wusste, wo sie sein könnte", sagte Frau Reichert.

Für Ronni stand damit fest, dass die Mutter auch über den Inhalt des Laptops Bescheid wusste. Es war daher nicht zu erwarten, dass er hier einen Hinweis finden würde.

Er klappte den Laptop zu und verließ zusammen mit Frau Reichert das Zimmer. Im Wohnzimmer blickte Herr Reichert von seinem PC auf und schaute sie fragend an.

„Der Kommissar hat sich Emmas Zimmer angeschaut", erklärte Frau Reichert ziemlich kühl ihrem Mann, der sich daraufhin wieder wortlos in seinen PC vertiefte.

Ronni setzte sich zu seinem Kollegen auf das Sofa. Wie schön wäre es, wenn Frank noch dabei wäre, dachte er wehmütig.

Sie hätten gemeinsame private Interessen und Gesprächsthemen, die die Zeit des Wartens verkürzen würden. Aber das war vorbei – für immer. Er hatte sich vorgenommen, seinen Freund zu besuchen, sobald er operiert war. Bis dahin unterrichtete ihn Susanne über Franks Zustand.

Dass er Frank vermisste, bedeutete nicht, dass er Hubert Gössel nicht mochte. Das Gegenteil war der Fall. Hubert war ein angenehmer Kollege und er hatte das Gefühl, dass er sich hundertprozentig auf ihn verlassen konnte. Er schaute Hubert an, der mit seinem Smartphone beschäftigt war. Wenn er vielleicht offiziell die Stelle von Frank übernimmt, wird sich auch die Beziehung zu ihm sicherlich noch intensivieren, war er überzeugt.

Sebastian Reichert hatte zu Mittag für jeden eine Pizza bestellt. Nach dem Essen saß Frau Reichert wieder im Sessel. Die Augen waren ihr zugefallen und der Kopf auf die Brust gerutscht.

Ihr Smartphone klingelte und ihr Kopf fuhr erschrocken hoch. Noch ein wenig schlaftrunken, suchte sie es mit der Hand auf dem Wohnzimmertisch.

„Das ist meine Freundin Anna“, erklärte sie den beiden Kommissaren und nahm das Gespräch an.

Sie berichtete ihrer Freundin, was geschehen war. Anna fiel aus allen Wolken, als sie hörte, dass Carlas Tochter vermisst wurde, und schien ein wenig beleidigt zu sein, dass Carla sie bisher nicht informiert hatte.

Carla hatte alle möglichen Personen angerufen, mit denen Emma Kontakt hatte. Anna zählte nicht dazu. Emma kannte sie nicht einmal. Meistens besuchte Carla ihre Freundin in Müllekoven, wo sie wohnte oder Anna kam morgens zu Carla, während Emma in der Schule war. Durch die Aufregung hatte Carla vergessen, Anna zu informieren. Das war ihr jetzt peinlich.

„Ich habe bisher nur von meinen Problemen gesprochen. Weswegen rufst du eigentlich an?“, fragte Carla mehr aus Höflichkeit, als aus tatsächlichem Interesse.

„Ach, nichts Besonderes. Ich muss unbedingt mit meinem Bruder sprechen. Ich habe so einen schrecklichen Verdacht. Ich glaube, ich weiß, wo ich ihn finden kann.“

„Wo soll er sich denn aufhalten?“, fragte Carla und heuchelte Interesse vor.

Viel lieber hätte sie aufgelegt. Sie hatte im Moment keinen Kopf für Annas Bruder.

„Irgendwo in Oberlar. Ich glaube auf dem Gelände des ehemaligen Bahnbetriebswerks. Keine Ahnung, wo das ist. Dazu muss ich noch einmal seinen früheren Freund Carsten anrufen. Er kann mir vielleicht Genaueres sagen."

„Dann wünsche ich dir viel Glück. Wenn Emma hoffentlich unbeschadet zurück ist, sprechen wir nochmal miteinander."

„Ja, natürlich. Ich wollte dich sowieso fragen, ob wir uns demnächst treffen können. Ich habe etwas persönliches mit dir zu besprechen. Mir ist klar, dass das jetzt nicht möglich ist. Das können wir aber auch später besprechen. Mein Gott, Carla, du hast im Augenblick wirklich genug Sorgen."

„Das stimmt wohl. Ich muss auflegen, da möglicherweise der Entführer jeden Augenblick anrufen kann."

Die beiden Freundinnen verabschiedeten sich voneinander. Carla hatte nicht einmal gefragt, was Anna mit ihr besprechen wollte. Es dauerte noch nicht einmal drei Minuten und sie hatte das Telefonat mit Anna vergessen. Emma war wieder in den Fokus ihrer Überlegungen gerückt.

Es war inzwischen spät geworden. Draußen war es bereits dunkel. Was hätte sie dafür gegeben, jetzt mit Emma auf dem Sofa zu sitzen, sie zu halten, sie zu umarmen.

Stattdessen musste sie sich zusammenreißen und einen klaren Kopf behalten.

„Ich mache uns etwas zu essen", sagte Carla in der Hoffnung, dass diese Beschäftigung sie etwas ablenken würde und stand auf, um in die Küche zu gehen.

Plötzlich klingelte das Festnetztelefon.

32

Frank Eisenstein

Die Hennefer Gemeinde Stein liegt an der Sieg und wird von der Landstraße 333, auch Siegtalstraße genannt, durchschnitten. Oberhalb des Ortes liegt auf dem Berg die Burg Blankenberg.

Der weiße PKW bog in Stein von der Landstraße ab und fuhr die Serpentinen hoch an der Burg vorbei zum Hennefer Ortsteil Stadt Blankenberg.

Die Stadt Blankenberg mit ihren ungefähr 600 Einwohnern war in der Zeit von 1245 bis 1805 eine eigenständige Stadt. Dann verlor sie diese Stadtrechte. Erst 1953 erhielt sie wieder, als Erinnerung an einstige Freiheiten, den Namen Stadt Blankenberg.

Diese geschichtlichen Eckpunkte interessierten die Insassen des PKW in keiner Weise. Auf den verwinkelten, mittelalterlich wirkenden Straßen des Ortes drosselte der PKW sein Tempo. Auf der anschließenden kurvenarmen Straße nach Süchterscheid beschleunigte er wieder. Im kleinen Ort Oberscheid bog er in die Straße ins Krabachtal ab.

Der Wagen wurde von einer Frau gesteuert. Auf dem Beifahrersitz saß ein aus Griechenland stammender Mann. Sie unterhielten sich angeregt und widmeten der schönen Landschaft keine Beachtung. Die Frau fuhr diese Strecke nicht zum ersten Mal. Am Tag waren die Kurven und die enge Straße kein Problem für sie.

In einer stockfinsteren, regnerischen Nacht sah das anders aus. Keine Laterne, und im Schein der Autoscheinwerfer konnte man sich die Bäume am Straßenrand als furchterregende Gestalten ausmalen. Unbehagen bereitete zudem, dass es im Tal keine Telefonnetzverbindung gab.

Kurz nach Erreichen der Talsohle begegneten sie einer großen Gruppe Wanderer. Sowohl die Frauen, als auch die Männer trugen auf dem Rücken vollbepackte Rucksäcke. Einige Wanderer hatten Fahnen über den Rucksack gebunden, die leicht im Wind hin und her wehten. Unbeeindruckt vom heranfahrenden Auto gingen sie johlend, und mit ihren Wanderstöcken undefinierbar in der Luft wedelnd, über die Straße.

Die Frau bremste den Wagen ab, um der Gruppe das Passieren der Straße zu ermöglichen.

Spontan umkreisten die Wanderer den PKW und begannen, mit ihren Wanderstöcken auf den Wagen einzuschlagen. Als das Fenster auf der Beifahrerseite zerbrach, zog die außer Kontrolle geratene Horde den Beifahrer aus dem Wagen und schlug auf ihn ein. Aus Mund und Nase blutend, packten sie ihn an Armen und Beinen und schleuderten ihn in den Graben neben der Straße.

Währenddessen versuchte ein Teil der Wanderer, den Wagen hochzuheben. Immer mehr Wanderer schlossen sich ihnen an, bis die Hinterräder vom Boden abhoben.

Die Fahrerin fürchtete wahrscheinlich um ihr Leben und gab Vollgas. Unter dem Gejohle der Wanderer und unter Beschimpfungen übelster Art, raste sie durch das Tal und die Serpentinen in Richtung Eitorf hoch.

Über der gesamten Aktion kreiste der ADAC-Hubschrauber, der wegen der Bäume und der engen Straße keine Möglichkeit hatte, zu landen und einzugreifen. Als Beweismittel filmte der zweite Pilot die Ereignisse.

Frank Eisenstein lag in einem großen, lichtdurchfluteten Raum im Bett. Er war allein und auf dem großen Fernsehbildschirm an der Wand gegenüber lief der Film, den der ADAC-Pilot im Krabachtal aufgenommen hatte.

Er sah die johlende und schreiende Menschenmenge, wie sie mit den Wanderstöcken auf einen weißen VW einschlugen und wie sie den Beifahrer aus dem Wagen zerrten. Dann heulte der Motor des Wagens auf und startete nach vorne. Er fuhr direkt auf die vor ihm befindlichen Wanderer zu. Die Menschenmenge stob auseinander. In dieser Situation wurde der Wagen frontal von der Kamera des Hubschrauberpiloten erfasst.

Eisenstein erstarrte. Das war der PKW von Susanne! Ein weißer VW T-Cross. Hinter dem Steuer war ganz deutlich Susanne zu erkennen. Als der Wagen die Talsohle verließ, endete der Film, um sofort erneut wieder zu beginnen. Und wieder die schreiende Menschenmenge, wieder der Mann, der aus dem Wagen gezerrt wurde und am Ende wieder Susanne hinter dem Steuer. Wenn der Film endete, begann er ohne Unterbrechung erneut – wie in einer Endlosschleife.

Eisenstein wurden die Bilder unerträglich. Er schrie immer wieder, man möge das Fernsehgerät abschalten. Nichts geschah. Er konnte sich den Bildern nicht entziehen. Nach endlos scheinenden Stunden schlief er vor Erschöpfung ein.

***

Frank Eisenstein lag ruhig im Bett im Krankenhaus in Bonn-Beuel. Ab und zu zuckte sein Körper. Er hatte wieder schlimme Halluzination gehabt. Hauptakteur war dieses Mal nicht er selbst, sondern seine Lebenspartnerin Susanne. Bewusst waren ihm diese Halluzinationen nicht. Sie hatten sich aber in seinem Unterbewusstsein eingebrannt. Erst wenn er aus dem Koma erwacht sein würde, würde er sich daran bis ins kleinste Detail erinnern. Er würde glauben, dass es sich um erlebte Wirklichkeit gehandelt hatte. Lange Zeit würde er benötigen, zu begreifen, dass es sich bei den Erlebnissen lediglich um Halluzinationen in seinem Kopf gehandelt hatte.

Im Gegensatz zum ursprünglichen Plan, hatten die Ärzte begonnen, ihn langsam aus dem künstlichen Koma zurückzuholen. Am nächsten Tag sollte die Verlegung in die Universitätsklinik erfolgen.

Die Blutung im Hals- und Nasenbereich hatte etwas nachgelassen. Ein vollständiges Stoppen der Blutung konnte jedoch nicht erfolgen und würde erst in der Uniklinik möglich sein.

Dort erwartete ihn danach eine schwere Herzoperation.

Sollte es danach aufwärts gehen? Eine Prognose wollte und konnte niemand abgeben. Die Ärzte würden ihr Bestes geben. Würde das ausreichen?

33

Carla

Alle Anwesenden im Zimmer sprangen auf und schauten auf Carla. War das der Anruf, auf den alle gewartet hatten?

„Bleiben Sie ganz ruhig. Diskutieren Sie nicht mit dem Anrufer. Wenn es geht, versuchen sie, durch Fragen das Gespräch in die Länge zu ziehen, damit wir den Anruf verfolgen können“, sagte Ronni möglichst unaufgeregt.

Sie hatten im Laufe des Tages ausgiebig besprochen, wie sie sich im Gespräch verhalten sollte und was sie sagen könnte. Theoretisch war sie gut vorbereitet. Sie wusste, dass alle im Raum das Gespräch mitanhören würden und dass es aufgezeichnet wurde. Aber wie würde das Gespräch in echt verlaufen? Behielt sie ihre Emotionen unter Kontrolle?

Es klingelte zum zweiten Mal. Das Display zeigte an, dass es sich um einen unbekannten Anrufer handelte.

Carla nickte Ronni zu und atmete tief ein und aus.

Es klingelte erneut.

Carla nahm den Hörer ab und meldete sich. Ihre Hand mit dem Telefonhörer zitterte ein wenig.

„Guten Abend Frau Reichert“, sagte eine männliche Stimme.

Carla vernahm ein Geräusch, das wie ein leises Kichern des Anrufers klang.

„Ich habe Ihre Tochter“, sagte der Anrufer emotionslos.

Es war eine helle Stimme ohne einen Akzent. Wahrscheinlich handelte es sich um einen jungen Mann.

„Wie geht es ihr? Sie ist krank. Kann ich mit ihr sprechen?“, fragte Carla, wie mit Ronni besprochen.

„Stellen Sie keine Fragen. Ihre Tochter lebt – noch. Wenn Sie sie zurückhaben wollen, erfüllen Sie meine Forderungen.“

„Ja, natürlich. Lassen Sie mich kurz mit ihr sprechen – nur ganz kurz. Bitte!“, flehte Carla eindringlich.

„Seien Sie still und hören Sie zu. Ich verlange zweihunderttausend Euro. In kleinen Scheinen. Kein Schein größer als einhundert Euro. Morgen Abend vierundzwanzig Uhr übergeben Sie das Geld.“

„So viel Geld haben wir nicht. Wir haben ein Haus, das wir abzahlen. Wir haben jede Menge Schulden. Wo sollen wir zweihunderttausend Euro herholen – und dann bis morgen Abend?“

„Jammern Sie nicht. Ihr Mann ist bei der Bank beschäftigt. Er weiß, wie er an das Geld kommt. Und keine Polizei. Die Polizei bei Ihnen im Haus soll verschwinden – sofort!“

„Ja, ja. Wir versuchen alles, damit Emma nichts geschieht und wir sie gesund zurückerhalten. Aber sie benötigt unbedingt schnell Insulin.“

„Wenn ich das Geld habe, lass ich sie übermorgen frei. Bis dahin wird sie wohl aushalten.“

„Oje! Bitte geben Sie ihr viel Wasser zu trinken. Keine Cola oder sonstige zuckerhaltige Getränke. Auch keine zuckerhaltigen Nahrungsmittel. Möglichst Gemüse ...“

„Hören Sie auf! Das Gespräch dauert schon viel zu lange“, unterbrach der Anrufer Carla entschieden.

„Im Hohlstein, den Sie bestimmt kennen, finden Sie einen Zettel mit den Anweisungen, wie und wo Sie das Geld übergeben. Holen nur Sie den Zettel. Und nochmals: Keinerlei Infos an die Polizei!“

Damit war das Gespräch beendet. Der Anrufer hatte aufgelegt.

Carla legte den Hörer hin. Sie war emotional erschöpft. Ihre Tochter in den Händen von Entführern. Das war zu viel für sie. Wenn Sie bisher noch eine geringe Hoffnung hatte, dass sich alles zum Guten wenden könnte und Emma unversehrt bei ihnen auftauchen würde, war diese Hoffnung jetzt dahin.

„Sie haben gehört, keine Polizei“, schaltete sich Carlas Mann zum ersten Mal ein.

„Ich gehe zum Hohlstein und wenn ich zurückkomme, möchte ich keine Polizei mehr im und vor dem Haus sehen“, fügte er noch hinzu.

„Aber wir könnten doch ...“, versuchte Ronni seine Entscheidung umzukehren.

„Nein, verschwinden Sie. Ich möchte nicht, dass Sie das Leben meiner Tochter gefährden.“

Ronni nickte. Er musste die Entscheidung der Eltern akzeptieren, auch wenn er aus langjähriger Polizeiarbeit wusste, dass diese Entscheidung nicht richtig war.

Carla sprang auf und baute sich vor ihrem Mann in voller Größe auf.

„Du bleibst hier. Du hast doch gehört, nur ich soll die Informationen holen“, entschied sie energisch.

Sie schien den ersten Schock überwunden zu haben und fühlte sich stark genug, allein die Forderung des Entführers zu erfüllen.

„Bitte Herr Kern, befolgen Sie die Anweisungen des Entführers und lassen Sie uns allein, denn wir wollen unsere Tochter unbedingt gesund zurückhaben“, bat Carla wesentlich freundlicher als kurz zuvor ihr Mann.

Ronni versuchte noch, Frau Reichert umzustimmen, aber er wusste schon, dass dieser Versuch zwecklos sein würde. Er hatte keine Handhabe, weiterhin in die Entführung einbezogen zu werden. Die Eltern wollten allein das Risiko tragen, auch wenn er das alles andere als gut fand. Demzufolge packten sie ihre Technik ein und verließen das Haus der Reicherts.

Als Carla und Sebastian allein waren, sagte Sebastian zu seiner Frau: „Okay, du holst den Zettel mit den Anweisungen und ich telefoniere mit jemandem von der Bank. Wir müssen damit nicht bis morgen warten. Ich kenne den Vorstandsvorsitzenden und noch jemand vom Vorstand ganz gut. Ich habe die privaten Telefonnummern. Die werden uns helfen und das Geld zur Verfügung stellen.“

Carla nickte nur, ging zur Garderobe im Flur und zog sich eine Jacke an. Aus einer Schublade nahm sie eine Taschenlampe, denn draußen war es dunkel und wer wusste schon, wo sie am oder in den Nischen des Hohlsteins suchen musste, um den Zettel zu finden. Dann machte sie sich auf den Weg.

Es dauerte nur wenige Minuten, bis sie die Umrisse des Quarzitsteins sah. Sie lief den Berg hinunter und leuchtete dabei den Stein an. In der Dunkelheit und im Strahl der Taschenlampe wirkte er auf sie unheimlich und gespenstisch.

Sie begann sofort mit der Suche. Die Rückseite des Steins, die sie als erstes erreichte, war glatt und hatte nur einige kleinere Löcher. Langsam ließ sie den Lichtstrahl darüber gleiten. Ein Papier war nicht zu entdecken.

Sie ging um den Stein herum zur Vorderseite, die eine riesige Höhlung aufwies. Mit gebeugtem Oberkörper leuchtete sie in die Höhle. In der hinteren Ecke schimmerte etwas Weißes. Das konnte ein Blatt Papier sein. Auf allen vieren kroch Carla schnell soweit es ging in die Höhle, die, je weiter sie hineinkroch, immer enger wurde. In ihrer Eile stieß sie sich heftig den Kopf an dem Stein über ihr. Sie spürte den Schmerz nicht einmal. Sie hatte nur das Stück Papier im Auge, auf dem die Anweisungen stehen würden, ihre Tochter zurückzuerhalten. Mit der ausgestreckten Hand erreichte sie das Papier und zog es an sich.

So schnell es ging, kroch sie rückwärts aus der Höhle. Als sie wieder aufrecht stehen konnte, faltete sie das Papier auseinander.

Der Text war in verhältnismäßig großer Schrift mit einem PC geschrieben. Die Anweisungen waren kurz, aber eindeutig und verständlich.

Carla las den Text schnell. Einmal, dann noch einmal.

Verdammt, ist der Kerl verrückt? Wie soll ich das schaffen?, sagte sie zu sich selbst.

34

Ronni

Ronni öffnete die Augen. Um ihn herum herrschte vollkommene Dunkelheit. Er lag auf dem Rücken und starrte gegen die Zimmerdecke. Wann war er ins Bett gegangen? Er erinnerte sich nicht mehr. Sein Kopf fühlte sich an wie Watte. Plötzlich änderte sich das Gefühl und sein Kopf schmerzte, als hätte er einen Schlag abbekommen. Wieso schmerzt mein Kopf?, dachte er. Auch auf diese Frage fand er keine Antwort. Seine Hände lagen auf der Bettdecke. Er wollte den Arm heben und mit der Hand die schmerzende Stelle abtasten, aber er bekam den Arm nicht hoch. Was ist los mit meinem Arm? Wieso kann ich ihn nicht heben? Fragen über Fragen, auf die er keine Antwort fand.

Seine Gedanken waren wie ein Gummiband. Immer wieder kamen sie zu den gleichen Fragen zurück: Wann bin ich ins Bett gegangen? Wieso schmerzt mein Kopf? Was ist mit meinen Armen?

Hatte er nicht von einer Studie gelesen, die besagte, dass die Gedächtnisleistung im Dunkeln nachlässt? Obschon die Studie sich auf Untersuchungen bei Ratten bezog, hatte er die Vermutung, dass das Ergebnis auch auf ihn zutraf.

Er wollte sich auf die Seite drehen. Auch das misslang. Er war wie ans Bett gefesselt. Er versuchte, nach rechts, dann nach links zu schauen. Außer der Dunkelheit, die ihn umgab, konnte er nichts sehen. Er schloss die Augen.

Eine Unruhe überkam ihn. Sein Herz hämmerte gegen seine Brust und er konnte die Schläge bis in seinen Hals fühlen. Er riss die Augen auf. Ein einziger Lichtstrahl, der seinen Ursprung irgendwo an der Zimmerdecke hatte, ließ die Umrisse im Zimmer diffus und konturlos erscheinen.

Er lag auf der linken Seite. Wie war das möglich? Vorhin war er nicht in der Lage, sich zu drehen und jetzt lag er plötzlich auf der Seite.

Was ist mit mir los, was geschieht hier?, überlegte er.

Er versuchte den Schleier, den Nebel zu durchdringen.

Am Rand seines Blickfeldes bewegte sich etwas. Es wirkte wie eine dunkle Gestalt, die in einen schwarzen Umhang gehüllt war. Neben ihm musste sich das Bett von Susie befinden. Er tastete mit der Hand dorthin. Er war erstaunt, dass seine Hand ihm gehorchte. Das Bett war leer.

Die Gestalt drehte ihm für einen kurzen Augenblick das Gesicht zu. Ein hageres, ausgezehrtes Gesicht mit tief in den Höhlen liegenden Augen schaute ihn an – wie der Tod.

Er schloss wieder die Augen, denn er wollte das nicht sehen, was er gerade sah. Als er sie wieder öffnete, bewegte sich die Gestalt auf ein Möbelstück am Ende seines Bettes zu. Was war das für ein Möbelstück. Er strengte seine Augen an. Dann erkannte er es. Es war ein Kinderbett.

Ihn erfasste eine ohnmächtige Angst. Warum tat er nichts? Er wollte – wollte sich erheben – aber es ging nicht.

Stattdessen spürte er einen Druck auf den Kehlkopf, als wenn ihm jemand die Kehle zudrücken würde. Seine Lunge schmerzte. Er hob vom Bett ab und schwebte. Er blickte von oben auf die Szenerie unter sich und sah, wie die schwarze

Gestalt einen Säugling aus dem Bett zerrte und unter seinen Umhang steckte.

Noch einmal wandte ihm die Gestalt das Gesicht zu.

Er erschrak bis ins Mark. Es war das Gesicht von Frank Eisenstein.

Er schlug hart auf den Boden auf und versank in bodenlose Schwärze.

35

Emma

Emma lag auf der Liege und träumte vor sich hin. Sie hörte, wie der Regen gegen das Fenster prasselte. Von draußen drang kein Lichtstrahl mehr herein. In dem Raum war es stockfinster. Sie hatte keine Ahnung, wie spät es war. Der Mann hatte ihr nicht nur ihren Rucksack abgenommen, sondern auch ihre Uhr. Durch den Regen wurde es in dem Raum kalt. Ein richtiger Herbsttag. Sie zog sich die stinkende Decke bis zum Kinn hoch. An den Geruch, den die Decke verströmte, hatte sie sich gewöhnt und roch ihn nicht mehr.

Sie war nur noch müde. Der vergebliche Ausbruchsversuch hatte ihr alle Energie genommen. Sie musste ihren ganzen Willen und all ihre Kraft aufbieten, um zum Wasserlassen aufzustehen. Anfangs hatte der Mann sie zur Toilette begleitet. Da sie inzwischen alle zwei Stunden Wasser lassen musste, hatte er ihr einen Eimer in eine Ecke des Zimmers hingestellt, den er einmal am Tag entleerte. Sie fand das eklig, aber sie hatte keine Wahl. Hinzu kam dieser Schwindel, wenn sie aufstand und die sich über den ganzen Tag erstreckende Übelkeit. Sie wusste, dass das Folgen des fehlenden Insulins waren.

Sie schloss die Augen. Ihre Gedanken glitten ab in vergangene Zeiten, als Mama und Papa sich noch geliebt hatten. Aber das war schon lange her.

Damals, sie war vielleicht acht Jahre alt, war es auch Herbst gewesen. Es hatte geregnet und war kalt wie jetzt. Sie erinnerte sich genau. Sie war froh und glücklich, dass sie drinnen im Trockenen saß. Sie wünschte sich, dass ihr Papa Feuer im Kamin anmachen würde und Mama ihr einen heißen Kakao bringen und ihr aus ihrem Lieblingsbuch vorlesen würde. Sie sah vor ihren Augen, wie die Tür aufging und Papa Holzscheite brachte und das Feuer im Kamin anzündete.

Die traurige Realität überschattete für kurze Zeit ihre Erinnerungen. Ihr Bewusstsein nahm wieder ihr trostloses, kaltes Gefängnis und den gegen das Fenster prasselnden, inzwischen stärker gewordenen Regen wahr.

Sie stellte sich vor, wie sie sich damals zu Hause auf die Couch kuschelte und wie das Feuer im Kamin knisterte und eine wohlige Wärme verströmte. Mama kam herein mit drei Tassen duftendem Kakao, die sie auf den Tisch stellte. Eine für sie, eine für Papa und eine für sich selbst. Sie nippte an dem warmen Kakao und schaute dem züngelnden Feuer, und durch die Fensterscheibe dem Regen zu. Mama stand auf.

„Es ist sehr warm hier drinnen. Ich öffne kurz das Fenster und dann werde ich dir eine Geschichte vorlesen“, sagte sie.

Sie lief zum Fenster und streckte den Arm in den Regen. Nachdem Mama das Fenster wieder geschlossen hatte, kuschelten sich alle drei auf der Couch und Mama nahm das Buch.

„Welche Geschichte möchtest du hören?“, fragte sie, obschon sie Emmas Antwort bereits kannte.

„Aschenputtel“, sagte diese wie immer.

Das war damals ihre Lieblingsgeschichte gewesen. Sie mochte es, wenn Aschenputtel das Bäumchen auf dem Grab ihrer Mutter schüttelte und die von ihr gewünschten schönen Kleider plötzlich vor ihr lagen. Wenn sie im Schloss mit dem

Prinzen tanzte, der sie später von zu Hause abholte und als seine Frau mit auf das Schloss nahm.

Die Erinnerungen verblassten. Es gab keine schönen Kleider mehr und auch keinen Prinzen, der sie hier herausholte.

Ihre Arme und Beine schmerzten. Jede Bewegung fiel ihr schwer. Sie hatte das Gefühl, dass sich Arme und Beine versteiften und ihr den Dienst versagten.

Was hatte der Mann gesagt? „Wenn deine Eltern mitmachen, bist du wieder frei." Was der Mann mit „mitmachen" meinte, konnte sie sich nicht vorstellen. Natürlich werden Mama und Papa mitmachen, machte sie sich Mut. Es wird bestimmt nicht mehr lange dauern, bis Mama und Papa mich abholen werden, war sie überzeugt.

Plötzlich ging die Tür auf und der Mann kam herein. Er leuchtete sie mit der Taschenlampe an. Schemenhaft nahm sie wahr, dass er wieder diese Maske trug. Das bereitete ihr Angst.

Aus einer Umhängetasche nahm er eine Flasche Wasser und stellte sie auf den Boden. Daneben legte er ein mit Käse belegtes Brötchen.

„Damit du nicht verhungerst und bei Kräften bleibst", sagte er und kicherte dabei, wie er es immer tat, wenn er zu ihr sprach.

„Ich werde diese Nacht nicht hier sein. Wenn du Glück hast, kannst du morgen nach Hause. Das hängt ganz allein von deiner Mutter ab."

Emma wollte noch fragen, wieso das von ihrer Mutter abhing, aber sie kam nicht mehr dazu. Der Strahl der Taschenlampe wanderte von ihr zur Tür und der Mann verließ den Raum.

Wegen der Schmerzen an Armen und Beinen fiel es ihr schwer, das Brötchen aufzuheben. Sie legte es neben sich auf die Liege.

Sie würde es später essen. Im Moment hatte sie keinen Hunger. Die Aussage des Mannes beschäftigte sie zu sehr, als dass sie jetzt essen konnte.

Nachts hatte sie öfter ein leises Piepsen gehört. Als sie einmal mit ihrer Mutter abends Holz vom Holzunterstand für den Ofen geholt hatte, hatte es genauso gepiepst. Ihre Mutter sagte ihr, dass das Mäuse seien, die aber harmlos wären. Daher ging sie davon aus, dass nachts auch Mäuse durch das Zimmer und unter ihrer Liege umherliefen. Indem sie das Brötchen auf die Liege legte, wollte sie vermeiden, dass die Mäuse es anknabberten.

Sie sehnte sich nach dem Tag, wenn ihre Mutter in der Tür stehen würde, um sie abzuholen und sie ganz fest in die Arme nehmen würde.

36

Carla

Carla erreichte keuchend ihr Haus. Sie war den Berg vom Hohlstein bis nach Hause gelaufen. Es dauerte, bis sie ihren Haustürschlüssel in ihrer Jackentasche fand. Vor Aufregung fand sie nicht sofort das Schlüsselloch. Als sie endlich die Haustür geöffnet hatte, zog sie im Hausflur ihre Jacke aus und warf sie achtlos in eine Ecke. Dann stürmte sie ins Wohnzimmer.

Ihr Mann saß im Wohnzimmer im Sessel. Er wirkte wie immer gelassen, als ginge ihn das alles nichts an. Er erhob sich nicht einmal, als Carla vor ihm stehen blieb.

„Hast du einen Zettel gefunden?“, fragte er.

„Ja, was denkst du, was das hier ist? Das sind die Anweisungen für die Geldübergabe“, beantwortete sie ihre eigene Frage.

Mit erhobenem Arm wedelte sie das gefaltete Blatt Papier in der Luft.

„Und? Wo und wann soll sie erfolgen?“

„Morgen, um Mitternacht. Hast du mit deinen Kollegen telefoniert? Bekommst du das Geld?“

„Ich habe alles geklärt. Morgen Mittag hole ich das Geld. Dann haben wir noch bis zur Übergabe genügend Zeit. Wo soll die denn erfolgen?“, frage Sebastian und blieb noch immer im Sessel sitzen.

„Ich lese dir vor, was hier steht.“

Carla faltete das Blatt auseinander und begann:

„Hallo, Frau Reichert,

Mittwoch – 24:00 Uhr – Pünktlich!

Kreisverkehr vor Altenrath.

Fahren Sie genau ab 24:00 Uhr immer im Kreisverkehr rund, bis ein roter Opel hinter Ihnen auftaucht. Fahren Sie dann ganz außen und lassen den Opel links neben sich. Öffnen Sie Ihr Seitenfenster und werfen Sie einen Rucksack mit dem Geld durch das Fenster in das geöffnete Seitenfenster des Opels.

Sollte das schiefgehen, haben Sie und Ihre Tochter ein Problem. Versuchen Sie nicht, dem Wagen zu folgen. Fahren Sie nach Hause und warten Sie auf einen Anruf, wo Sie Ihre Tochter abholen können.“

„Hier, kannst du selbst lesen“, fauchte Carla und warf das Blatt Papier Sebastian auf den Schoß.

Sie war fertig mit ihren Nerven. Sie sank auf das Sofa und Tränen rannen über ihre Wangen.

„Ich weiß nicht, ob ich das schaffe. Du hast gelesen, wenn das schiefgeht, sehen wir Emma nicht wieder“, schluchzte sie.

„Es gibt keine andere Möglichkeit. Auf dem Blatt steht, dass du das Geld überbringen sollst. Ich würde auch fahren, aber du schaffst das“, machte ihr Mann ihr zum ersten Mal Mut.

Carla schaute ihn überrascht an.

„Genau. Ich schaffe das – für Emma“, sagte sie bestimmt und wischte sich die Tränen mit dem Ärmel ab.

37

Ronni

Ronni war auf dem Weg zur Dienststelle.

Der Traum der vergangenen Nacht steckte ihm noch in den Knochen. Außerdem schmerzte sein Rücken vom Sturz aus dem Bett. Er hatte Susie beim Frühstück nichts davon erzählt. Er wollte sie nicht beunruhigen. Wahrscheinlich hätte sie wieder irgendwelche folgenschwere Anzeichen in dem Traum gesehen. Er war Realist und wusste, dass so ein Traum für ihre Zukunft ohne Bedeutung war. Selbstverständlich spielten die Ereignisse der letzten Tage eine Rolle in dem Traum. Der Schlag auf seinen Kopf, als er nochmals zum Haus der Lindemanns gefahren war, und natürlich Frank und die bevorstehende Geburt. Er konnte nicht leugnen, dass ihn diese Ereignisse belasteten.

Er stand an einer Ampel. Ein lautes Hupen hinter ihm riss ihn aus seinen Überlegungen. Er schob die Gedanken beiseite und fuhr schnell an. Im Rückspiegel sah er, wie ein Mann im Auto hinter ihm ungeduldig mit den Armen gestikulierte.

Das Telefon klingelte. Er fluchte leise, denn er hatte keine Lust, das Gespräch anzunehmen.

Auf dem Display der Freisprechanlage sah er, dass es sich bei dem Anrufer um seinen Kollegen Hubert Gössel handelte. Er drückte auf den grünen Knopf und nahm das Gespräch an.

„Morgen Ronni, liegst du noch im Bett oder bist du schon auf dem Weg ins Büro?", fragte Hubert Gössel gut gelaunt.

Er verdrängte die Erinnerungen an die Nacht und versuchte genauso gut gelaunt zu wirken wie Gössel.

„Du Scherzkeks. Natürlich bin ich auf dem Weg ins Büro. Ich bin in Siegburg. In zehn Minuten bin ich da. Was gibt es denn so früh am Morgen?"

„Es herrscht dicke Luft! Schmitz, unser Chef, tobt. Er will dich sofort sehen. Ich hatte bereits das Vergnügen."

Gössel klang nicht mehr gut gelaunt. Es hörte sich an, als wäre ihm eine Laus über die Leber gelaufen.

„Na, wenn ich dich höre, scheint das kein Vergnügen gewesen zu sein."

„Er will wissen, wie der Stand der Dinge bei dem Mord des Ehepaares in Troisdorf ist und ob wir in der Entführungssache etwas Neues wissen. Ich habe ihm gesagt, dass es in den Mordfällen nichts Neues gibt und dass wir bei der Entführung raus sind, da die Eltern des Mädchens keine Polizei dabeihaben wollen. Dass wir praktisch auf der Stelle treten. Dann ist er fast ausgerastet und hat mich gefragt, was wir denn den ganzen Tag machen? Wenn dem Mädchen etwas passiert, dann sind wir daran schuld, hat er gesagt."

„Solche Sprüche sind normalerweise nicht seine Art. Ich glaube, jemand macht ihm Druck."

„Das glaube ich auch. Ich kann mir vorstellen, dass der Staatsanwalt ihm gehörig Feuer macht. Wahrscheinlich auch die Presse."

„Okay, ich freue mich schon auf das Gespräch mit ihm. Wir sehen uns später."

Ronni beendete das Gespräch. Er war verärgert und schlug mit der Handfläche auf das Lenkrad. Was sollte er Schmitz anderes sagen, als Hubert ihm bereits gesagt hatte? Er hatte keine Lust auf eine sinnlose Diskussion.

Bei der nächsten Gelegenheit änderte er seine Fahrtrichtung und fuhr auf die A 59 in Richtung Köln. Sollte Schmitz doch warten. Vielleicht regte er sich im Laufe des Tages ab.

Gestern Abend, nachdem er und seine Kollegen das Haus der Reicherts verlassen hatten, beschloss er, im Laufe des folgenden Tages nach Duisburg zu fahren. Dort wollte er seinen alten Freund Professor Kunze besuchen. Er hatte vor, mit ihm über den Mordfall und über die Entführung zu sprechen. Als Ronni noch in Duisburg arbeitete und auch in den ersten Jahren seiner Tätigkeit in Bonn, hatten sie manchmal über den einen oder anderen Fall gesprochen. Der Professor war ihm in den meisten Fällen eine gute Hilfe.

Jetzt hätte er sich gerne wie bisher mit Frank besprochen, aber das war leider nicht möglich. Frank lag im Krankenhaus und hatte andere Probleme. Ronnis Ermittlungen waren im Gegensatz zu Franks Problemen eine Bagatelle.

Professor Kunze und seine Frau bewohnten außerhalb von Duisburg ein sehr schönes Einfamilienhaus, das von einem großen Grundstück umgeben war. Kinder hatten sie keine.

Professor Kunze war Dozent an der Hochschule für Polizei und öffentliche Verwaltung Nordrhein-Westfalen am Standort Duisburg gewesen. In der Zeit, als Ronni noch in Duisburg wohnte und dort studierte, besuchte er oft Vorlesungen von Professor Kunze. Inzwischen war dieser im Ruhestand. Der freundschaftliche Kontakt zu dem Siebzigjährigen bestand bis heute. Im Laufe der Jahre wurde der persönliche Kontakt jedoch seltener.

Ronni parkte direkt vor dem Haus und warf aus dem Auto einen Blick auf das Haus und das riesige Grundstück. Vor

Zeiten waren der Vorgarten und auch der Garten neben und hinter dem Haus ein Blumenmeer gewesen. Mittlerweile waren die Blumen einem gepflegten Rasen gewichen. Seitdem der Professor vor Jahren einen Autounfall erlitten hatte und an den Rollstuhl gefesselt war, konnte er sich dem Garten nicht mehr so widmen, wie er es gerne getan hätte.

Ronni stieg aus dem Auto und folgte dem, mit einem Altstadtpflaster gestalteten Weg zum Hauseingang.

Frau Kunze öffnete ihm die Tür und empfing ihn mit einem strahlenden Lächeln.

„Wie schön, dass Sie uns wieder einmal besuchen. Gut sehen Sie aus. In meiner Erinnerung sehe ich Sie immer noch als jungen Mann und Student."

Wie ihm schien, hatte Ronni die Frau des Professors ewig lange nicht mehr gesehen, da er sich immer mit ihrem Mann verabredet hatte. Von unterwegs hatte er angerufen und gefragt, ob er auf ein kurzes Gespräch mit ihrem Mann vorbeikommen könne.

„Entschuldigen Sie den kurzfristig angemeldeten Besuch, aber wie ich am Telefon bereits sagte, würde ich gerne Ihren Mann sprechen."

„Kommen Sie herein. Mein Mann freut sich bestimmt, Sie zu sehen."

Frau Kunze begleitete Ronni in den Wintergarten, wo ihr Mann anscheinend schon auf ihn wartete.

„Hallo Ronni, ich freue mich, Sie zu sehen. Ich glaube, das ist schon ewig her, als Sie das letzte Mal hier waren. Kommen Sie, setzen Sie sich. Wie geht es Ihnen?"

Ronni ließ sich auf einem Sessel, dem Professor gegenüber nieder.

„Danke, mir geht es gut. Wie geht es Ihnen?“, fragte Ronni zurück und schaute dabei etwas besorgt auf den Rollstuhl des Professors.

„Bis auf dieses Ding hier geht es mir gut“, antwortete der Professor und schlug mit beiden Händen auf die Armlehnen seines Rollstuhls.

Ronni wusste, dass der früher sehr aktive Professor es nicht verwinden konnte, an den Rollstuhl gefesselt zu sein. Das schien sich bis heute nicht geändert zu haben.

„Trinken Sie ein Glas Wein mit mir? Ich habe da einen geschmackvollen Rotwein aus der Pfalz. ‚Black Print‘, trocken, kräftig und fruchtig. Der wird Ihnen schmecken.“

Ronni stimmte gerne zu, denn er wusste, dass Kunze gerne einen Wein mit seinen Besuchern trank. Der Professor rollte zu einem kleinen Schrank und entnahm dort eine Flasche Wein, die er routiniert entkorkte.

Nachdem er eingeschenkt hatte, prosteten sie sich zu.

„Und? Schmeckt er?“, fragte der Professor und sah Ronni erwartungsvoll an.

„Ja, der schmeckt wirklich sehr gut. Ich weiß, dass Sie einen guten Geschmack haben“, bestätigte Ronni.

„Das freut mich. Nun, was führt Sie zu mir? Sie sind doch nicht gekommen, ein Glas Wein mit mir zu trinken und womöglich eine Partie Schach mit mir zu spielen, obschon wir das auch nochmal machen sollten.“

„Ja, das sollten wir. Aber Sie haben recht. Deswegen bin ich nicht hier. Ich benötige wieder einmal Ihren Scharfsinn.“

„So kenne ich Sie. Höflich, und zuerst einmal ein Kompliment. So, dann schießen Sie mal los und berichten mir, worum es geht“, grinste der Professor, wurde aber sogleich wieder ernst.

Ronni erzählte zuerst, dass Frank Eisenstein inzwischen pensioniert war und sich mit einer schweren Herzerkrankung im Krankenhaus befand. Professor Kunze, der Frank Eisenstein ebenfalls gut kannte, war darüber sehr bestürzt und wünschte ihm aufrichtig gute Besserung. Auch von seinen werdenden Vaterfreuden erzählte er dem Professor.

„Das freut mich für Sie und Ihre Frau. Gratulieren darf ich noch nicht. Sie rufen mich aber an, wenn das Kind geboren ist. Ich möchte einer der ersten Gratulanten sein."

Dann kamen sie auf den Grund von Ronnis Besuch zu sprechen. Dieser berichtete ihm ausführlich alle Details der Morde an dem Ehepaar Lindemann und der Entführung der Tochter der Familie Reichert.

„Das hört sich tatsächlich nicht gut an."

Professor Kunze trank einen Schluck Wein und schaute aus dem Wintergarten auf seinen Garten. Ronni sah, dass er angestrengt überlegte.

„Wir tappen völlig im Dunkeln, obschon ich von meinem Bauchgefühl meine, dass beide Fälle miteinander zu tun haben", unterbrach Ronni die Gedanken des Professors.

„Ja, das sehe ich auch so. In einer kleinen Stadt wie Troisdorf zwei solche schwerwiegende Fälle fast zur gleichen Zeit, kann ich mir nicht vorstellen. Gibt es keinerlei Zusammenhänge? Auch nicht den Hauch einer Gemeinsamkeit?"

„Der Vater der kleinen Emma hat ein Verhältnis mit der Tochter der Lindemanns. Ich habe darüber mit dem Vater noch nicht gesprochen. Als wir auf den Anruf des Entführers warteten, schien mir das ein unpassender Zeitpunkt zu sein, denn die Ehefrau ist scheinbar völlig ahnungslos."

„Da haben wir doch eine Gemeinsamkeit. Darauf müssen wir aufbauen. Sie sagten, das Haus der Lindemanns war total aufgeräumt, nicht durchwühlt, wie es nach einem Einbruch vielfach ist. Und an der Haustür sind keine Einbruchsspuren. Sie gehen davon aus, dass der Täter einen Schlüssel hatte oder von den Lindemanns hereingelassen wurde."

„Genauso ist es", bestätigte Ronni.

„Weswegen bricht jemand in ein Haus ein, wenn er nichts stiehlt? Er sucht etwas. Wenn wir davon ausgehen, dass der Täter einen Schlüssel hatte, müssen wir weiter davon ausgehen, dass er sich im Haus auskannte. Wer kannte sich im Haus aus?"

„Der Sohn und die Tochter", beantwortete Ronni die Frage.

„Was sucht man in einem Haus, wenn man keine Gegenstände mitnimmt? Geld!"

„Da wir keine Unordnung im Haus festgestellt haben, könnte es möglich sein, dass der Mörder gestört wurde, bevor er mit der Suche begonnen hatte", spann Ronni den Faden weiter.

„Vielleicht ist die Tat im Affekt geschehen und der Täter war von seiner Tat so überrascht und entsetzt, dass er geflohen ist. Alles ist möglich."

„Wann ist man von seiner Tat selbst entsetzt? Möglicherweise, wenn die Opfer die eigenen Eltern sind", überlegte Ronni laut.

„Kann durchaus möglich sein.", stimmte Professor Kunze zu und fuhr fort:

„Das könnte das durchwühlte Haus erklären, das Sie bei Ihrem späteren Besuch vorgefunden haben. Sie haben den Einbrecher überrascht, der Sie daraufhin niedergeschlagen hat. Spinnen wir einmal weiter. Der Einbrecher war dieselbe Person wie der Mörder. Als das Ehepaar die Tage nach den Morden noch im Flur lag, war er nicht in der Lage, das Haus nochmals zu betreten. Da lagen schließlich seine Eltern. Diesen Anblick hätte er nicht ertragen können. Als die Polizei da war und die Leichen abtransportiert waren, drang er nochmals ins Haus ein und suchte das, wozu er beim ersten Mal nicht mehr in der Lage war. Was folgern Sie daraus?"

„Der Mörder ist der Sohn oder zumindest jemand, der den Lindemanns nahesteht", antwortete Ronni spontan.

„Richtig. Kommen wir zu der Entführung."

Vorher nahmen Ronni und der Professor ihr Glas und prosteten sich nochmals zu, ehe sie mit ihren Überlegungen fortfuhren.

Professor Kunze begann: „Was ist der Grund für eine Entführung?"

„Lösegeld", kam es wie aus der Pistole geschossen aus Ronnis Mund.

„Wie ich sagte, haben wir schon eine Lösegeldforderung aber die Eltern möchten nicht, dass die Polizei weiterhin involviert ist", erinnerte er den Professor.

„Mag sein, dass die Lösegeldübergabe ohne Sie abläuft. Trotzdem bedeutet das, dass wir zwischen den beiden Fällen eine weitere Gemeinsamkeit haben. Geld!"

„Wenn der Täter das Haus der Lindemanns ohne Geld-Beute verlassen hat und vielleicht auch beim zweiten Einbruch kein Geld gefunden hat, kann es dann nicht sein, dass er sich eine neue „Einnahmequelle" sucht, zum Beispiel eine Entführung?", erläuterte Professor Kunze.

„Natürlich. Dann hätten wir den Fall gelöst? Ist in beiden Fällen der Sohn der Lindemanns der Täter? Ich weiß nicht, ist das nicht etwas zu einfach?", fragte Ronni ungläubig und leerte sein Glas Wein.

Der Professor antwortete nicht sofort auf Ronnis Frage.

„Darf ich Ihnen noch ein Glas einschenken?", fragte der Professor stattdessen und nahm bereits die Flasche zur Hand.

„Nein, danke. Auf keinen Fall, auch wenn der Wein sehr gut schmeckt. Ich bin Polizist und muss noch Autofahren“, antwortete Ronni und hob abwehrend beide Arme.

„Verstehe, daran habe ich nicht gedacht. Sie fragen, ob wir die Lösung gefunden haben und ob diese Lösung nicht zu einfach ist? Manchmal ist die Lösung ganz einfach, aber man sieht vor lauter Bäume den Wald nicht. Zurzeit sind Sie sehr abgelenkt. Die anstehende Geburt und dann die Erkrankung Ihres Freundes Eisenstein. Sie haben den Kopf voll mit diesen Sachen. Dann ist nicht mehr viel Platz für einen Mordfall und eine Entführung.“

„Da gebe ich Ihnen recht. Auf jeden Fall werde ich Sie anrufen, wenn meine Freundin entbunden hat. Wir sind noch nicht verheiratet, werden das aber demnächst nachholen. Ich werde Sie auch darüber informieren, wie es mit Eisenstein weitergeht.“

Professor Kunze trank den letzten Rest aus seinem Weinglas.

„Glauben Sie an Ihre Fähigkeiten. Sie überführen den Mörder, finden auch den Entführer und die kleine Emma kommt gesund zu ihren Eltern zurück.“

„Ich danke Ihnen, dass Sie Zeit für mich hatten. Unser Gespräch hat mir die nötige Klarheit verschafft. Alles Gute für Sie.“

„Ich wünsche Ihnen persönlich alles Gute und beruflich viel Erfolg. Grüßen Sie mir Frank Eisenstein, wenn es ihm wieder besser geht. Ihr nächster Besuch wird hoffentlich nicht so lange auf sich warten lassen. Die Schachfiguren sind bereits aufgestellt.“

„Versprochen“, stimmte Ronni zu.

Ronni und der Professor grinsten sich zu.

Ronni erhob sich und reichte Professor Kunze zum Abschied die Hand.

Frau Kunze hatte sich bisher zurückgehalten. Sie wollte das Gespräch der Männer nicht stören. Als Ronni aus dem Wintergarten trat, kam sie und verabschiedete sich herzlich von ihm.

Ronni fuhr zurück nach Bonn. Nach dem Gespräch mit seinem Freund fühlte er sich jetzt besser. Er und der Professor hatten sich gegenseitig die Bälle zugespielt und Licht ins Dunkel der beiden Fälle gebracht. Auch mit der Aussage, dass er, Ronni, im Augenblick zu sehr mit anderen Sachen abgelenkt sei, hatte er vollkommen recht. Ich muss mich mehr auf meinen Job konzentrieren, nahm er sich vor. Zuerst wollte er mit Schmitz, seinem Chef, sprechen. Dadurch könnte er sich von dieser Seite etwas Luft verschaffen. Priorität Nummer eins war dann die Suche nach dem Sohn der Lindemanns.

38

Anna

Es war früher Nachmittag. Anna hatte sich spontan für den heutigen Tag Urlaub genommen. Sie hatte etwas länger geschlafen als üblich. Als Frühstück gab sie in eine Pfanne Haferflocken, Nüsse und Mandelblätter und dazu etwas Zimt und Salz. Nachdem die Zutaten geröstet waren, vermischte sie das Ganze mit Honig und fügte einige Trockenfrüchte und frische Früchte hinzu. Fertig war das selbstgemachte Knuspermüsli.

Dieses üppige Frühstück hatte bei ihr bis zum Mittag keinen Hunger aufkommen lassen.

Den Morgen verbrachte sie mit Aufräumen und Putzen. Sie war erstaunt, wie schnell die Zeit verging und im Nu war es Nachmittag und der Hunger meldete sich.

Als verspätetes Mittagessen machte sie sich lediglich eine Kleinigkeit. Sie legte eine Scheibe Brot und eine Scheibe Schinken in die Pfanne. Darüber ein Spiegelei und fertig war das Mittagessen. Für ein einfallsreicheres Essen hatte sie keine Muße. Jetzt saß sie am Küchentisch und verzehrte diesen „Strammen Max".

Danach waren sie wieder da. Die Gedanken, die sie bisher durch ihre Hausarbeit verdrängt hatte.

Seit Tagen beschäftigten sie die Gedanken um ihren Bruder. Sie wurde den Verdacht nicht los, dass er bei seinem Besuch ihren Schlüssel zum Haus der Eltern gestohlen hatte.

Außerdem spukte ein noch viel bedrückenderer Gedanke in ihrem Kopf herum. Hatte er den Eltern etwas angetan? Es wäre schrecklich. Falls doch, warum sollte er das getan haben?

Sie konnte mit dieser Ungewissheit nicht leben. Sie musste mit Tim sprechen. Aber wie sollte sie an ihn herankommen?

Carsten, sein früherer Freund hatte ihr gesagt, dass Tim obdachlos sei. Diese Information hatte ihr die Sprache verschlagen. Auch wenn sie zu Tim lange keinen Kontakt mehr hatte und auch eine gefühlsmäßige Bindung nicht mehr vorhanden war, war er immer noch ihr Bruder. Die Wahrscheinlichkeit, dass er sich ohne Unterkunft, ohne Freunde irgendwo herumtrieb, belastete sie ebenso.

Vielleicht hätte sie ihm helfen sollen? Ihm doch Geld geben sollen? Oder ihm die Möglichkeit anbieten sollen, übergangsweise einige Zeit bei ihr zu wohnen?

Was hatte Carsten noch gesagt, wo sich Tim aufhält und womöglich auch übernachtet, überlegte sie. Dann fiel es ihr ein. Er sprach von Oberlar, von einem Bahnbetriebswerk. Sie hatte keine Ahnung, was und wo das war. Sie beschloss, Carsten noch einmal anzurufen und mit ihm zu sprechen.

Sie nahm ihr Smartphone und wählte unter ihren Kontakten Carstens Nummer. Er ging sofort an sein Handy.

„Hallo Carsten. Ich bin‘s, Anna. Hast du einen Moment Zeit für mich?“

„Hallo Prinzessin. Es ist schön, deine Stimme zu hören. Nach all den Jahren jetzt bereits zum zweiten Mal binnen weniger Tage. Was kann ich für dich tun? Lass mich raten, es geht um Tim?“

„Genau. Was du mir beim letzten Anruf über Tim gesagt hast, beschäftigt mich jeden Tag. Ich muss unbedingt mit ihm sprechen. Vielleicht kannst du mir dabei helfen."

„Was willst du wissen?"

„Bei unserem letzten Telefonat hattest du die Vermutung, dass Tim sich auf dem Gelände des Bahnbetriebswerks an der Lindenstraße aufhält. Kennst du das Gebäude und kannst du mir sagen, wo das genau ist?"

„Du willst doch nicht dahin gehen?", fragte Carsten und man konnte eine gewisse Besorgnis in seiner Stimme hören.

„Doch will ich. Irgendwie muss ich doch etwas unternehmen, um ihn zu finden. Also sag schon. Wo ist das?"

Carsten erklärte ihr, wo sich das Gelände befand und dass dort ein Backsteingebäude der ehemaligen Bundesbahnschule stand.

„Sei vorsichtig, wenn du dahin gehst. Geh' auf keinen Fall nach Einbruch der Dunkelheit dorthin. Das Gebäude ist unbewohnt. Manchmal treibt sich dort Gesindel herum, dem eine junge, hübsche Frau nicht unbedingt begegnen möchte. Wann willst du dahin?"

„Wahrscheinlich noch heute, denn heute habe ich Urlaub und ich habe Zeit."

„Okay, ruf' mich heute noch an, wenn du dort warst. Ich möchte wissen, dass du wieder heil nach Hause gekommen bist. Ebenso interessiert mich, ob du Tim dort angetroffen hast."

„Ich ruf' dich auf jeden Fall an. Ich danke dir. Du bist der Beste, Carsten."

„Ich weiß. Das sagen Viele. Viel Glück."

Anna schaute auf die Uhr. Es würde nicht mehr lange dauern, bis die Dämmerung hereinbrach. Sie hatte das Verlangen, sich noch heute auf dem Gelände der ehemaligen Bundesbahnschule umzusehen und sich Gewissheit zu verschaffen.

Sie zog eine Jacke über und steckte vorsichtshalber eine Taschenlampe ein. Sollte sie die Dunkelheit überraschen, wollte sie nicht ohne Licht auf einem unbekannten Gelände und in einem unbewohnten Gebäude umherirren.

Sie war vor dem möglichen Treffen mit ihrem Bruder angespannt. Wie sollte sie das Gespräch angehen? Wäre es nicht besser, wenn sie eine Strategie hätte?, überlegte sie. Aber welche? Sie entschied sich, ihn direkt mit ihrem Verdacht zu konfrontieren, dass er den Hausschlüssel zum elterlichen Haus entwendet hatte. Je nachdem, wie das Gespräch sich entwickelte, würde sie ihn genauso direkt fragen, ob er etwas mit dem Tod der Eltern zu tun hatte.

Auch wenn man noch so intensiv überlegt, wie das Gespräch verlaufen könnte, läuft manchmal alles anders. Er ist schließlich mein Bruder und ich werde so mit ihm sprechen, wie wir es immer getan haben. Direkt, schonungslos und hart, dachte sie.

Als sie an dem, von Carsten gut beschriebenen Gelände ankam, ging die Herbstsonne am westlichen Horizont langsam unter. Sie musste sich beeilen. Sie hatte direkt vor dem Gebäude geparkt. Ein Stück vor ihr parkte ein alter, roter Opel. Sie überlegte. War das nicht Tims Auto, mit dem er sie besucht hatte? Bei näherem Hinsehen war sie sich dessen sicher. Wahrscheinlich hielt er sich in dem Gebäude auf.

Sie stieg aus ihrem Wagen und betrachtete das backsteinerne Gebäude. Bevor sie losgefahren war, hatte sie sich im Internet informiert. Das war also das Gebäude, das zwischen 1946 und 2019 als Bundesbahnschule genutzt wurde.

Es wirkte um diese Uhrzeit bereits dunkel und stumm, als wäre es seit langer Zeit von Menschen verlassen. Die zur Straße gewandte Seite war durch Bäume, Sträucher und Rankgewächse zum Teil verdeckt. Das gesamte Gelände war eingezäunt und mit einem zweiflügeligen Zauntor gesichert.

Sie ging zu dem Tor und schaute sich nach allen Seiten um. Vorsichtig drückte sie die Klinke herunter und drückte dagegen. Es schwang ein Stück nach hinten auf und gab einen Spalt des Eingangs frei. Sie war überrascht, dass sich das Tor so leicht öffnen ließ.

Im ersten Impuls hätte sie gerne nach Tim gerufen, wagte es aber nicht, solange sie nicht wusste, ob sich sonst noch jemand im Haus aufhielt. Auf dem Weg zur Haustür auf der Rückseite des Hauses sah sie, dass das Glas eines kleinen Fensters, wahrscheinlich ein Toilettenfenster, zerbrochen war. Spontan überlegte sie, ob sie dort in das Haus einsteigen sollte. Sie entschied sich dann doch, es zuerst einmal an der Haustür zu versuchen. Sie ging einige Stufen hoch und drückte die Klinke, aber die Tür gab nicht nach. Sie fand es seltsam, dass er die Tür von innen sorgsam abgeschlossen hatte, wenn er sich im Haus befand. So kannte sie ihren Bruder nicht. Er konnte sich in den Jahren geändert haben und war jetzt ein auf Sicherheit bedachter junger Mann.

Ständig dachte sie über sein Verhalten nach und malte sich immer neue Szenarien aus: Er hat den Schlüssel entwendet. Er hat den Eltern etwas angetan. Er ist ein Spieler und hat hohe Schulden. Er ist drogenabhängig und obdachlos. Und jetzt überlegte sie, ob er ein auf Sicherheit bedachter junger Mann war. Das passte nicht zu dem bisherigen Bild, das sie sich von ihm gemacht hatte. Im Grunde genommen hatte sie keine Ahnung, was ihr Bruder für ein Mann war. Es war müßig, jetzt weiter darüber nachzudenken.

Wieder kam ihr der Gedanke, seinen Namen zu rufen. Sie dachte an ihre Vermutung zum Mord an ihren Eltern. Ihr Gefühl sagte ihr, dass ihre Vermutung nicht stimmen konnte. Sollte ihr Bruder tatsächlich etwas mit dem Mord zu tun haben oder ihn sogar aus irgendeinem Grund, den sie sich nicht vorstellen konnte, begangen haben? Falls ihre Vermutung trotzdem richtig sein sollte, hatte sie die Befürchtung, dass er sich davonmachen würde, wenn er ihre Stimme erkannte. Sie fand es besser, wenn sie ihn überraschte. Dann läge der Vorteil des Überraschungseffekts bei ihr.

Sie erinnerte sich an das zerbrochene Fenster, an dem sie vorhin vorbeigekommen war. Sie eilte zurück.

Es war ein Problem, den Rahmen des etwas hoch gelegenen Fensters aufzustoßen. Es blieb nur eine Möglichkeit. Sie musste sich an der äußeren Fensterbank hochziehen und dann durch den Rahmen einsteigen.

Das Hochziehen auf die Fensterbank gestaltete sich als schwierig. Die ersten beiden Versuche ohne und mit Anlauf misslangen kläglich. Sie schaute sich um und entdeckte einen verrosteten Eimer unter einem Baum. Sie stellte den Eimer unter das Fenster und mit einem kleinen Anlauf, einem Tritt auf den Eimer, und mit äußerster Kraftanstrengung saß sie auf der Fensterbank.

Als sie sich auf den Rahmen setzte, fühlte sie einen stechenden Schmerz an ihrem rechten Oberschenkel. Sie ignorierte den Schmerz. Ihr Herz raste von der Anstrengung und sie musste einige Augenblicke auf dem Rahmen ausruhen, ehe sie sich auf den Toilettendeckel hinunterließ und dann auf den Fußboden sprang. Das zerbrochene Glas knirschte unter ihren Schuhsohlen.

Sie befühlte ihren Oberschenkel. Ihre Hose hatte einen Riss und sie fühlte sich an der Stelle feucht und klebrig an. Mit Sicherheit war das Blut. Wahrscheinlich hatte im Rahmen des Fensters noch ein Glassplitter gesteckt, den sie übersehen und auf den sie sich gesetzt hatte.

Die Toilette lag auf der Schattenseite des Hauses. Die letzten Strahlen der Sonne kamen hier nicht hin und die Bäume hinter dem Haus sorgten dafür, dass auch das letzte Licht des Tages nicht in das Haus eindrang.

Sie zog die Taschenlampe aus der Jackentasche und drückte den Lichtschalter neben der Tür. Erwartungsgemäß blieb es dunkel.

Mit der Taschenlampe leuchtete sie auf ihren Oberschenkel und verdrehte ihren Kopf und Oberkörper so weit, dass sie die Wunde sehen konnte. Ihre helle Hose hatte bereits einen großen roten Fleck. Sie musste den Blutfluss stoppen. Sie schaute sich um. Auf dem Toilettenpapierhalter befand sich noch ungefähr eine halbe Rolle Papier. Sie zog den Gürtel aus der Hose und ließ die Hose fallen. Dann wickelte sie eine große Menge Papier von der Rolle, faltete es zu einem dicken Packen und drückte ihn auf die Wunde. Den Gürtel band sie um ihren Oberschenkel und über den Packen Papier. Sie bezweifelte, dass dieser notdürftige Verband lange halten würde.

Vorsichtig und möglichst lautlos verließ sie leicht humpelnd die Toilette. Im Flur leuchtete sie in alle Richtungen. Mehrere Türen gingen zu allen Seiten ab. Vor ihr befand sich eine Treppe.

„Tim“, hauchte sie beinahe lautlos.

Natürlich antwortete niemand. Hätte sich jemand in der Nähe oder hinter einer der Türen befunden, er hätte ihren Ruf nicht gehört.

„Tim“, rief sie etwas lauter.

Und noch einmal von der ersten Treppenstufe in Richtung erster Etage.

„Hilfe, Hilfe“, hörte sie plötzlich eine Stimme rufen, die vom Ende der Treppe kam.

Es war nicht die Stimme von Tim. Sie war nicht sehr laut. Trotzdem war sie sich sicher, dass es eine Frauenstimme war, die Stimme einer jungen Frau.

So leise es ging, schlich sie die Treppe hoch.

„Hilfe, Hilfe“, hörte sie erneut die Stimme rufen, jetzt bedeutend leiser.

Am Ende der Treppe versperrte ihr eine Tür den weiteren Weg. Anna drückte dagegen. Sie ließ sich nicht öffnen. Sie leuchtete die Tür ab und stellte überraschend fest, dass ein Schlüssel im Schloss steckte. Kurzentschlossen drehte sie ihn um. Sie drückte langsam und voller Angst die Türklinke herunter und schob vorsichtig die Tür auf. Vor ihr lag ein Flur. Niemand war zu sehen, weder Tim noch die um Hilfe rufende Frau.

Sie zählte vier Türen, die sich dort befanden. Sie entschied sich für die erste Tür auf der rechten Seite.

Wieso wurde sie jetzt von einer sich steigernder Angst ergriffen? Waren es die Hilferufe, war es die Dunkelheit, war es, dass Tim sich nicht meldete und stattdessen die Frau um Hilfe rief?

Wahrscheinlich waren alle Gründe zusammen dafür verantwortlich, dass der Lichtstrahl aus der Taschenlampe in ihrer Hand zitterte.

Die Tür ließ sich öffnen und sie leuchtete in den vor ihr liegenden Raum. An den Wänden entlang stand undefinierbares Gerümpel. Eine Frau war nicht zu sehen.

Auch die Hilferufe waren verstummt. Sie verließ das Zimmer und ging zur nächsten Tür auf der gleichen Seite. Auch diese Tür ließ sich problemlos öffnen. Der Gestank von Urin und Exkrementen schlug ihr entgegen. Automatisch ging sie einen Schritt zurück und leuchtete in den Raum. Auf den ersten Blick war der Raum leer, lediglich an einer Seite stand eine Liege. Sie leuchtete genauer hin und ging ein, zwei Schritte nach vorne. Sie erschrak. Auf der Liege lag eine Decke, unter der der Kopf einer jungen Frau hervorlugte.

Mit angehaltenem Atem humpelte sie zu der Liege hin. Sie beugte sich darüber. Im Lichtkegel der Taschenlampe erkannte sie ein junges Mädchen. Ihre Augen waren geschlossen, an ihrer Stirn klebten Haare. Ihre Haut war fast weiß. Sie lag regungslos, kraftlos da. Anna konnte sich kaum vorstellen, dass sie eben gerufen hatte. Sie wirkte apathisch. Woher hatte sie die Kraft genommen, so laut um Hilfe zu rufen?

„Wer bist du? Ich helfe dir“, sagte Anna aufgeregt.

„Emma“, kam es fast unhörbar aus dem Mund der jungen Frau.

Anna fiel es wie Schuppen von den Augen. Hier lag die Tochter von Carla und Sebastian. Wie schrecklich!

Sofort war ihr klar, dass es Emma gewesen war, die um Hilfe gerufen hatte. Anna fühlte ihren Puls am Hals. Er schlug nur noch ganz schwach. Sie benötigte unbedingt Hilfe, professionelle Hilfe. Anna allein konnte nichts für sie tun. Sie musste die 112 anrufen, egal was mit Tim war und wo er war.

Sie suchte nach ihrem Handy. Normalerweise steckte sie es in die Hosentasche, aber da war es nicht mehr. Auch in den anderen Taschen in ihrer Jacke war kein Handy zu finden. Panik brach in ihr aus. Es musste ihr bei der Aktion in der Toilette aus der Hosentasche gerutscht sein. Ich muss zurück, ich muss das Handy finden, dachte sie.

Sie wollte sich gerade umdrehen, als sich eine Hand auf ihre Schulter legte und etwas an ihrem Hals kratzte.

„Beweg dich nicht. An deinem Hals befindet sich die Spitze eines Messers", sagte eine männliche Stimme.

Sie kannte diese Stimme. Es war die Stimme von Tim, ihrem Bruder.

***

Sie war vor Schreck wie erstarrt. Ihr Blut gefror fast wie Eis in den Adern. Sie wagte es nicht, sich zu bewegen. Nicht einmal atmen wollte sie.

„Tim?", keuchte sie fragend.

„Ja, ja, dein lieber Bruder. Dumm von dir, hierher zu kommen. Jetzt musst du die Konsequenzen tragen."

Anna vernahm dieses bekannte Kichern, das er immer dann von sich gab, wenn er angespannt oder gestresst war. Sie glaubte, dass er damit seine Unsicherheit überspielen wollte. Früher schon hatte sie diese Macke gehasst. Heute machte es sie aggressiv, aber sie musste sich zusammenreißen. Auf keinen Fall durfte sie ihn reizen, dafür war die Situation zu gefährlich.

Sie war nicht in der Lage, etwas zu sagen, zu fragen oder gar ihren Bruder zu beschimpfen. Zu sehr war sie von der Überraschung, der Enttäuschung und der Angst gefangen.

Tim hatte inzwischen seine Taschenlampe eingeschaltet, die einen starken, breiten Lichtkegel erzeugte. Sie kam gerade noch dazu, sich ihre Lampe in die Tasche zu stecken.

„Gehe langsam hinaus in den Flur. Dort öffnest du die Tür zum Raum links von dir. Und denke daran, ich bin immer hinter dir und das Messer befindet sich immer an deinem Hals. Und glaub mir, ich habe keine Skrupel, es zu benutzen, wenn du dich auch nur im Ansatz falsch bewegst“, befahl er ihr.

Die Stimme klang fremd in ihren Ohren. Was war hier los? Hatte er den Verstand verloren oder stand er unter Drogen?

Ich bin doch deine Schwester. Das kannst du mir doch nicht antun. Wir können doch über alles reden. Sogar helfen würde ich dir, dachte sie.

Sie ging in den Flur und zu der genannten Tür, die sie langsam öffnete.

„Geh‘ hinein,“ sagte er provozierend freundlich.

Im Schein der Taschenlampe sah sie sein kaltes, einsames Lächeln.

„Aber Tim, ich bin doch ...“, versuchte sie mit ihm zu reden.

„Sei still. Kein Wort mehr“, unterbrach er sie mit schneidender Stimme, die keinen Widerspruch duldete.

Sie ging hinein. Es war der gleiche Raum, in den sie vorhin hineingesehen hatte. Wie sie bereits gesehen hatte, war er nicht sehr groß. Jetzt sah sie, dass dort außer dem Gerümpel aus altem Mobiliar auch Bleche, Eisenstangen und sogar leere Blumenkästen standen. In der Mitte des Raumes lagen ein paar zerfledderte Zeitungen.

Das Fenster gegenüber war dreckig und voller Spinngewebe. Es drang so gut wie kein Licht hinein, da es draußen bereits dämmrig war. Die abgestandene, stickige Luft war nicht so schlimm, wie in dem Zimmer, in dem das Mädchen lag. Trotzdem verursachte sie bei ihr einen Brechreiz. Sie hätte gerne das Fenster geöffnet und frische Luft hereingelassen, wusste aber auch, dass das nicht möglich sein würde.

„Schwesterchen, ich muss dir leider die Hände auf dem Rücken zusammenbinden“, sagte Tim übertrieben freundlich.

Der Spott in seinem Ton war nicht zu überhören. Obschon sie ihm den Rücken zuwandte, konnte sie sich sein grinsendes Gesicht vorstellen.

„Streck' die Hände nach hinten“, befahl er jetzt in einem aggressiven Ton.

Sie tat, was er ihr befohlen hatte und spürte, wie er einen Draht oder etwas Ähnliches um ihre Handgelenke wickelte und festzurrte. Der Schmerz ließ sie aufschreien.

„Stell dich nicht so an. Ich will doch nicht, dass du mir abhandenkommst. Setz dich hin, und jetzt die Beine“, sagte er süffisant.

Sie tat erneut, was er ihr befohlen hatte. Er band ihre Fußgelenke mit einem langen Kabelbinder zusammen. Diese Fessel schmerzte nicht so sehr, da er sie über ihre Hose angelegt hatte.

Sollte sie versuchen, mit ihm zu verhandeln? Ihn bitten oder sogar anflehen, sie gehen zu lassen oder zumindest auf die Fesseln zu verzichten? Inzwischen hatte sie sich von dem ersten Schock erholt und die Antwort auf diese Fragen lautete: Nein, nie im Leben. Ihr Stolz ließ das nicht zu. Trotzdem stellte sie ihm Fragen. Sie wollte wissen, was er getan hatte und was er mit ihr vorhatte.

„Ich habe dich gesucht und bin lediglich gekommen, um mit dir über unsere Eltern zu reden. Was ist geschehen? Bist du schuld an ihrem Tod? Wenn es möglich ist, will ich dir helfen.“

„Helfen? Du willst mir helfen? Du hast doch keine Ahnung“, schrie er sie an.

„Ich habe gesehen, dass in dem anderen Zimmer Emma auf einem Bettgestell liegt. Wie es aussieht, benötigt sie schnellstens Hilfe. Hast du sie entführt und hältst du sie hier gefangen?“

„Das geht dich gar nichts an!“, schrie er.

Inzwischen lief er aufgeregt vor ihr hin und her. Es schien, als wenn seine Beherrschung mehr und mehr abnahm. Sie durfte ihn nicht zu sehr reizen, überlegte sie. Trotzdem fragte sie: „Was hast du mit mir vor? Willst du abhauen und mich hier verrecken lassen? Hier kommt niemand hin, der mich finden könnte."

„Das werden wir sehen. Ich habe um Mitternacht noch etwas Wichtiges zu erledigen. Danach sehen wir weiter."

Er drehte sich um und verließ das Zimmer und ließ seine Schwester mit ihren unbeantworteten Fragen zurück. Nicht einmal die Tür schloss er ab. Er war sich sicher, dass sie nicht entkommen konnte.

39

Von der Lindenstraße in Troisdorf-Oberlar schlenderte er in Richtung Sieglarer Straße. Die Straßenlaternen warfen nur einen trüben Lichtschein auf den Bürgersteig. Es war kalt und es roch nach dem ersten Schnee.

Er hatte den Kragen seiner Jacke hochgeschlagen und die Hände tief in den Taschen vergraben. Bald würden die Temperaturen den Gefrierpunkt erreichen. Ihm war klar, dass er in seiner jetzigen Unterkunft dann nicht bleiben konnte. Er musste sich nach einem geeigneten Winterquartier umsehen. Er war dabei ganz zuversichtlich, da er noch heute Abend über die notwendigen finanziellen Mittel verfügen würde.

Den Tag über hatte er sich keine Pille eingeworfen. Lediglich nachdem er Anna in den Raum eingeschlossen hatte, gönnte er sich einen Joint. Er musste für die Aktion um Mitternacht einen klaren Kopf behalten. Es wäre fatal, wenn das geplante Manöver mit dem Auto danebenging.

Er kam an einem Restaurant vorbei. Große Scheiben gewährten den Blick in einen Innenraum, der in gemütlich gedämpftes Licht getaucht war. Er blieb stehen. Der Lichtschein der Straßenlaternen drang nicht bis zu ihm. Er stand im Halbdunkel, sodass er von innen nicht gesehen werden konnte. Falls ihn trotzdem jemand sah – was soll's!

Er ließ den Blick durch das Restaurant schweifen. Es waren nur wenige Gäste dort.

An einem kleinen Tisch am Fenster saßen sich ein Mann und eine Frau gegenüber. Beide schienen im Rentenalter zu sein. Sein Bauch stieß gegen die Tischplatte. Er trug ein graues Funktionsshirt, das über seinen Bauch spannte und weder originell, noch passend für das Lokal war.

Durch die graue Kurzhaarfrisur und der schlanken Figur wirkte die Frau jünger als ihr Gegenüber. Sie trug ein schwarzes, fast festliches Oberteil und eine goldene Kette lag um ihren Hals. Dazu trug sie passende lange Ohrringe.

Ihm war unverständlich, dass so eine Frau die Gesellschaft eines so langweilig aussehenden Mannes gewählt hatte. Sie sprachen nicht miteinander. Jeder war nur mit seinem Essen beschäftigt. Sie langweilen sich, diese Idioten, ärgerte er sich. Wahrscheinlich sind sie schon lange verheiratet, dann kommt so etwas vor, dachte er.

An einem größeren Tisch nebenan saßen zwei junge Paare. Sie trugen keine festliche Kleidung aber sie waren dem Ambiente entsprechend gekleidet. Die Frauen in schicken Blusen und die Männer in modernen Hemden. Sie erzählten und lachten miteinander und warteten wahrscheinlich auf ihre Bestellung. Vor ihnen standen Weingläser, mit denen sie sich überschwänglich zuprosteten. Es schien, als würden sie etwas zu feiern haben. Daraus, dass alle die hübsche, blonde Frau beim Zuprosten anschauten, schloss er, dass sie der Anlass für das gemeinsame Abendessen war. Der Mann neben ihr gab ihr einen flüchtigen Kuss auf den Mund. Ja, so musste es sein, vielleicht hatte sie heute Geburtstag.

Für ihn war das Beobachten der Menschen ein willkommener Zeitvertreib. Je länger er den Gästen jedoch zusah, desto mehr spürte er, wie sich sein Inneres verkrampfte und aus dem harmlosen Zuschauen neidvolle Blicke wurden. Das Leben der Menschen in dem Restaurant schien noch in Ordnung zu sein. Nicht wie seins, das völlig aus der Bahn geraten war. Er war sich sicher, dass keinem der Menschen dort bewusst war, wie viel Glück sie im Leben hatten und wie lächerlich ihre kleinen Sorgen waren. Ein Leben auf der Straße, gerade mal Geld zum Überleben, keine Freunde und vor allem keinerlei Luxus, konnte niemand von denen nachvollziehen.

Der Neid in ihm wich der Wut. Er ballte die Fäuste. Er musste die Gedanken von Neid und Wut verdrängen. In zwei Stunden würde sich auch sein Leben zum Positiven wenden. Nur darauf musste er sich konzentrieren.

Dann war da noch seine Schwester. Wieso war sie so verrückt, ihn zu suchen? Er hatte noch keinen Plan, wie er das Problem lösen sollte. Ihm musste dringend etwas einfallen – nur was sollte das sein? Er hatte keine Ahnung.

Er drehte sich um und ging den Weg, den er gekommen war zurück.

Hinter dem Zauntor, wo sich seine derzeitige Unterkunft befand, war es stockdunkel. Nicht einmal das Licht des Vollmondes konnte die Finsternis durchbrechen.

Die meisten Menschen würden hier nicht hineingehen. Sie würden diesen Ort zu dieser Zeit meiden. Sie hätten Angst.

Er nicht.

40

Frank Eisenstein

Frank Eisenstein befand sich in einem der größten Herzzentren Deutschlands, der Universitätsklinik Bonn. Die Verlegung war ohne Komplikationen verlaufen und auch die Blutung im Mund- und Rachenraum konnte gestoppt werden.

Die Frage war, wie würde es weitergehen? Wegen des komplexen Befundes war eine Bypassoperation vorgesehen. Das Problem war, wann die Operation erfolgen könnte. Die Gewerkschaft hatte die Mitarbeiter der Universitätsklinik zum Streik aufgerufen. Operationen mussten verschoben werden, und wegen der geringen Personalkapazität war der Operationssaal auf lange Sicht belegt.

Es war 17:00 Uhr. Susanne und Julia saßen am Esstisch und aßen früh zu Abend. Natürlich war das Thema „Franks Operation" allgegenwärtig. Susanne würde es begrüßen, wenn die Operation bald erfolgen würde. Julia sah das etwas anders. Sie vertrat die Meinung, dass Frank noch den einen oder anderen Tag Ruhe nach den Belastungen der Blutung und der Verlegung haben sollte.

Plötzlich klingelte das Telefon. Susanne sprang auf und eilte zur Telefonstation. Auf dem Display sah sie, dass die Klinik am anderen Ende der Leitung war. Sofort schlug ihr Herz bis zum Hals.

„Ist etwas mit Frank geschehen?", fragte sie, ohne sich vorher mit Namen zu melden.

„Nein, es ist alles in Ordnung. Wir haben Ihren Partner gerade in den OP gefahren. Der Herr Professor wird ihn in Kürze operieren", sagte der Arzt.

„Mein Gott, hoffentlich geht alles gut", stöhnte Susanne.

„Das wird es, Frau Ohlrogge. Wir sind nicht nur eines der größten Herzzentren Deutschlands, sondern ich kann Ihnen versichern, der Professor ist eine Kapazität, was Herzoperationen betrifft. Auch das gesamte Team ist sehr routiniert und erfahren. Machen Sie sich keine Sorgen. Ich rufe Sie an, wenn die Operation vorbei ist."

Susannes Aufregung legte sich etwas. Die Worte des Arztes hatten sie beruhigt. Jetzt begann eine schlimme Zeit für sie und Julia. Sie mussten warten, bis Frank operiert war.

„Wie lange wird die Operation dauern?", fragte sie den Arzt.

„Das können wir vorher nicht sagen. Mit Sicherheit aber einige Stunden. Ich melde mich später wieder", antwortete er.

„Okay, Herr Doktor. Ich danke Ihnen, dass Sie angerufen haben", sagte Susanne.

Susanne informierte Julia, die neben ihr gestanden hatte und einiges mitgehört hatte. An die Fortsetzung des Abendessens war nicht mehr zu denken.

Beide Frauen kuschelten sich unter eine Decke auf das Sofa im Wohnzimmer. Die Sorge über den Ausgang der Operation stieg von Minute zu Minute. Der Blick auf die Uhr erfolgte immer öfter und irgendwann schien die Zeit nur schleichend zu vergehen.

Es war nach 20:00 Uhr, als das Telefon schrillte. Beide Frauen zuckten gleichzeitig zusammen. Sie waren inzwischen eingeschlafen. Die Anspannung hatte ihre Kräfte verzehrt und der Körper forderte sein Recht.

Susanne nahm den Hörer ab und meldete sich.

„Guten Abend Frau Ohlrogge. Und wenn ich Guten Abend sage, meine ich das auch so. Ihr Partner hat die Operation gut überstanden. Wir mussten drei Bypässe setzen. Er wird im Laufe der Nacht aus der Narkose erwachen, sodass wir ihn am Morgen auf die Intensivstation verlegen."

Susanne und Julia fielen mehrere der sprichwörtlichen Steine vom Herzen. Susanne hatte das Telefon auf Lautsprecher gestellt, sodass Julia alles mitangehört hatte.

„Wann können seine Tochter und ich ihn besuchen?", fragte Susanne.

„Im Laufe der Nacht wird er schrittweise aus der Narkose aufwachen. Ich würde sagen, morgen im Laufe des Vormittags können Sie ihn besuchen. Vielleicht hat er sich bis dahin soweit erholt, dass sie eine kurze Zeit mit ihm sprechen können. Ich wünsche Ihnen eine gute Nacht. Sie können beruhigt schlafen, Ihr Partner ist bei uns in guten Händen."

„Danke, danke", sagte Susanne und beendete das Gespräch.

Susanne und Julia fielen sich in die Arme. Vor Erleichterung liefen einige Tränen. Dieses Mal waren es Freudentränen.

41

Ronni

Ronni war gerade aus Duisburg zurückgekommen und auf dem Weg in sein Büro, als ihm Hubert Gössel über den Weg lief.

„Hallo Ronni, ich habe von deiner Sekretärin Sybille Baum gehört, dass du eine Spazierfahrt gemacht hast. Was wolltest du denn in Duisburg?"

Er machte kein Geheimnis daraus, dass er Sybille überredet hatte, ihm zu sagen, wo Ronni steckte. Dass er nun fragte, was Ronni in Duisburg gemacht hatte, schien ihm nicht peinlich zu sein.

„Ich habe einen alten Freund besucht. In seiner aktiven Zeit war Professor Kunze Dezernent an der Hochschule für Polizei und öffentliche Verwaltung Nordrhein-Westfalen in Duisburg. Ich kenne ihn aus der Zeit, als ich in Duisburg studiert und gearbeitet habe."

„Und dann habt ihr bei einer Flasche Wein in alten Zeiten geschwelgt. Stimmt's?", lachte Hubert.

„Nicht ganz. Mit dem Wein, das ist richtig, aber wir haben nicht über alte Zeiten gesprochen, sondern über das ermordete Ehepaar und über die Entführung. Professor Kunze hat mich früher hin und wieder bei manchen Fällen unterstützt. Auch dieses Mal hat er mir neue Impulse gegeben."

„Das ist doch toll. Dann kannst du sofort zu unserem Chef gehen und ihm über den Stand der Ermittlungen berichten, wenn er dir vorher nicht den Kopf abreißt, weil du ihn ohne Informationen hängengelassen hast.“

„Mal sehen. Vielleicht spreche ich nach Mittag mit ihm“, meinte Ronni.

„Und danach sollten wir uns noch einmal zusammensetzen und über den Mordfall und die Entführung sprechen“, fügte er hinzu.

„Okay, können wir gerne machen, wenn du das Gespräch mit Schmitz gesund überstehst. Ruf mich an.“

Beide lachten und machten sich auf den Weg in ihr Büro.

***

Nach langer Zeit ging Ronni noch einmal zum Mittagessen in die Kantine des Präsidiums. An der Essensausgabe holte er sich eine Portion Lasagne. Mit dem Tablett in der Hand schaute er sich nach einem freien Platz um. Die Kantine war wie an den meisten Tagen nicht gut besucht. Viele Kolleginnen und Kollegen waren im Außendienst und aßen unterwegs etwas und die, die in der Mittagszeit im Büro saßen, begnügten sich mit mitgebrachtem Essen.

Am Fenster hatte er einen unbesetzten Tisch gefunden. Auf dem Weg dorthin grüßte er die eine oder andere Kollegin oder Kollegen. Er lehnte einige Aufforderungen, sich an den Tisch zu setzen ab, da er allein sitzen wollte. Er wollte ungestört seinen Gedanken nachgehen können.

Er hatte sich Lasagne al forno ausgesucht, den Klassiker mit Hackfleischsoße. Leider war der Geschmack etwas zu fade und ließ einiges zu wünschen übrig. Von Susie war er Besseres gewohnt.

Er wollte über die beiden Fälle nachdenken. Insbesondere über die Entführung von Emma. Er kannte sie zwar nicht persönlich, aber sie tat ihm leid. Wie mochte es ihr gehen? Sie hatte Diabetes und benötigte regelmäßig Medikamente. Er befürchtete, dass ihr kein lebenswichtiges Insulin verabreicht wurde und sie enorme gesundheitliche Probleme hatte. Vielleicht sogar lebensbedrohliche Probleme.

Es ging um Geld, wie in vielen Fällen im Leben. In diesem Fall um Lösegeld. Die Eltern wollten das Lösegeld zahlen und selbst die Übergabe durchführen. Die Zusammenarbeit mit der Polizei lehnten die Eltern entschieden ab.

Hatte er dem Wunsch der Eltern zu früh nachgegeben? Hätte er weiterhin beharrlich darauf bestehen sollen, mit hinzugezogen zu werden? Frank, mit seiner Souveränität, seiner Lebenserfahrung und seiner Ausstrahlung hätte sich vielleicht nicht so leicht ausbooten lassen. Aber Frank war nicht mehr im Dienst. Er lag im Krankenhaus.

Damit drifteten seine Gedanken von der Polizeiarbeit zu seinem ehemaligen Kollegen und Freund ab. Gerade das war aber einer der Punkte, die Professor Kunz angesprochen hatte. Er sollte seine privaten Probleme zurückstellen. Wie sollte er das machen?

Er schob den Rest der Lasagne entschieden zur Seite. Genauso entschieden sagte er sich: Es muss beides möglich sein. Eine ordentliche Polizeiarbeit und die Sorge um meinen Freund.

Er war schon tagelang nicht mehr im Krankenhaus gewesen. Er hatte oft mit Susanne telefoniert und sie hatte ihn immer ausführlich über den Zustand von Frank informiert. Er wusste natürlich, dass ein Telefonat keinen Besuch ersetzen konnte. Daher nahm er sich vor, Frank noch heute zu besuchen.

Doch eines war für ihn sicher: Oberste Priorität in seinem Leben hatte die Schwangerschaft von Susie und die bevorstehende Geburt ihres Babys.

Er erhob sich vom Tisch. Zuerst stand jetzt das Gespräch mit seinem Chef an und anschließend würde er mit Hubert sprechen und ihr weiteres Vorgehen planen.

***

Dirk Schmitz, der Leiter des KK 11 empfing Ronni mit einem freundlichen Lächeln und einem warmen Händedruck. Das Gespräch begann völlig anders, als Ronni erwartet hatte.

Sie saßen in der gepolsterten Sitzecke im Büro von Ronnis Chef.

Ronni berichtete, was sie im Fall der beiden Morde herausgefunden hatten. Das war nicht gerade viel. Als Ronni von dem verschwundenen Schlüssel von Anna sprach, wurde Dirk Schmitz hellhörig. Dann erklärte Ronni seinem Chef seinen Verdacht, dass der Bruder von Anna für ihn als Täter in Frage kam. Dirk Schmitz war sofort von Ronnis Vermutung überzeugt. Für ihn stand Annas Bruder bereits als Täter fest.

„Nimm ihn fest. Wie ich herausgehört habe, ist er labil. Einem harten Verhör hält er bestimmt nicht stand."

Ronnis Chef lehnte sich zurück. Für ihn war der Fall gelöst und der Täter überführt.

„So einfach ist das nicht. Wir haben keine Ahnung, wo er sich aufhält. Ich werde nochmals mit Anna Lindemann sprechen. Vielleicht erfahre ich doch noch etwas, was uns weiterhilft."

„Okay, du wirst das schaffen, da bin ich sicher", gab Schmitz seinem Kommissar Vorschusslorbeeren.

„In dem Entführungsfall der Emma Reichert wird heute Abend die Lösegeldübergabe erfolgen. Da die Eltern keine Polizeibeteiligung wollen, können wir nur abwarten“, wechselte Ronni das Thema.

„Schade!“, sagte Dirk Schmitz und seine Enttäuschung war ihm sichtlich anzusehen.

„Ist da gar nichts mehr zu machen? Auch nicht, wenn du nochmal mit den Eltern sprichst?“, hegte Schmitz weiterhin noch einen Funken Hoffnung.

„Nein, ich glaube nicht. Besonders der Vater war entschieden dagegen. Der Mutter geht es nur darum, dass sie ihre Tochter wohlbehalten zurückerhält. Sie hat es zwar etwas freundlicher ausgedrückt als ihr Mann, hat sich aber seiner Entscheidung letztendlich angeschlossen.“

„Mmh, ich hätte da eine Idee“, meinte Dirk Schmitz geheimnisvoll und kratzte sich am Kinn.

Ronni merkte, dass sein Chef jetzt einen Vorschlag hatte, der nicht unbedingt mit den Regeln bei einer Entführung mit Lösegeldforderung konform war. Er verließ seine gemütliche Sitzposition und setzte sich gerade. Dabei beobachtete er sein Gegenüber gespannt.

„Wie wäre es, wenn ihr Frau Reichert bei der Geldübergabe beschattet und danach den Täter verfolgen würdet? Ihr müsstet total vorsichtig agieren, denn weder Frau Reichert, noch der Entführer darf etwas merken oder auch nur Verdacht schöpfen. Traut ihr euch das zu?“

„Der Gedanke ist nicht schlecht. Daran habe ich auch schon gedacht. Wir wissen nicht, wo und wie die Geldübergabe erfolgen soll. Wir müssten daher Frau Reichert ab dem Verlassen des Hauses beschatten. Gut, sie wird so nervös sein, dass sie uns bestimmt nicht bemerken wird. Wie das dann bei der Geldübergabe und anschließend laufen wird, müssten wir vor Ort entscheiden. Wenn du uns dein Okay gibst, sind Hubert und ich dabei."

„Na ja, du weißt doch. Meine Zustimmung kann ich euch offiziell nicht geben, aber wir können doch nicht tatenlos zusehen."

„Okay, wir machen das. Ich spreche sofort mit Hubert. Ich bin mir sicher, dass er dabei sein wird."

„Viel Glück euch beiden. Und seid vorsichtig."

Dirk Schmitz und Ronni standen auf. Ronni eilte in sein Büro und sein Chef schaute ihm nachdenklich hinterher. Er hatte kein gutes Gefühl bei der Sache, aber er fand, dass der Plan gut war.

Von seinem Büro rief Ronni Hubert Gössel an und bat ihn, zum Gespräch in sein Büro zu kommen. Es dauerte keine drei Minuten und Hubert stand vor seinem Schreibtisch.

„Na, hat Schmitz dir die Hammelbeine langgezogen?", lachte Hubert.

„Im Gegenteil. Er hat mir einen Vorschlag im Entführungsfall der kleinen Emma gemacht, den ich mit dir besprechen möchte. Die Sache ist nur die, sein Plan ist nicht ganz astrein."

„Wenn du dabei bist, bin ich es auch. Ich möchte nicht tatenlos zusehen, wie so ein Schwein, der ein Kind entführt hat, auch noch mit Geld belohnt wird und entkommt."

„Gut. Sybille, kannst du uns für eine Stunde allein lassen?", bat er Sybille Baum, denn er wollte nicht, dass sie ungewollt mit in die Aktion einbezogen wurde.

„Kein Problem. Ich gehe einen Kaffee trinken. Ich wünsche euch viel Glück und Erfolg", stimmte sie zu.

Sybille kannte Ronni lange genug, um zu wissen, dass da etwas im Busch war, was nicht den allgemein üblichen Vorgehensweisen entsprach.

Hoffentlich übernimmt Ronni sich nicht, dachte sie. Wäre Frank noch hier, hätte sie weniger Bedenken. Ronni und er waren ein eingespieltes Team gewesen und Frank hatte Erfahrung. Bei Hubert Gössel war sie sich noch nicht so sicher.

42

Carsten

Carsten saß in seiner kleinen Küche am Tisch. Vor ihm stand eine Flasche Bier. Er war nervös. Am Nachmittag hatte Anna angerufen. Sie wollte ihren Bruder suchen, um mit ihm zu sprechen. Wie sie gesagt hatte, waren ihre Eltern ermordet worden. Sie hatte ihm nicht gesagt, weswegen sie mit Tim sprechen wollte. Er vermutete, dass es um den Tod der Eltern ging. Er hatte ihr den Tipp gegeben, auf dem Gelände der ehemaligen Bundesbahnschule nach Tim zu suchen. Auch hatte er ihr eindringlich geraten, dass sie nicht nach Einbruch der Dunkelheit dorthin gehen sollte. Er kannte die Gegend und wusste, dass es für eine junge Frau dort gefährlich werden könnte.

Sie hatten verabredet, dass sie ihn nach ihrer Rückkehr anrufen würde. Inzwischen war es bereits lange Zeit dunkel und sie hatte sich immer noch nicht gemeldet. Mehrere Versuche, sie auf dem Handy zu erreichen, waren vergeblich gewesen. Er machte sich Sorgen.

Hätte ich ihr doch bloß nicht gesagt, dort nach Tim zu suchen, dachte er. Jetzt machte er sich Vorwürfe, sie nicht dorthin begleitet zu haben.

Sitz' nicht hier und grüble, sagte er zu sich, du musst etwas unternehmen. Er trank den letzten Schluck Bier aus und zog sich seine Jacke an. Wenn er doch bloß nach ihrer Anschrift gefragt hätte, würde er jetzt dorthin fahren, um zu sehen, ob sie zu Hause war. Leider hatte er das versäumt. Er beschloss, zum Gelände des Bundesbahnbetriebswerks zu gehen und zu schauen, ob er sie oder Tim dort antreffen würde. Das Gelände war nicht weit von seiner Wohnung entfernt, sodass er auf sein Auto verzichten und zu Fuß gehen konnte.

Das alte backsteinerne Gebäude lag dunkel und schweigend vor ihm. Er kannte das Haus aus seiner wilden Zeit. Vor ein, zwei Jahren war er einige Male mit einem Freund hier gewesen. Sie hatten auf den Treppenstufen des Eingangs gesessen und gekifft. Doch diese Zeit war vorbei. Da er wusste, dass der von der Straße abgewandte Teil des Hauses nicht beleuchtet war, hatte er eine Taschenlampe eingesteckt, die er jetzt hervorholte.

Er ging durch das Tor zur Rückseite des Gebäudes. Er wusste, dass sich dort der Eingang befand. Nichts bewegte sich, nur ein leises Rauschen der Bäume im Wind war zu hören. Ein wenig Licht fiel von den Straßenlaternen in den hinteren Bereich des Hauses. Er kam an dem eingeschlagenen Toilettenfenster vorbei. Bei leerstehenden Häusern findet man immer wieder eingeschlagene Fenster. Daher beachtete er das nicht. Er ging das Außengelände ab und leuchtete in alle Ecken und hinter alle Bäume und Sträucher. Von Anna oder von Tim keine Spur.

Zielstrebig ging er zur Haustür. Die Klinke ließ sich hinunterdrücken. Er hatte Glück, mit einem Knarren öffnete sich die Tür. Das hatte er sich nicht so einfach vorgestellt. Er hatte gelesen, dass die Stadt das Gebäude demnächst als Unterkunft für Geflüchtete herrichten wollte. Man sollte daher davon ausgehen, dass es entsprechend gesichert war.

Im Haus war es stockfinster. Er ließ den Lichtkegel seiner Taschenlampe über die Wände gleiten. Mehrere Türen gingen vom Eingangsbereich ab.

Er verspürte ein Kribbeln, das sich vom Haaransatz im Nacken über den Rücken ausbreitete. Eine Anspannung und unerwartete Angst machten sich in ihm breit.

Er ging von Tür zu Tür. Alle waren verschlossen. Lediglich eine Tür ließ sich öffnen. Dahinter befand sich ein großer Raum, der vollgestopft mit alten Regalen, Schreibtischen und Stühlen war.

Nein, er war sich sicher, dass sich hier weder Anna noch Tim aufhielten. Er schloss die Tür und ging zur Treppe.

Vorsichtig stieg er Stufe um Stufe hoch. Auch in der ersten Etage gingen mehrere Türen ab. Er wählte die ihm gegenüberliegende. Sie ließ sich ohne Probleme öffnen. Vor ihm lag ein Flur, von dem wiederum mehrere Türen abgingen.

Das Kribbeln in seinem Nacken und auf seinem Rücken hatte sich inzwischen zu einem allgemeinen Unwohlsein entwickelt.

Verdammt Carsten, reiß dich zusammen. Hier gibt es keine Gefahr und von Anna und Tim ist keine Bedrohung zu befürchten. Du kennst sie seit Jahren und es sind deine Freunde, sagte sein Gefühl. Sein Verstand sagte etwas anderes: Sei vorsichtig, du weißt nicht, was dich erwartet.

Er ging leise zu der ersten Tür und drückte vorsichtig die Klinke herunter. Ein wenig knarrte sie in den Angeln, als er dagegen drückte und sie einen Spalt weit öffnete.

Vorsichtig lugte er hinein. Der Strahl seiner Taschenlampe wanderte durch das Zimmer.

Er erschrak. Auf dem Fußboden saß, gegen die Wand gelehnt, eine Person. Sein Puls schnellte in die Höhe.

„Carsten bist du es?“, flüsterte die Person.

Ohne Zweifel, das war Annas Stimme. Etwas stimmte hier nicht. Wieso saß sie auf dem Boden? Wieso steht sie nicht auf und kommt zu mir?, überlegte er.

„Ja, ich bin's", antwortete Carsten.

Automatisch ging er zu ihr, um ihr beim Aufstehen behilflich zu sein. Der Lichtstrahl fiel auf ihre Füße. Er sah, dass sie zusammengebunden waren. Schnell ließ er den Strahl den gesamten Körper hochwandern. Ihr rechtes Bein war rot. Es sah wie Blut aus. Ihre Hände befanden sich hinter ihrem Rücken.

Tausend Gedanken rasten durch seinen Kopf. Was war hier geschehen?

„Bist du verletzt? Ich helfe dir. Ich befreie dich von den Fesseln", sagte Carsten aufgeregt und lief die letzten Meter zu ihr.

„Verschwinde Carsten, lauf weg, beeil dich. Er ist total verrückt", flüsterte Anna wie von Sinnen.

Carsten verstand nicht, was sie wollte. Wieso sollte er verschwinden und wer sollte verrückt sein?

Er musste ihr helfen. Sie war gefesselt und offensichtlich verletzt. Er beugte sich zu ihr hinunter.

„Vorsicht Carsten, hinter dir!", schrie Anna.

Carsten fuhr herum, aber es war zu spät. Der Schlag traf ihn an der Schulter und ein heftiger Schmerz fuhr durch seinen Körper. Hätte er nicht so schnell reagiert, hätte der Schlag mit Sicherheit seinen Kopf getroffen.

Seine Taschenlampe brannte noch, aber sie lag auf der Erde und beleuchtete nur den Fußboden. Nur schemenhaft sah er seinen Gegner. Trotz des diffusen Lichts sah er die Klinge eines Messers aufblitzen. Er fühlte einen stechenden Schmerz in der linken Körperseite und brach zusammen. Als er eine Hand auf die schmerzende Stelle legte und die Feuchtigkeit spürte, wusste er, dass es Blut war. Er spürte jeden seiner Herzschläge bis in den Kopf. Angestrengt versuchte er, die

Augen offen zu halten, doch von Sekunde zu Sekunde verschwamm die Umgebung um ihn herum und wurde eins mit der Schwärze der Nacht.

„Bist du völlig von Sinnen? Du hast ihn umgebracht. Du musst einen Rettungswagen rufen!", schrie Anna und zerrte an ihren Fesseln.

„Ach, Schwesterchen!. Wenn er tot ist, braucht er keinen Rettungswagen mehr und wenn nicht, ist er mir auch egal. Wer ist das überhaupt?"

„Carsten, dein früherer Freund. Er hat mich wahrscheinlich gesucht, weil ich ihn nicht wie versprochen angerufen habe."

„Scheiße! Carsten. Das wusste ich nicht."

Zum ersten Mal bemerkte Anna ein wenig Mitleid in seiner Stimme.

„Was soll's? Er ist doch selbst schuld. Warum musste er denn auch hierherkommen? Ihr seid beide verrückt. Zuerst kommst du, dann kommt er. Ich muss weg. Ich habe noch eine wichtige Verabredung."

„Aber du kannst Carsten doch nicht einfach hier liegen lassen. Wenn er noch lebt, verblutet er."

Doch ihre Worte gingen ins Leere. Sie hörte nur noch, wie die Tür ins Schloss fiel. Sie war allein mit Carsten.

Sie hatte nur noch einen Gedanken. Sie musste Carsten helfen.

Sie stemmte die Füße vor sich auf den Boden und zog ihren Körper nach vorne. So kam sie Stück für Stück von der Wand weg.

Die Schmerzen an ihrem Bein ignorierend, bewegte sie sich schwerfällig auf Carsten zu. Ständig erwartete sie, dass die Tür aufging und Tim wütend zurückkam.

Er hatte gesagt, dass er um Mitternacht noch etwas Wichtiges zu erledigen hatte. Sie gab sich keiner Illusion hin, was passieren würde, wenn er danach zurückkam. Tim musste davon ausgehen, dass sie und Carsten einfach zu viel von ihm wussten. Wie spät war es eigentlich? Egal, total egal. Da lag Carsten und sie musste zu ihm hin. Vielleicht noch zwei Meter. Die Schmerzen wurden weniger. Ich schaffe das, dachte sie. Und tatsächlich nach noch einigen „Hopsern", wenn man es denn so nennen wollte, erreichte sie Carsten.

Sie drehte sich so, dass sie mit dem Rücken gegen ihn lag. So konnte sie ihn mit den gefesselten Händen berühren. Sie rutschte so lange an ihm hoch, bis ihre Hände an seinem Hals lagen und sie seinen Puls fühlen konnte. Er ging langsam – sehr langsam.

Carsten schien von alledem nichts mitzubekommen. Er sagte nichts und sein Atem war kaum zu vernehmen. Sie arbeitete sich wieder zurück. Sie wollte mit den Händen nach seiner Wunde suchen. Nach einiger Anstrengung spürte sie klebrige, dickflüssige Nässe auf dem Fußboden. Das konnte nur Blut sein. Dummerweise leuchtete die auf dem Boden liegende Taschenlampe zur anderen Seite. Sie hätte sie drehen müssen und hätte dann trotzdem nicht sehen können, wo er verletzt war und wie viel Blut den Boden bedeckte.

Sie hatte Angst, dass er verblutete, wenn ihm nicht bald geholfen würde.

Eins war sicher. Carsten würde ihr nicht helfen können und sie konnte in ihrer jetzigen Situation Carsten nicht helfen.

Verzweifelt stampfte sie mit den gefesselten Beinen auf den Fußboden.

43

Ronni

Ronni und Hubert saßen im Auto am Ende der Straße, in der sich das Haus der Familie Reichert befand. Ihre bisherige Information besagte, dass das Geld um vierundzwanzig Uhr übergeben werden sollte. Das hatte der Entführer am Telefon gesagt. Über das wie und wo hatten sie keine Ahnung. Das musste auf dem Zettel gestanden haben, den Frau Reichert am Hohlstein geholt hatte.

Damit sie die Abfahrt von Frau Reichert nicht verpassten, saßen sie seit zweiundzwanzig Uhr im Auto und warteten. Frau Reichert musste unweigerlich an ihnen vorbeifahren. In der Straße herrschte um diese Zeit so gut wie kein Verkehr. Sie würden durch die herankommenden Scheinwerfer früh genug bemerken, wenn sie sich näherte.

Hubert hatte die Augen geschlossen und döste vor sich hin. Ronni spielte am Smartphone. Er fühlte sich nicht wohl in seiner Haut. Hatte er sich doch auf einen Plan eingelassen, der unkalkulierbare Risiken beinhaltete. Was würde geschehen, wenn Frau Reichert oder noch schlimmer der Entführer sie frühzeitig bemerkten? Sie würden durch ihre Aktion das Leben von Emma gefährden. Das mussten sie mit allen Mitteln vermeiden. Es war also höchste Vorsicht gefordert. Sie durften kein Risiko eingehen, auch auf die Gefahr hin, dass der Täter ihnen entkommen würde.

Plötzlich erhellte sich die Straße und ein Auto kam von hinten auf sie zu. Roni schubste Hubert in die Rippen und beide duckten sich, damit Frau Reichert sie beim Überholen nicht sah.

Als das Auto vorbei war, sagte Ronni: „Das war sie“, und startete den Motor.

„Ich warte, bis sie um die Kurve ist“, sagte er.

Die Anspannung war ihm anzumerken. Auch Hubert hatte sich aufrecht gesetzt und war jetzt hellwach. Er schaute auf die Uhr. Es war 23:40 Uhr.

Carla Reichert fuhr in Richtung Mauspfad, um dann später in Richtung Altenrath abzubiegen. Die beiden Kommissare wussten, dass es im Laufe der Straße nur zwei Möglichkeiten zum Abbiegen gab. Entweder bog sie nach Lohmar ab oder sie fuhr in Richtung Altenrath.

Ronni hatte so viel Abstand gehalten, dass er gerade noch sah, dass sie die Straße nach Altenrath gewählt hatte.

Er konnte jetzt den Abstand größer werden lassen, denn es gab keine andere Möglichkeit, irgendwo abzubiegen. Es sei denn, sie bog in einen Wanderparkplatz oder in einen Waldweg ab. Hätte sie diese Möglichkeit gewählt, hätten Ronni und Hubert beim Vorbeifahren das Licht ihrer Scheinwerfer bemerkt.

Ronni kannte sich in diesem Bereich von Troisdorf gut aus. Er wusste, dass sich vor dem Ortsteil Altenrath ein Kreisverkehr mit vier Ausfahrmöglichkeiten befand. Er drosselte sein Tempo, um abzuwarten, welche Ausfahrt Frau Reichert nehmen würde.

Sie fuhr sehr langsam in den Kreisverkehr hinein und nahm weder die Ausfahrt nach Lohmar noch die in den Ort hinein. Auch an der Ausfahrt in Richtung Köln fuhr sie vorbei. Sie kam an der Straße vorüber, von wo sie in den Kreisverkehr eingefahren war und begann eine neue Runde.

Inzwischen fuhr sie so langsam, dass Ronni unmöglich auch noch langsamer fahren konnte, um nicht die Aufmerksamkeit auf sich zu lenken. Daher bog er auch in den Kreisverkehr ein und fuhr in der Ausfahrt nach Altenrath wieder hinaus. Hubert hatte sich umgedreht.

„Sie fährt noch eine Runde. Was soll das? Was hat sie vor?“, fragte er ratlos.

Ronni musste spontan eine Entscheidung treffen und bog, nachdem er aus dem Kreisverkehr hinausgefahren war, sofort rechts in die Straße „Rambusch“ ein. Gegenüber vom Jägerhof war ein kleiner Parkplatz, den er ansteuerte und sofort die Scheinwerfer löschte. Von hier hatte man einen guten Blick zum Kreisverkehr.

Frau Reichert fuhr weiterhin Runde um Runde im Kreisverkehr.

Ihr Tempo konnte man noch nicht einmal als Schritttempo bezeichnen. Sie hatte Glück, dass kein anderer PKW unterwegs war, der diese Fahrweise als Behinderung angesehen hätte. Ronni und Hubert konnten sich nicht vorstellen, was diese Aktion bedeuten könnte. Sollte hier womöglich die Geldübergabe erfolgen? Wieso hält sie dann nicht an einer Stelle an und wartet auf den Entführer, um ihm das Geld zu geben?

Aus Richtung Troisdorf näherte sich der Lichtkegel eines Autos.

Beim Einfahren in den Kreisverkehr erkannten Ronni und Hubert einen alten, roten Opel.

Es dauert nur wenige Sekunden, bis er hinter dem Wagen von Frau Reichert war. Sie beschleunigte nicht, verließ aber auch nicht den Kreisverkehr. Stattdessen fuhr sie am äußersten Rand der Straße entlang. Der rote PKW blinkte kurz auf und setzte sich auf der Innenseite neben Frau Reicherts Auto.

Alles Weitere ging sehr schnell. Frau Reichert warf etwas, das wie ein Rucksack aussah, aus dem Fenster in das Fenster des neben ihr fahrenden Opels. Ein Vorgang, der präzise geplant und eingehalten werden musste. Daher fuhr Frau Reichert so langsam. Sie hatte die Fensterscheibe heruntergefahren und musste warten, bis der Opel hinter ihr war. Erst, als das Auto neben ihr auf gleicher Höhe war, konnte sie den Rucksack in das geöffnete Fenster des Opels werfen.

Dann gab der Opelfahrer Gas und mit quietschenden Reifen verließ er den Kreisverkehr in Richtung Troisdorf.

Für Ronni und Hubert war klar, die Geldübergabe war erfolgt. Spektakulärer als sie erwartet hatten. Ronni startete und raste vom Parkplatz in den Kreisverkehr, den er ebenfalls in Richtung Troisdorf verließ. Frau Reichert war im Augenblick uninteressant. Sie hätte mit Sicherheit nicht gewusst, wer in dem anderen PKW gesessen hatte. Auch mit anderen Hinweisen hätte sie ihnen nicht weiterhelfen können.

44

Tim

Tim Lindemann fuhr in Richtung Troisdorf. Als er Altenrath verlassen hatte, öffnete er bereits während der Fahrt den Rucksack, um einen Blick hineinzuwerfen. Die Geldscheine waren ordentlich gebündelt und soweit es ging, im Rucksack gestapelt. Er nahm ein Bündel heraus und fächerte es mit dem Daumen vor seinen Augen. Es war ein erhebendes Gefühl.

Auch wenn der Plan nicht von ihm stammte, war er stolz auf sich. Er hatte es geschafft – er ganz allein.

Er freute sich darauf, später, wenn er wieder im Haus war, mit Genuss in Ruhe einen Joint zu rauchen. Ober sollte er sich eine Ecstasy-Pille einwerfen? Er war sich noch nicht ganz sicher, denn er hatte nur noch wenige dieser Tabletten.

Egal, heute habe ich mir eine XTC verdient und ich will hellwach sein, wenn ich die Scheine zähle, freute er sich.

Grundsätzlich mochte er die euphorische Stimmung und das Gefühl von Glück und Wärme, die ihm die Einnahme der Tablette vermittelte. Dass er dieses Gefühl immer öfter brauchte und immer tiefer in die Abhängigkeit geriet, war ihm nicht bewusst.

Dann fiel ihm Anna ein. Verdammt! Seine euphorische Stimmung war mit einem Mal dahin.

Ursprünglich war geplant, das Mädchen der Reicherts für ein, zwei Tage festzuhalten, das Geld zu kassieren und es dann freizulassen. Da er immer sein Gesicht verborgen hatte, würde das Mädchen keine Gefahr für ihn bedeuten.

Nun hatte der Plan sich durch das Auftauchen seiner Schwester extrem verändert. Hatte sie gespürt, dass er für den Tod ihrer Eltern verantwortlich war? Wissen kann sie es nicht, und ihr Gefühl reicht nicht für eine Anzeige bei der Polizei, sagte er sich.

Das größte Problem war, dass Carsten verletzt, oder sogar schon tot in dem Haus lag. Sie hatte alles mitangesehen, wie er zugestochen hatte und wie er anschließend, ohne sich um ihn zu kümmern, weggefahren war. Das war gefährlich für ihn und er musste eine Lösung für dieses Problem finden.

Er erreichte die Lindenstraße in Troisdorf-Oberlar und parkte seinen alten Opel vor dem Haus der ehemaligen Bundesbahnschule.

Er stieg aus, hängte sich den Rucksack über die Schulter und machte sich auf den Weg zur Rückseite des Hauses, wo sich der Eingang befand. Wie immer war es im hinteren Teil des Hauses total finster. Er schaltete seine Taschenlampe an. Die Tür war nicht abgeschlossen. Er schenkte dem keine besondere Bedeutung. Wahrscheinlich hatte er, wie bereits mehrmals, vergessen, abzuschließen.

Er ging die Treppe hoch und öffnete die Tür zu dem Zimmer, in dem sich Anna und Carsten befanden.

Völlig unverhofft traf ihn der starke Lichtstrahl einer Lampe. Schützend hielt er sich eine Hand vor die Augen.

„Da bist du ja endlich. Hast du das Geld?“

„Hallo, du bist schon da? Mit dir hatte ich noch nicht gerechnet.“

„Antworte mir! Hast du das Geld?“

„Ja, natürlich. Es hat alles wie besprochen geklappt. Nimm endlich den Lichtstrahl von mir“, antwortete Tim und warf den Rucksack vor sich auf den Betonboden.

„Schieb‘ den Rucksack zu mir herüber.“

„Was soll das? Wir wollten doch erst am Morgen in aller Frühe das Geld aufteilen, wenn es hell ist“, antwortete Tim kleinlaut.

Der Lichtstrahl wanderte von Tim auf den vor ihm liegenden Rucksack. Widerwillig schob er den Rucksack mit dem Fuß nach vorne. Als der Lichtstrahl ihn nicht mehr blendete, erkannte er erst, dass sein Gegenüber in der anderen Hand eine Pistole hielt, die auf ihn gerichtet war.

„Mensch, Sebastian, nimm die Waffe runter. Du willst doch deinen Kumpel nicht erschießen“, sagte Tim als Scherz und ließ sein Kichern hören.

„Wieso eigentlich nicht? Du glaubst doch nicht im Ernst, dass ich dir das Geld überlasse.“

„Ja, aber ... das haben wir doch so vereinbart. Du die Hälfte und ich die Hälfte. Ich finde sogar, dass mir mehr zustehen sollte, schließlich habe ich die gesamte Arbeit gemacht“, versuchte Tim sogar noch in dieser Situation zu verhandeln.

Sebastian stieß ein schallendes Gelächter aus.

„Ich hatte die Idee. Ich habe das Geld besorgt. Ich habe dir meine Tochter als Köder überlassen. Was hast du stattdessen getan? Du hast deine eigenen Eltern umgebracht. Und du willst mit mir handeln? Vergiss es. Hier endet deine Reise.“

Sebastian hob die Pistole, die er vorher gesenkt hatte.

„Das kannst du doch nicht machen. Du kannst mich doch nicht erschießen. Nimm das ganze Geld und lass mich gehen“, winselte Tim.

Sebastian lud die Waffe durch, die augenblicklich schussbereit war.

45

Anna

„Warte!“, ertönte zum ersten Mal die Stimme von Anna.

Sie hatte sich von dem ersten Schock erholt, als Sebastian vorhin den Raum betreten hatte.

Er war genauso überrascht gewesen, als er sie und Carsten am Boden liegen sah. Im Gegensatz zu ihr, hatte er sich schnell gefangen. In keiner Phase konnte man vermuten, dass er bis jetzt ein Verhältnis mit ihr hatte. Er war kalt wie ein Fisch zu ihr und behandelte sie wie eine Fremde. Auf ihre Bitte, ihr die Fesseln zu lösen, hatte er nur ein süffisantes Lächeln übrig.

Bisher musste sie mit ihrer Fassungslosigkeit klarkommen und ihr Chaos im Kopf ordnen und hatte sich nicht in das Gespräch eingemischt. Sie hatte keine Ahnung, wie sie den Wahnsinn stoppen könnte. Vielleicht hatte sie aber auch nur Angst – Angst um ihr Leben. Ihr war bewusst geworden, dass Sebastian sie nicht gehen lassen würde. Er konnte keinen von ihnen gehen lassen. Weder Sie, noch Carsten, noch Tim.

Sollte Tim Sebastian überzeugen, ihn am Leben zu lassen, war das Schicksal von ihr und Carsten trotzdem besiegelt. Bisher hatte sie nur geahnt, dass Tim ihre Eltern umgebracht hatte, jetzt war das Gewissheit geworden.

Sebastian musste das hier zu Ende bringen – Anna war klar: Es gab für ihn nur eine Möglichkeit – und die bestand im Gebrauch der Pistole.

„Was heißt ‚warte'? Möchtest du noch ein letztes Wort an mich richten oder willst du noch ein Gebet sprechen?", fragte Sebastian Anna spöttisch.

„Nebenan liegt deine Tochter. Inzwischen ist sie bestimmt bewusstlos. Seitdem Tim sie entführt hat, hat sie kein Insulin mehr erhalten. Als ich hierherkam, war ich zuerst bei ihr. Ich habe ihren Zustand gesehen. Es geht ihr überhaupt nicht gut", sagte Anna.

Annas Stimme klang fest und souverän. Das musste Sebastian beeindrucken, schließlich war sie seine Freundin gewesen. Er kannte sie als moderne und selbstsichere Frau.

„Wieso hat sie kein Insulin bekommen? Hast du Verrückter ihr das weggenommen?", fragte Sebastian Tim.

Sebastians bisherige Souveränität ging in Wut und Hass über.

„Ich habe die Schultasche mit ihrem Handy in die Sieg geworfen. Ich wusste doch nicht, dass in der Tasche ein Insulinvorrat für den Notfall war", jammerte Tim.

Sebastian machte zwei Schritte auf Tim zu und schlug ihm mit dem Knauf der Pistole ins Gesicht. Sofort rann Blut aus Nase und Mund.

„Gnade dir Gott, wenn etwas mit meiner Tochter passiert ist. Wenn ich dir sage, was ich dann mit dir mache, wirst du darum betteln, dass ich dich erschieße."

„Beruhige dich, Sebastian. Wenn du jetzt durchdrehst, bringt uns das allen nichts. Auch nicht deiner Tochter", bat Anna.

Sie merkte, dass Sebastian doch viel an seiner Tochter lag, auch wenn er sie Tim als Köder überlassen hatte. Wahrscheinlich waren seine Schulden so hoch, dass er keinen anderen Ausweg gefunden hatte und die Idee mit der Entführung seiner Tochter inszeniert hatte.

Am Ende trug Anna auch eine erhebliche Schuld. Sie hatte Sebastian erzählt, dass Tim bei ihr gewesen war und um viel

Geld gebeten hatte. Von ihrer Vermutung und Angst, dass er ihren Eltern etwas angetan haben könnte, hatte sie ihm nichts gesagt.

Auf irgendeine Art und Weise musste Sebastian dann Tim aufgespürt haben. Da Tim ebenso wie er Geld benötigte, war es sicherlich ein Leichtes, mit ihm die Ausführung seiner Idee zu planen und durchzuführen.

Anna hatte nur noch eine Chance. Sie musste pokern.

Sebastian machte zwei Schritte auf Anna zu, die an der Wand gelehnt neben Carsten saß und baute sich vor ihr auf.

„Was meinst du damit: Das bringt auch deiner Tochter nichts?“, fragte Sebastian überrascht von Annas Worten.

„Wie ich sagte, war ich bei ihr, als ich hierherkam. Da konnte sie noch sprechen, was inzwischen nicht mehr möglich sein wird. In unserem Gespräch sagte sie mir, dass Tim wütend wurde, als sie ihn nach dem Insulin fragte. Als sie ihn daraufhin beschimpfte, sagte er aus Wut, dass ihr Vater auch nicht besser sei. Schließlich sei der Plan, sie zu entführen von ihm. Ich habe dann nochmal nachgefragt, ob ich das richtig verstanden habe. Sie bestätigte mir das. Du siehst, deine Tochter weiß, was du gemacht hast.“

„Das stimmt doch nicht. Ich habe das nie gesagt!“, schrie Tim und wollte auf Anna losgehen.

Sebastian hielt ihn zurück, indem er ihn mit der Pistole zurück befahl.

„Ach Tim, leugnen nützt dir nichts. Emma weiß, was ihr Vater getan hat“, sagte Anna ruhig.

Anna versuchte, nach außen gelassen zu wirken, obschon sie innerlich vibrierte. Sie musste Sebastian so unter Druck setzen, dass er aufgab. Dafür war ihr jedes Mittel recht. Auch wenn sie damit Tim belastete.

„Was meinst du, was deine Tochter denkt und empfindet, wenn du drei Menschen hier erschießt. Wie wird es ihr ergehen, wenn ihre Mitschüler mit dem Finger auf sie zeigen und sagen: Verschwinde, Mördertochter. Bisher hast du im Gegensatz zu Tim noch niemanden umgebracht. Okay, das war nicht richtig, was du gemacht hast, aber ich denke, darüber lässt sich reden. Zumindest hast du niemandem Schaden zugefügt. Und für deine Schulden lässt sich bestimmt auch ein Weg finden."

Sebastian ließ die Pistole sinken. Gab er auf?

Anna wollte sichergehen und setzte alles auf eine Karte.

„Schneide meine Fesseln durch und gib mir die Pistole. Dann geh nach nebenan zu deiner Tochter. Sie braucht dich. Ich passe in der Zeit auf Tim auf, damit er keine Dummheiten macht."

Anna war bis unter die Haarspitzen gespannt. Ihr Herz raste. Würde er auf ihren Vorschlag eingehen?

Sebastian stand vor ihr. Der Arm mit der Pistole in der Hand hing kraftlos neben seinem Körper. Den Kopf hatte er gesenkt. Anna sah förmlich, wie sein Gehirn arbeitete. Sollte er aufgeben oder sollte er das hier bis zum bitteren Ende durchziehen? Auch Tim stand unbeweglich da, die Augen auf den Boden gerichtet und wartete angstvoll, was geschehen würde.

Nach den bisherigen Turbulenzen wirkte die jetzige Stille im Raum noch lauter. Anna hatte alles versucht. Gespannt schaute sie Sebastian an. Sie wagte nicht einmal zu atmen. Die kleinste Kleinigkeit, eine unpassende Bemerkung, vielleicht auch nur eine winzige Bewegung konnte die Situation völlig ändern.

46

Ronni und Hubert

Die Spannung im Raum konnte man mit den Händen fassen.

Niemand schien zu atmen, niemand bewegte sich. Nur hin und wieder vernahm man ein leises Stöhnen von der Stelle, an der Carsten auf dem Fußboden lag.

Plötzlich zerriss polternder Lärm die beklemmende Stille. Die Tür wurde gewaltsam aufgebrochen. Alle Köpfe fuhren in die Richtung zur Tür herum und ungläubiges Staunen breitete sich in den Gesichtern aus.

Ronni und Hubert stürmten hinein. Der starke Strahl zweier Taschenlampen erfasste Sebastian und Tim. Einer der Kommissare visierte Sebastian mit der Waffe an, der andere Tim.

„Waffe fallen lassen und die Hände in die Höhe!“, schrie Ronni.

Hubert schlug dem völlig überraschten Sebastian die Waffe aus der Hand und drehte ihm den Arm auf den Rücken. Ronni packte Tim und drückte ihn mit dem Gesicht gegen die Wand.

Handschellen klickten und der Spuk war vorbei.

Hubert informierte die Kollegen und Kolleginnen der nahegelegenen Troisdorfer Wache, die Sebastian und Tim abführten.

Binnen weniger Minuten waren auch drei Rettungswagen vor Ort. Emma war stark überzuckert. Sie benötigte umgehend Insulin und wurde zum nächstgelegenen Krankenhaus nach Troisdorf transportiert. Carsten hatte Glück im Unglück. Die Sanitäter sagten, dass er eine schwere Verletzung hätte, aber wahrscheinlich überleben werde. Der Rettungswagen brachte ihn in die Universitätsklinik nach Bonn.

Die Verletzung am Oberschenkel von Anna stellte sich als nicht so gravierend dar. Der Blutverlust sah schlimmer aus, als die Verletzung tatsächlich war. Eine stationäre Krankenhausbehandlung war nicht erforderlich. Die Sanitäter legten ihr einen Verband an. Zum Wechseln des Verbands sollte sie am nächsten Tag eine Arztpraxis aufsuchen.

Nachdem Anna versorgt war, ließen sich Ronni und Hubert von Anna berichten, was geschehen war und wie sich der Ablauf dargestellt hatte. Die Vernehmung der übrigen Beteiligten würde im Laufe der nächsten Tage erfolgen.

„Da hätten wir das Finale beinahe verpasst“, sagte Hubert zu Ronni, der auf dem Beifahrersitz saß und die Augen geschlossen hatte.

„Das war reines Glück, dass wir Tims Auto vor dem Haus gesehen haben“, antwortete Ronni ohne die Augen zu öffnen.

Sie hatten den roten Opel von Altenrath aus verfolgt. Die Fahrt ging über Troisdorf nach Oberlar. Es herrschte kaum Verkehr. Ronni achtete daher immer darauf, dass der Abstand zu dem vorausfahrenden Auto so groß war, dass der Fahrer die Verfolger nicht bemerkte. Im Ortsteil Oberlar hatten sie den roten Opel mit einem Mal verloren. Sie fuhren planlos die Straßen ab und kamen zufällig zur Lindenstraße. Hier sahen sie den gesuchten Wagen vor einem alten Haus stehen. Die beiden Kommissare ahnten, dass der Entführer in dieses Haus gegangen war und dass sich dort auch möglicherweise die Tochter der Familie Reichert befand.

Sie sahen sofort, dass das Haus unbewohnt war. Als sie sich im Parterre umsahen, hatten sie im oberen Stockwerk Stimmen gehört. Sie fanden schnell die Tür, hinter der sich, nach den Stimmen zu urteilen, mehrere Personen befinden mussten.

Sie legten die Köpfe an die Tür und horchten.

Eine Frauenstimme hatte vom Erschießen dreier Menschen gesprochen und den Namen Tim erwähnt. Die Kommissare kombinierten, dass es sich nur um Tim Lindemann handeln konnte. Dann hatten sie in dem roten Opel wahrscheinlich Tim verfolgt. Ronni kam die Frauenstimme bekannt vor. Konnte das eventuell die Stimme von Anna Lindemann sein? Er flüsterte seinen Verdacht Hubert ins Ohr, der nickte zustimmend.

Nach einer kurzen Pause hatte die Frau erneut gesprochen. Ronni und Hubert verstanden nicht jedes Wort. Sie verstanden nur so viel, dass jemand Fesseln durchschneiden sollte und dass jemand die Pistole geben sollte. Dann wurde es still hinter der Tür.

Ronni gab Hubert ein Zeichen. Sie zogen ihre Waffen aus den Holstern, rissen die Tür auf und stürmten in den Raum. Wie sich herausstellte, war das genau der richtige Zeitpunkt gewesen.

Es war ein langer Tag. Im Osten wurde es bereits hell und es würde nicht mehr lange dauern, bis sich die Sonne am Horizont zeigen würde. Wahrscheinlich stand ihnen ein schöner Herbsttag bevor. Ronni als auch Hubert würden froh sein, wenn sie zu Hause in ihr Bett fallen könnten.

***

Am nächsten Vormittag informierten Ronni und Hubert ihren Chef Dirk Schmitz bis in alle Einzelheiten, wie die Entführung erfolgreich zu Ende gegangen war. Dass nebenbei der Mord an dem Ehepaar Lindemann aufgeklärt werden konnte, war ein erfreulicher Nebeneffekt.

„Da steht uns noch einiges bevor“, sagte Schmitz in Bezug auf die Ereignisse der letzten Nacht und der anstehenden Pressekonferenz.

„Die Presse wird sich über uns auslassen. Ausnahmsweise sind wir einmal nicht die Buhmänner, sondern die Guten. Die werden nicht mit sensationellen Details geizen.“

„Ich sehe schon die Überschriften: „Vater lässt Tochter entführen.“ Oder „Geld regiert die Welt“, prognostizierte Hubert.

„Bevor ihr euch mit dem Schreiben der Berichte beschäftigt, kann ich euch noch eine wahrscheinlich freudige Nachricht mitteilen.“

Ronni und Hubert, die sich bereits erhoben hatten, blieben stehen und sahen ihren Chef, der ebenfalls aufgestanden war, erwartungsvoll an.

„Ab nächsten Monat nimmt Hubert die Stelle von Frank ein.“

„Wenn das kein schöner Tag ist“, sagte Ronni zu Hubert und klopfte ihm auf die Schulter.

„Das finde ich auch. Du kannst dich freuen, einen so erfahrenen und erfolgreichen Kollegen an deine Seite zu bekommen.“

Dirk Schmitz schüttelte nur den Kopf und Ronni und Hubert gingen gemeinsam in ihr Büro.

47

Ronni und Frank Eisenstein

Ronni hatte am folgenden Tag länger als üblich geschlafen. Susie war schon in der Küche und bereitete das Frühstück zu.

„Ich fahre erst heute Nachmittag ins Büro. Vor Mittag möchte ich noch Frank besuchen. Ich war schon lange nicht mehr bei ihm“, rief er auf dem Weg ins Bad.

„Mach das. Als er noch auf der Intensivstation lag, war das auch nicht möglich. Außerdem hattest du doch auch so viel um die Ohren“, rief Susie zurück.

Susanne hatte Susie am Abend vorher angerufen und mitgeteilt, dass Frank von der Uni-Klinik zurück nach Bonn-Beuel verlegt wurde und jetzt auf der sogenannten Überwachungsstation lag.

Nach einigen Minuten öffnete Susie die Badezimmertür. Ronni stand gerade unter der Dusche.

„Ich habe dir das Frühstück in der Küche auf den Tisch gestellt. Ich esse nichts. Ich lege mich ein paar Minuten hin“, rief sie.

Ronni drehte das Wasser ab und schaute aus der Duschkabine heraus.

„Was ist los? Ist dir wieder übel wie gestern? Oder setzen die Wehen ein?“

Ronni trat aus der Dusche und trocknete sich ab. Er war nervös.

„Ist nicht so schlimm. Mir ist ein bisschen übel. Das hatte ich auch in dieser Nacht, als du nicht da warst und ich aufgestanden bin, weil ich nicht schlafen konnte. Wenn ich mich hinlege, hört das wieder auf. Die Hebamme sagte, das sind Übungswehen."

Ronni hörte nur das Wort Wehen. In Windeseile zog er sich an.

„Komm. Wir fahren sofort ins Krankenhaus", sagte er aufgeregt.

„Nun mach mal langsam. Das hat nichts zu bedeuten. Das kann noch Tage dauern, bis es wirklich losgeht", sagte Susie beruhigend.

„Bist du sicher?"

„Ja, bin ich. Du kannst beruhigt Frank besuchen, wie du es geplant hast. Es wird nichts passieren. Da bin ich mir sicher. Sollten wider Erwarten tatsächlich richtige Wehen auftreten, dauert es immer noch einige Zeit. Dann rufe ich dich an. Wir haben dann auf jeden Fall noch genügend Zeit."

„Dann fahre ich jetzt sofort zu Frank. So bin ich früh wieder zurück."

„Möchtest du kein Frühstück?", fragte Susie, als er sich die Jacke überwarf.

„Nein, habe keinen Hunger", antwortete er.

Trotzdem eilte er in die Küche, schnitt eines der aufgebackenen Brötchen durch und legte eine Scheibe Wurst hinein.

Dann gab er Susie noch einen Kuss und verschwand durch die Tür.

***

Frank hatte man von der Intensivstation in ein Einzelzimmer auf der Überwachungsstation verlegt. Susanne war bereits sehr früh im Krankenhaus. Mit Julia hatte sie sich abgestimmt, dass sie am Morgen und Julia am Nachmittag Frank besuchen würde. Sie wollten ihn nicht am ersten Tag seines „neuen" Lebens überfordern. Seitdem saß sie neben seinem Bett und beobachtete ihn unablässig. Auf keinen Fall wollte sie den Augenblick verpassen, wenn er seine Augen aufschlug.

Die Ärzte hatten ihr gesagt, dass er bald aus der Narkose erwachen würde, aber dann noch sehr schwach und müde sei.

„Bedenken Sie, er wird nicht wissen, wo er sich befindet. Sein Sprechen wird sehr eingeschränkt sein. Er hatte und hat noch immer Halluzinationen. Manches, was er Ihnen sagt, werden Sie nicht verstehen. Das sind dann Halluzinationen. Für ihn ist das aber Realität. Machen Sie ihm behutsam klar, dass er geträumt hat. Diskutieren Sie auf keinen Fall mit ihm. Er wird Ihnen nicht glauben", erklärte ihr der Stationsarzt, bevor er sich verabschiedete.

Sie legte zum wiederholten Male ihre Hand auf seine und verspürte ein leichtes Zucken. Auch seine Augenlider bewegten sich. Dann öffnete er die Augen.

Sie nahm seine Hand in ihre Hände und streichelte sie vorsichtig.

„Frank, ich bin es, Susanne. Erkennst du mich?"

Er öffnete leicht den Mund und mehr als ein Grunzen, das eventuell „Ja" heißen konnte, vernahm sie nicht.

Frank schaute Susanne an, dann ließ er die Augen über seine nähere Umgebung gleiten.

Er schien verunsichert. Susanne dachte, dass er mit Sicherheit nicht begriff, wo er sich befand.

„Wo ... bin ... ich?", röchelte er.

„Du liegst im Krankenhaus in Beuel im Bett. Du hattest eine schwere Operation“, gab Susanne ihm die ersten Informationen.

Er bewegte erneut den Mund und Susanne beugte sich zu ihm hin, um die flüsternde Stimme zu verstehen.

„Krankenhaus? ... Operation?“, fragte er mit leiser, verwaschener Stimme.

„Ja, du wurdest am Herzen operiert“, sagte sie und versuchte, ein wenig Licht in das Dunkel seiner Erinnerungen zu bringen.

Er horcht in sich hinein. Wie war er hierhergekommen? Aber er erhielt keine Antwort. Er konnte sich an nichts erinnern. Alles was er sah, wirkte fremd und unwirklich. Das helle Licht, die weiße Zimmerdecke und die schmucklosen, weißen Wände. Ein großes Fenster ohne Gardinen und Blumen. Obschon es für ihn ein außergewöhnlicher Zustand war, überkam ihn keinerlei Panik. Eine Gleichgültigkeit machte sich in ihm breit, die sich in Verständnislosigkeit wandelte.

Fragen rasten durch seinen Kopf. Mein Zustand ist seltsam, das Zimmer ist seltsam und die Frau neben mir ist seltsam. Ist das wirklich Susanne? Wie kann sie mir so etwas sagen? Das muss ein Irrtum, ein Missverständnis sein. Meint sie vielleicht die Zeit vor etlichen Jahren, als ich mich im Krankenhaus befand? Jetzt bin ich doch gesund. Was soll ich im Krankenhaus? Schwere Operation? Das kann doch alles nicht sein.

Susanne sah, wie seine Augen hin und her schauten, um sie dann wieder anzuschauen. Sie spürte, wie er seinen Zustand nicht verstehen und begreifen konnte.

Immer wieder erklärte sie ihm, was geschehen war und wo er sich befand. Langsam bekam sie den Eindruck, dass er seine Lage begriff und ihr glaubte.

„Verstehst du, was ich versuche dir zu erklären? Bald wird es dir besser gehen und du wirst wieder gesund werden.“

„Verstehe“, sagte er leise und sehr undeutlich.

„Die Sache im Krabachtal mit den Wanderern und deinem beschädigten Auto ist nicht so schlimm. Hauptsache, dir ist nichts geschehen“, fügte er nach einer Weile langsam hinzu.

Susanne wusste nicht, was im Krabachtal geschehen war. Sie wusste lediglich, dass sie nie dort gewesen war. Sie vermutete, dass es sich um einen Traum oder eine Halluzination von Frank handelte.

„Frank, ich hatte keinen Unfall im Krabachtal. Glaub mir, das hast du geträumt. Nach einer Herzoperation kommt es oft vor, dass man einen Traum hat und meint, das wäre tatsächlich geschehen. Warte nur, wenn es dir wieder besser geht, werden auch diese Träume verschwinden.“

Frank schüttelte nur leicht den Kopf. Ein Zeichen dafür, dass sie ihn nicht überzeugt hatte.

Dann schloss er die Augen und Susanne hatte den Eindruck, dass die bisherige Unterhaltung ihn so sehr angestrengt hatte, dass er einschlief.

Susanne hatte sich gerade auf dem Stuhl etwas zurückgelehnt und ebenfalls die Augen geschlossen. Sie war erschöpft und musste dieses erste Gespräch mit Frank erst einmal verarbeiten.

Nur wenige Minuten hatte sie nach ihrem Gefühl so dagesessen, als es an der Tür klopfte und Ronni hereinkam. Als sie ihn erblickte, stand sie freudig auf. Sie umarmten sich herzlich und Susanne hatte wieder die Tränen in den Augen. So freute sie sich, Ronni zu sehen.

Ronni nahm sich einen zweiten Stuhl und setzte sich ebenfalls ans Bett. Er fand, dass Frank heute wesentlich besser aussah, als er ihn in Erinnerung hatte. Frank hatte anscheinend eine ihm bekannte Stimme vernommen und bemerkt, dass jemand das Zimmer betreten hatte.

„Hallo Frank. Kennst du mich noch?“, fragte Ronni lachend und legte seine Hand auf Franks Hand.

„Natürlich ... Ronni“, flüsterte Frank.

Die Worte kamen abgehackt und mit langer Unterbrechung aus seinem Mund. Seine Stimme war nicht nur sehr leise, sie wirkte auch total verschleimt.

„Wie geht es dir?“, wollte Ronni von ihm wissen.

Er hatte schon bemerkt, dass eine Unterhaltung mit ihm noch nicht möglich war.

„Gut ... wäre ... gelogen“, antwortete Frank mit Mühe.

Frank hob seine Hand ein wenig und bat Ronni mit einem Winken näher zu sich heran.

„Du musst ... mich hier rausholen.“

Ronni beugte sich weit nach vorne, bis sein Ohr fast Franks Mund berührte.

„Besorge einen ... priva..ten Rettungs ... dienst. Bring die ... Kollegen ... mit. Ich ... bin hier ... nicht mehr ... sicher.“

„Du bist hier total sicher. Die Ärzte und das Personal sind sehr nett und helfen dir, dass du wieder gesund wirst.“

„Nein ... das ... stimmt ... nicht. Versprich es mir“, beharrte Frank auf seiner Bitte.

Susanne beugte sich zu Ronni und flüsterte ihm ins Ohr:

„Er ist verwirrt. Die Ärzte sagen, das sind immer noch Halluzinationen. Er bekommt deswegen Medikamente. Sag einfach ja, dann ist er zufrieden und regt sich nicht auf.“

„Okay Frank, dann machen wir das so, wie du gesagt hast.“

Ronni war erschüttert, wie es um Frank stand. Der erste Eindruck, dass sich sein Zustand wesentlich verbessert hatte, war ein Trugschluss. Nachdem, was er bisher von Susanne gehört hatte und was er jetzt sah, hatte er den Eindruck, dass Franks Aktivitäten nur noch aus Überlegungen, Erinnerungen und Tagträumen bestanden.

Es wird bestimmt noch längere Zeit dauern, bis Frank normal sprechen kann, dachte er, sagte das aber nicht zu Susanne. Er wollte sie nicht beunruhigen und ihr die Hoffnung nehmen.

„Wenn es Frank besser geht, wird er vielleicht in zwei Wochen eine stationäre Rehabilitationsmaßnahme beginnen. Das wird vom Krankenhaus in die Wege geleitet."

„Sehr schön. Dann geht es ja aufwärts mit ihm", antwortete Ronni, obschon er erhebliche Bedenken bezüglich des Zeitplans hatte.

Ronnis Handy läutete. Im Display sah er, dass Susie anrief.

„Was gibt es, Schatz. Geht es dir besser?"

„Ich glaube, du kommst besser. Wir sollten ins Krankenhaus fahren. Es könnte losgehen. Ich habe die Hebamme bereits angerufen. Sie erwartet uns."

„Ich bin schon unterwegs. In zehn Minuten bin ich bei dir", sagte Ronni, obschon er wusste, dass das nicht möglich war.

„Fahr langsam. Wir haben genug Zeit. Bis später", sagte Susie und beendete das Gespräch.

Ronni verabschiedete sich von Frank und Susanne und wollte gehen. Susanne hielt ihn aber fest.

„Warte einen Augenblick. Ich verabschiede mich von Frank und sage im Schwesternzimmer Bescheid, dass ich weg bin. Dann fahre ich mit zu dir nach Hause. Für Frank kann ich nichts tun, aber du sollst in so einer Situation nicht allein mit Susie sein."

„Das musst du nicht. Wir können das allein schaffen“, entgegnete Ronni.

„Keine Widerrede. Ich komme mit. Wofür sind wir denn Freunde?“

48

Zwei Wochen später

Es war Samstag. Susie hatte inzwischen ein gesundes Mädchen zur Welt gebracht. Am Tag der Geburt war Susanne vom Besuch bei Frank mit Ronni nach Hause gefahren. Sie vertrat die Meinung, wenn eine Frau Wehen bekommt, sollte neben ihrem Mann auch eine Frau anwesend sein. Ronni und Susie akzeptierten ihre Meinung, obschon Susanne von Schwangerschaft und Geburt keinerlei Ahnung hatte. Sie hatte noch kein Kind geboren.

Susie, Ronni und Susanne fuhren alle zusammen ins Troisdorfer Krankenhaus. Unerfahren wie sie waren, hätte vorher keiner gedacht, dass es bis zur Geburt noch bis spät in die Nacht dauern würde. Die beiden Frauen hatten Ronni noch nie so aufgeregt gesehen, wie in dieser Wartezeit. Als das Kind dann geboren war, waren Susie und Ronni die glücklichsten Menschen auf der Welt. Susanne, die zwischen Entbindungsstation und Cafeteria hin und her pendelte, nahm an dem Glück und an der Freude der Eltern teil.

Heute wollten Susie und Ronni ihren Freund im Krankenhaus besuchen.

Inzwischen befand er sich auf der Normalstation. Frank hatte in den letzten beiden Wochen enorme Fortschritte gemacht. Am Montag sollte für ihn die stationäre Rehabilitation beginnen und vorher wollten sie ihn noch einmal sehen. Außerdem hatten sie etwas mit ihm zu besprechen.

Frank lag auf dem Bett und war in ein Buch vertieft. Als sie auf sein Bett zugingen und er sie bemerkte, warf er das Buch auf den Nachttisch, stand auf und kam ihnen einige Schritte entgegen.

Freudig umarmte er seine Freunde. Dann sah er, dass Ronni den Maxi Cosi trug.

„Ihr habt sogar eure kleine Maus mitgebracht? Das finde ich lieb von euch."

Frank setzte sich auf den Bettrand und beugte sich hinunter, um den Säugling zu betrachten.

„Nein, was ist die süß. Genau die Mama", strahlte Frank.

„Na ja, ob man das schon so sagen kann? Ich weiß nicht.", wand Ronni lachend ein.

„Möchtest du sie einmal auf den Arm nehmen?", fragte Susie.

Frank schaute sie entsetzt aber auch freudig an.

„Du willst sie mir tatsächlich auf den Arm geben? Liebend gerne."

Susie nahm die Kleine aus dem Maxi Cosi und legte sie Frank in die Arme. Die Kleine schlief tief und fest und bekam von all dem Geschehen um sie herum nichts mit. Frank strahlte über das ganze Gesicht und konnte die Augen nicht von dem kleinen Säugling abwenden.

„Wie heißt sie denn?", fragte er, ohne den Blick von dem Kind auf seinen Armen zu nehmen.

„Sie heißt Mia", antwortete Ronni stolz.

„Ein sehr schöner Name."

„Dir scheint es schon richtig gut zu gehen", sagte Ronni.

„Ja, ich bin zufrieden. Ich laufe schon im Flur rauf und runter. Auch das Treppensteigen klappt schon einigermaßen. Montag geht es in die Reha. Mein Ziel ist es, dass ich mich dort eigenständig und ohne Hilfsmittel, wie zum Beispiel einen Rollator, bewegen kann“, erklärte Frank.

„Das wird bestimmt klappen“, machte ihm Ronni Mut.

„Wie ist es mit deinen Träumen und Halluzinationen? Ist das auch besser geworden?“

„Ja. Ich habe keine Halluzinationen mehr. So langsam verarbeite ich das, was ich geträumt habe“, antwortete Frank und setzte sich auf die Bettkante.

„Nur eine Sache bereitet mir noch Probleme.“

Ronni schaute seinen Freund fragend an und setzte sich neben ihn.

„Du kannst dich doch bestimmt auch nach Jahren an ein besonderes Geräusch, einen außergewöhnlichen Duft oder an einen einschneidenden Satz einer lieben Person erinnern. Mit diesen Erinnerungen ist auch ein Gefühl verbunden, dass du damals hattest und das auch nach vielen Jahren immer noch vorhanden ist. Das Gefühl des Erstaunens, der Ungläubigkeit und der Angst, das ich hatte, als Susanne mir sagte, dass ich im Krankenhaus bin und am Herzen operiert wurde, habe ich nach den Wochen immer noch. Wahrscheinlich wird es nie verschwinden, höchstens etwas verblassen. Das ist auch gut so.“

Frank schaute einige Augenblicke ins Leere. Ronni nickte lediglich verständnisvoll. Er wusste nicht, was er dazu sagen sollte.

Ronni merkte, wie sich Frank zusammenriss und wieder in der Gegenwart war.

Susie hatte bisher still zugehört und sprach jetzt das Thema an, über das sie mit Frank sprechen wollten.

„Wenn du dann fit aus der Reha zurück bist, laden wir dich herzlich zu einer Feier ein“, weckte Susie Franks Neugierde.

„Was habt ihr denn für eine Feier?", fragte Frank erwartungsvoll und schaute Ronni und Susie gespannt an.

„Mia wird getauft. Möchtest du Mias Taufpate werden? Kannst du dir das vorstellen?", fragte Ronni.

„Herzlich gerne. Das ist für mich eine riesige Ehre."

Frank stand auf und umarmte noch einmal Susie und Ronni.

„Aber nun erzähl doch mal, wie ist das mit den Morden an dem älteren Ehepaar ausgegangen?"

Ronni konnte sich vorstellen, dass Frank auf diese Informationen gespannt war. Sie setzten sich an einen kleinen Tisch im Krankenzimmer während Susie sich um ihr Baby kümmerte, das inzwischen aufgewacht war. Ronny berichtete in groben Zügen, wie alles abgelaufen war. Ausführlich schilderte er die Entführung von Emma, die Lösegeldübergabe und die Skrupellosigkeit von Emmas Vater. Für Frank waren das völlig neue Informationen und er hörte, ohne Ronni zu unterbrechen, aufmerksam zu.

„So, nun bist du vollständig informiert. Die junge Emma konnte nach einigen Tagen Krankenhausaufenthalt entlassen werden. Sie hat keine bleibenden Schäden behalten. Dieser Carsten, Tims Freund, musste operiert werden, ist aber inzwischen wieder zu Hause. Anna hat lediglich von einer Glasscherbe eine Wunde am Oberschenkel davongetragen. Das war harmlos", ergänzte Ronni seine Informationen.

„Und der Sohn der Lindemanns? Was ist mit ihm?", fragte Frank.

„Das kannst du dir sicher vorstellen. Tim wurde inhaftiert, da er keinen festen Wohnsitz hat und Fluchtgefahr bestand. Er muss sich wegen der Morde an seinen Eltern und wegen der Entführung verantworten. Wenn man seine Aussage betrachtet, waren es keine vorsätzlichen Morde. Wahrscheinlich war es eine Verkettung von Affekthandlung und Zufall.

Außerdem stand er wahrscheinlich unter Drogeneinfluss. Aber das sind Mutmaßungen, mit denen sich sein Verteidiger befassen kann."

„Nach allem, was vorgefallen ist, bin ich mir sicher, dass die Ehe der Reicherts beendet ist", vermutete Frank.

„Ja. Soweit ich weiß, hat Frau Reichert die Scheidung eingereicht. Ihr Mann ist bereits aus dem gemeinsamen Haus ausgezogen und hat die Kündigung seines Arbeitgebers erhalten. Er wartet auf die Anklage und irgendwann auf den Prozess."

„Das ist gut so", nickte Frank und war sichtlich zufrieden.

„Du hast einen guten Job gemacht", lobte Frank Ronni und klopfte ihm dabei anerkennend auf die Schulter.

„Und Hubert Gössel wird wohl in meine Fußstapfen treten. Ich kann mir vorstellen, dass er ein guter Mann ist", meinte er durchaus ernst.

„Das denke ich auch und ich kann dir sagen, der Chef meint das ebenfalls. Nachdem der Fall beendet war, hat er mir und Hubert gesagt, dass Hubert dein Nachfolger wird."

Man sah Frank an, dass er diese Entscheidung begrüßte und sich darüber freute.

Die kleine Mia wurde inzwischen unruhig. Sie verlangte nach der Milch. Es wurde Zeit, dass Susie und Ronni nach Hause fuhren.

„Viel Erfolg in der Reha. Wenn keine neuen Morde geschehen und ich Zeit habe, werde ich dich in der Reha besuchen."

Sie verabschiedeten sich von Frank mit den besten Wünschen und einer Umarmung. Susanne wollte bei Frank bleiben. Er schaute noch einmal in den Maxi Cosi und streichelte Mia zum Abschied zärtlich die Wange.

Frank begleitete seine Besucher bis zum Aufzug und blieb noch einen Augenblick im Flur stehen. Er war mit sich und der Welt im Reinen.

Anmerkung und Dank

Liebe Leserinnen und Leser,

das war mein achter Troisdorf-Krimi.

In einem Kriminalroman ist es fast unausweichlich, dass Kapitalverbrechen, wie zum Beispiel ein Mord, geschehen. Ich habe mich bemüht, die Anzahl der Leichen so gering wie möglich zu halten. Lediglich auf den Seiten des dritten Kapitels wurden sie mit den Leichen des Ehepaares Lindemann konfrontiert. Die übrigen Protagonisten wurden verletzt, aber haben überlebt oder kamen mit dem Schrecken davon. Bis auf die Täter natürlich. Sie erwartet die Strafe der deutschen Justiz.

Meine Troisdorf-Krimis spielen an realen Schauplätzen in Troisdorf und im Rhein-Sieg-Kreis. Wie es sich für einen Roman gehört, bleibt es dem Autor vorbehalten, Realität mit Fiktion zu mischen. Zum Beispiel existiert das Gebäude der Bundesbahnschule in Oberlar. Ich habe das Gebäude nie betreten. Ob sich das Haus innen so darstellt, wie von mir beschrieben und ob die Handlung überhaupt dort möglich wäre, ist ausschließlich meiner Fantasie geschuldet.

Bei den Erlebnissen von Frank Eisenstein bin ich einem Vorschlag meines Verlegers gefolgt und habe eigene Erfahrungen abgewandelt beschrieben. Ich danke meiner Frau, die mir bei der Rekonstruktion und Aufarbeitung meiner Erlebnisse geholfen hat und mir Mut gemacht hat, diese in Worte zu fassen.

Die Zeit des Schreibens war eine intensive Zeit. Alle Facetten, die ein Autor während der Zeit seiner Tätigkeit erleben kann, von Schreibblockaden bis hin zu Tagen, an denen er kaum ein Ende findet, durfte ich erleben.

Das Schreiben eines Buches ist eine einsame Tätigkeit. Man schottet sich für viele Stunden von der Umwelt ab. Ich danke meiner Frau dafür, dass sie diese Zeit ertragen hat und für mich Verständnis aufbrachte.

Neben dem Schriftsteller sind an der Fertigstellung eines Buches noch weitere Personen beteiligt. Ich möchte mich ausdrücklich bedanken bei:

- Meinen Probeleserinnen und Lesern. Sie haben mich auf Schwachstellen hingewiesen und mir, durch ihr Lob für gute Zeilen, Mut gemacht.
- Meiner Lektorin, die wie immer viel Aufwand betrieben hat, meine Schreib- und Rechtschreibfehler zu korrigieren.
- Meinem Verleger, der die Handlung auf Logik geprüft hat und mich wie bei allen meinen Büchern bei der Gestaltung des Buches und beim Druck beraten hat.

Ein besonderer Dank gilt Ihnen, meinen Leserinnen und Lesern. Sie haben sich die Mühe gemacht, mein Buch zu lesen. Ohne Sie wäre meine Tätigkeit sinnlos.

Wenn Sie mir ein Feedback zum Buch geben möchten, können Sie das gerne unter www.troisdorf-krimi.com tun.

Von Heribert Weishaupt

im Verlag ratio-books erschienene Troisdorf-Krimis:

Franz Bertram wird tot am Sieglarer See gefunden. Auf den ersten Blick sieht es wie ein Unfall aus – aber ist es das wirklich? Wenige Tage später stirbt Paul Altmann. Bei den Ermittlungen stoßen Kommissare auf eine Fehde zwischen den Familien der beiden Toten. Besteht ein Zusammenhang zwischen den beiden Todesfällen? Inwieweit die „Eigenheim GmbH" in die beiden Fällen involviert? Das Motiv scheint in der Gier nach Geld zu liegen.

In der blühenden Wahner Heide finden zwei Kinder eine vergrabene Leiche. Wenige Tage später geschieht ein weiterer Mord. Was geht in der Heide vor? Treibt ein Serienmörder sein böses Spiel, oder besteht ein Zusammenhang mit schrecklichen Ereignissen vor zwanzig Jahren? Und dann ist da noch Felix. Um ihn ranken sich ebenfalls furchtbare Erlebnisse aus der Vergangenheit. Schuld und Rache scheinen die Motive zu sein. Können die Kommissare den Wettkampf gegen die Zeit und gegen einen skrupellosen Gegner gewinnen? Oder gibt es am Ende nur Verlierer?

An einem nebligen Novembermorgen wird auf dem Burghof der Burg Blankenberg eine grausam zugerichtete Frauenleiche gefunden. Ähnlichkeiten mit Anprangerungen im Mittelalter sind unverkennbar. Dann geschieht ein weiterer Mord, dieses Mal auf Burg Windeck. Viele Spuren führen nach Troisdorf.

Was sind die Motive für diese Morde und wie ist der Bezug zu den Burgen und zum Mittelalter zu erklären?

Eine Frau wird von ihrem Mann betrogen. Ihr Stolz ist verletzt und sie will Rache – Rache, um jeden Preis. Doch er ist höher, als sie gedacht hat. Sie zahlt diesen Preis und macht sich schuldig. On der Folge gerät sie in den Strudel von Rache, Liebe und Verbrechen. Sie lässt alles hinter sich, die Stadt, ihre Arbeit und ihren Ehemann und flüchtet in die Stille und Einsamkeit.

Kann sie ihrer Vergangenheit entfliehen oder holt ihre Schuld sie ein?

Anna ist durch einen Unfall erblindet. Für einen „Sehenden“ selbstverständliche Dinge muss sie neu erlernen. Sie wendet viel Energie auf, um ihre Zukunft wieder lebenswert zu gestalten. Zur gleichen Zeit wird in Troisdorf eine Frau in ihrer Wohnung überfallen und vergewaltigt. Eine andere Frau wird in ihrer Wohnung ermordet.

In dieser Situation kreuzen zwei Männer Annas Leben. Am Leyenweiher lernt sie einen Mann kennen, der mehr von ihr will, als sie bereit ist zu geben, und abends ergötzt sich ein Voyeur an ihr. Mit einem Mal ist nichts mehr so, wie es war. Ihre Freiheit und ihr Leben geraten in ernsthafte Gefahr. Jede Minute zählt.

Können die Kommissare den Fall noch rechtzeitig aufklären?

Kriminalkommissar Ronni Kern macht Urlaub auf Borkum. Auf ungewöhnliche Art und Weise erfährt er, dass eine Freundin aus der Schulzeit unter mysteriösen Umständen in Troisdorf ermordet wurde.

Er gerät selbst unter Tatverdacht und ist auf die Hilfe seines Kollegen Frank Eisenstein angewiesen.

Ronni muss sich seiner Vergangenheit stellen. Ist der Mörder für ihn kein Unbekannter und ist er unter seinen früheren Schulfreunden zu suchen?

Kriminalhauptkommissar Ronni Kern begegnet nachts auf dem Heimweg einer jungen Frau, die nach schrecklichen Erlebnissen vor ihrem Freund geflohen ist. Aus Verzweiflung will sie sich von der Brücke zwischen Troisdorf und Menden in die Sieg stürzen. Kommt er noch rechtzeitig, um den Suizid zu verhindern? Tage später berichtet ihm sein Freund und inzwischen pensionierter Hauptkommissar Frank Eisenstein von einem mysteriösen Kanuunfall auf dem Rhein. Weder der Kanufahrer noch dessen Leichnam wurde gefunden. Ronni, der in diesen Tagen seine Beziehung zu seiner Freundin Susie in Frage stellt und sich zwischen ihr und einer anderen Frau entscheiden muss nimmt widerwillig mit Hilfe seines Freundes die Ermittlungen auf.

Dann ist da noch das Krabachtal, eines der urigsten Täler im Rhein-Sieg-Kreis. Was geschieht in diesem Tal? Ist das der Ort für ein perfektes Verbrechen?

Geschichten rund um die Vorweihnachtszeit und um das Weihnachtsfest

Manche der persönlichen Weihnachtsgeschichten habe ich vielleicht so erlebt, wie ich sie niedergeschrieben habe. Andere Geschichten haben sich nie so in der realen Welt abgespielt. Sie sind vollkommen frei von mir erfunden.

Printed in Poland
by Amazon Fulfillment
Poland Sp. z o.o., Wrocław

31769654R00158